春潮NOV+

回到分歧的路口

NINA
GEORGE

梦游

THE BOOK OF DREAMS

[德] 妮娜 · 乔治 ———— 著 关飞 高菲 ———— 译

中信出版集团 | 北京

图书在版编目（CIP）数据

梦海 /（德）妮娜 · 乔治著；关飞，高菲译. -- 北京：中信出版社，2021.4

书名原文：The Book of Dreams

ISBN 978-7-5217-2395-3

Ⅰ. ①梦… Ⅱ. ①妮… ②关… ③高… Ⅲ. ①长篇小说－德国－现代 Ⅳ. ① I516.45

中国版本图书馆 CIP 数据核字（2020）第 210530 号

梦海

著　　者：[德] 妮娜 · 乔治
译　　者：关飞　高菲
出版发行：中信出版集团股份有限公司
（北京市朝阳区惠新东街甲 4 号富盛大厦 2 座　邮编　100029）
承 印 者：天津丰富彩艺印刷有限公司

开　　本：787mm × 1092mm　1/32　　印　　张：11　　字　　数：200 千字
版　　次：2021 年 4 月第 1 版　　印　　次：2021 年 4 月第 1 次印刷
京权图字：01-2020-0251
书　　号：ISBN 978-7-5217-2395-3
定　　价：56.00 元

服务热线：400-600-8099
投稿邮箱：author@citicpub.com

谨以这本小说献给我的母亲、“大气乔”的爱妻

茹塔·玛丽安·乔治（1939 年 5 月 18 日—2017 年 9 月 27 日），

她总是乐于和我穿梭在各种幻想的世界里……

或许我们的生命，只是供人阅读的故事。

第1天

亨利

我跳了下去。

坠落只持续了几秒钟。我能听见头顶哈默史密斯大桥上汽车的引擎声。正是高峰时刻，我闻着这座城市里春日与叶上露水逐渐淡去的芬芳，然后跌落进冰冷的水中，水没过头顶。我被退潮的河水裹挟着，加速扑打双臂。尽管相隔三十几公里，大海仍吸引着河水流过去。我的身体没有忘记被潮汐拖拽的感觉，就像从未离开过大海，虽然我已有25年没在大西洋里畅游了。

终于，我抓住了那女孩。

河水拖拽着她，想把她据为己有，企图分解她的身体，变为河流的一部分，把她的希望从恐惧中剥离，撕碎她唇边的笑容，断送她的未来。

她正沉入浑浊的水中。我潜下去，拉着她的头发把她拽近。我设法抓住她纤细光滑的上臂。我双手用力，缓了口气好继续战斗。咸而冰冷的河水灌进我嘴里，泰晤士河将我裹入怀中。

她的脸向我漂来，眼睛的颜色像冬日之海。她用一只手捏住鼻子，好像只是跳进了温热、散发着氯味儿的泳池里。而事实上，她是从船上跌落的，那艘载着观光客沿泰晤士河航行的游船。当时那女孩登上船，抓住栏杆上第二高的扶手，斜着脸去捕捉5月的阳光，此时一个偶然的波浪拍打船身，掀起船尾，把整条船推向前倾。女孩没有出声，眼睛里却充满了无限的好奇。

哈默史密斯大桥上，一对正在亲吻的情侣、一个穿着破旧礼服的乞丐和我——我们看着她掉下去。

乞丐从他的地盘上跳了起来，那是一块硬纸板，放在吊桥绿色栏杆旁的阳光处。“哦，上帝啊！”他低声说。那对情侣转向我。他们和乞丐都没动窝，只是盯着我看。于是我爬过绿色的铸铁栏杆，等到那个小小的人影浮出我身下的水面，我跳了下去。

那女孩正注视着我，目光中的信任和希望远比我应该得到的更多。这个城市中的所有人里，有能力救她的无疑就是我了。

我用双臂环抱着她虚弱、潮湿的身体。女孩踢着双腿，踢中了我的头和嘴。我吞咽着河水，在水里呼吸，但还是设法让自己浮起来，奋力游出水面。世界重新变得嘈杂，5 月的风轻拂着我湿漉漉的脸，浪花溅进我眼睛里。我仰面漂浮着，宛如一张湿淋淋的浮床，把女孩拉到我胸口，这样她就可以自由呼吸，并仰望蓝天。以这个姿势，我们沿着泰晤士河漂流而下，经过砖砌外墙和停泊在泥泞河岸上的木船。

那孩子咳嗽着，喘着气。她看起来大约四五岁。我对孩子没什么概念，对我自己的孩子也是如此。

塞缪尔，山姆，他 13 岁，正在等我。他总是在等我，永远在等我，我却从未出现。

我开始哼唱查尔斯·德内的《海》，那是一首歌唱大海之美的壮丽颂歌。零星的法语歌词在我脑海中浮现。从 18 岁起，我就不再说母语了，但如今它又如潮水般涌来。

我唱着，逐渐感觉女孩的心跳正在进入一种更平缓的节奏。我感觉到她小小的肺在跳动，而她的信任穿透了我们之间那薄薄的一层水和恐惧。我紧紧地抱着她，用一只胳膊推着仰面漂浮的自己向岸边划去，那儿有一个小码头。我的衣服湿透了。我像青蛙一样踢着腿，笨拙地单侧划水，这让我看起来像一个独臂强盗。

“一切都会没事的。”我低声说。我能在脑海中清楚地听到埃迪的声音，仿佛她就在那儿，在我耳边低语：“亨利，你真不会撒谎。这是你最大的优点之一。”

遇到埃迪是我一生中最美好的事。

我的肩膀撞到了一个支撑码头的浮桶。有架梯子触手可及，我抓住女孩的腰把她提起，把她的小脚推得越来越高，直到她抓住一个把手，从我手中挣脱。

我紧随其后。我从河里爬出来，抱起那个疲惫不堪、拼命忍住不哭的孩子，抱着她走过黄色、红色、灰色的房子，回到哈默史密斯大桥。女孩用双臂搂住我的脖子，把脸埋在我的肩上。她像羽毛一样轻，但当我向前走的时候，她变得越来越沉。现在真的要赶紧去见山姆了，我被这个不停出现的念头纠缠着。我必须去找他，必须。我儿子正在学校等我。

那对情侣仍然站在桥上，紧紧抱着对方。那个女人茫然地看着我，眼睛睁得又大又亮，眼角上挑的眼线和蜂窝状的发型让我想起了艾米·怀恩豪斯[1]。那个男人拿着他的智能手机，不停地说：“我无法相信，我无法相信，兄弟，你真的救了她。简直难以置信！”

“你刚才只是在拍摄，还是想找人帮忙？”我厌恶地对他说。

1　艾米·怀恩豪斯：英国女歌手。——译者注

我把女孩放下来。她还不想松手，小手紧抓着我的脖子，最后滑过我湿漉漉的头发。

突然之间，我感到很虚弱，失去了平衡。由于站立不稳，我踉跄地退到路上。小女孩尖叫起来。

一个巨大、滚烫的东西从我肩头掠过。透过玻璃，我看到一张扭曲的脸。我看见黑色的引擎盖在阳光下闪闪发光，从我脚下一扫而过。然后我看见自己的影子从柏油路上以极快的速度向我冲来，还听见一种好像蛋壳敲碎在瓷杯边缘的声音。

我脑袋里的痛，比你猛吃冰激凌时那种上头的刺痛还要强烈一千倍。周围的一切都安静下来了，然后我开始融化。我融进地面，沉陷下去，越来越快，好像掉进了柏油路下漆黑的深湖里。

有什么东西正从湖水的幽暗深处充满期待地抬头凝视着我。天空一直在后退，它的弧线在头顶上越来越远。当我渗进石头时，我看到女孩的脸出现在面前，用那双奇怪而熟悉的眼睛悲伤地望着我，那双眼睛有着冬日之海的颜色。此时，从我头顶的湖水中看去，她那双海洋般的眼睛已经难以分辨。我融入湖中，湖水吞没了我的身体。男男女女聚集在岸边，模糊了最后一片蓝天。我在脑海中听到了他们的想法。

开迷你车的女人本来想要避开。

夕阳的光芒，肯定是因为刺眼的阳光，她没有看到他。

从他跌跌撞撞走到路上的样子看，我想他一定是喝醉了。

他还活着吗？

我能认出那个穿着破旧礼服的乞丐，他把其他人推开，让我重新看到了一抹天空——永不落幕的美丽天空。

我闭上眼睛。我要休息一会儿，然后再起来继续上路。我刚好能准时赶到那里。还要再过一会儿，学校的父子节活动才会开始点名，山姆的V排在很后面，那是他母亲的姓氏，瓦伦丁纳。

亲爱的爸爸，

我们互不相识，我想我们应该为此做点什么。如果你同意，5月18日来科利特克特预备学校参加父子节吧。它是巴恩斯的圣保罗公学男校的预备部，就在泰晤士河畔。我会在外面等你。

塞缪尔·诺姆·瓦伦丁纳

我马上就来，山姆。我只是休息一下。

有人撬开我的眼皮。湖岸在我上方很远很远的地方，有个人正从洞的边缘往下喊。他穿着救护人员的制服，戴金边太阳镜。他身上有股烟味，我能在他的太阳镜里看到自己的影子。我看到我的眼睛变得迟钝、呆滞，我看到了救护人员的想法。

拜托，他的想法在我身处的洞中回响，不要，不要死，求你了，不要死。

一声长而尖锐的“哔”在我的生命中画下了一条直线。

不是现在！

不是现在！为时太早！

这是……

这……

长长的“哔”声变成了最后一记鼓声。

我跳了下去。

第15天

山姆

下午2点35分。塞缪尔·诺姆·瓦伦丁纳。

探视病人：亨利·M. 斯金纳。

这些同样的字我已经写了14遍，但每天还是要重新登记。每天，沃克太太都把黑色的写字板推到我面前，上面有一张表格，必须用大写字母填写时间、我的名字以及我要看望的病人的名字。

我的名字上面是埃德·汤姆林。埃德·汤姆林也是去看望我父亲的，他每次总是比我早几个小时，在我还在上课的时候来。他是谁？

“我昨天也来了。”我告诉沃克太太。

“哦，我知道，亲爱的。”

惠灵顿医院接待处的这个女人在撒谎，她根本就没认出我来。谎言有一种特殊的声音：它们比一般人的正常声音更白。她的名字用大写字母写在左胸的牌子上：希拉·沃克。她叫我“亲爱的”，因为她不记得我的名字。英国人就是这样，他们讨厌说实话——那样不礼貌。

希拉·沃克的身体背负着岁月的阴影，我能看出来，就像我能看穿大多数人一样。有些人有很多阴影，另一些人则很少，孩子们几乎没有阴影，如果确实有，那是因为他们来自叙利亚和阿富汗那样的国家，而随着他们长大，阴影也会越来越长。

沃克太太有很多悲伤的经历，她太沉溺于过去而忽略了现在。这就是为什么对她来说，我只是个穿着校服的男孩，我的声音是刺耳的——带有令人尴尬的效果。也许当她看着我的时候，她看到了一片海滩和她空空的手，多年来没人握过的手。

然而，我昨天和前天都在这里，还有之前的一天，以及之前的十一天。我这次逃这位老师的课，下次逃另外一位的，有时是上午，有时是下午，今天是卢平夫人的法语课。斯科特说，我应该把要逃的课分散到所有科目上，并再三确认，这样老师们就不会很快发现。

在旷课、使用搜索引擎和做别人没有做过的事情上，斯科特·麦克米伦是一位专家。他还擅长下棋、画画和在学校拿低分。实际上，他擅长所有事。他13岁，智商148，可以伪造任何人的笔迹，还有个讨厌他的有钱父亲。

我的智商只有144，这显得他“很有天赋”，而我只是“有天赋”，或用斯科特的话说，“我是聪明先生，你是我自作聪明的伙伴，我的朋友。”这位聪明先生正脱口而出一个法语短语，他还学会了中文和一种非洲方言，那方言的特点是听起来有很多咔嗒咔嗒的音节。

我也是13岁。我是一个联觉者[1]（或者，就像学校里某些男孩说的，联觉怪胎），我父亲还处在诱导性昏迷中。那就跟长期麻醉差不多，除了他的大脑里有一个用来缓解压力的小吸盘，有一台机器负

1 联觉者：指拥有联觉能力的人，外界对他们的感官刺激，会自发地引起另一种或多种感官体验。——译者注

责维持他的呼吸，另一台用来保持血液温度，还有一台用来帮他进食和小便。他们打算今天叫醒他。

除了斯科特，学校里没人知道我父亲处在昏迷中，部分原因是没人知道我母亲的丈夫史蒂夫不是我的亲生父亲，除了斯科特。他曾经对我说：“兄弟，你可以一举成为学校里最有意思的男生——唔，至少能持续超棒的一周。仔细想想，你未必愿意错过这个机会的。成为一个神秘的孩子，也许是你一生中最棒的事情之一呢。这对女孩们也会有神奇的效果。”但我们学校没有女生。

斯科特和我是科利特克特预备学校里仅有的两个被邀请加入门萨俱乐部的13岁学生，斯科特称这个高智商团体为“懦夫俱乐部”。我妈妈说我应该为自己感到骄傲，因为我是英国门萨俱乐部大约九百名年轻会员中仅有的两名八年级学生之一，但被要求“感到骄傲”，让我觉得很不舒服。

如果她知道我在这里，可能会把我送人寄养，不再跟我说话，送我去寄宿学校。我不知道她会有什么反应。

“谢谢你，亲爱的。”希拉·沃克从柜台上拿起签到板，把我的名字输入电脑，这时她的声音恢复到了正常的颜色。她长长的指甲在键盘上发出明亮的绿色咔嗒声。

“你得上二楼，塞缪尔·诺姆·瓦伦丁纳。”她强调道，好像我不知道似的。

二楼的重症监护室是为那些陷入寂静和孤独的病人准备的，这就是他们被送到惠灵顿医院神经科的原因。伦敦脑科中心——脑科界的 NASA[1]。

希拉·沃克递给我一张 A4 纸大小的医院地图，与我昨天和前天收到的那两张一样。她的红色签字笔尖发出有力的嗖嗖声，在我们现在所在的位置（“我们在这儿”）以及我要去的地方画了一个圈（“你要去那儿”），并标出了两点之间的最短路线（“你最好乘那边的电梯，塞缪尔”）。

沃克夫人肯定非常适合在地铁的问询台工作。“向右转到肯辛顿楼，直走到疝气科，太平间就在自动售货机的左边。”

“祝你愉快，瓦伦丁纳先生。”她说。

“你也是，沃克太太。”我回答说，但她已不再注意我了。

第一天，妈妈和我一起来到医院。等电梯时，她说：“你知道的，我们不欠你父亲什么，什么都不欠。我们来这里唯一的原因是——”

“我知道，”我打断她，“你不想见他。你答应过自己不见的。”

她愣了一下，生气地反驳道：“山姆，你为什么总是什么都知道？你还这么小！”她给了我一张医院地图。“对不起。只是你父亲让我非常恼火。哦，山姆。”

她很不高兴，因为我偷偷邀请了父亲参加科利特克特预备学校的父子节。“反正他也不会来。”她当时说。她的声音像香水一样弥漫在我周围，像雨中的迷迭香味道，忧伤而柔和。就在那一刻，我能感觉到她有多爱我。突然，我可以顺畅地呼吸了，好像站在世界之巅。经常堵在我胸口的那团痰也消失了。

1　NASA：美国国家航空航天局的简称。——译者注有时候，我对妈妈的爱是如此强烈，以至于我希望我能死去，好让她终于能再快乐起来，那样她会和她的丈夫史蒂夫，还有我的弟弟马尔科姆在一起，组成一个正常的家庭——只有父亲、母亲和孩子，而不是父亲、母亲、孩子和我，一个从不直视任何人、读了太多科幻小说、永远会让她想起一个难以忍受的男人的孩子。

“听着，”我建议，“我会自己进去，但前提是我想待多久就待多久，你在自助餐厅等我吧。”

她给了我一个拥抱。我能感觉到她是多么想说“好”，而这又让她感到多么羞愧。

我妈妈并不总是这样。曾经，她是一名摄影师，经常进入战区。她什么都不怕——什么都不怕，谁都不怕，但后来发生了一件事，那件事就是我，一场意外，一切都变了。现在，她苟且地过着自己的生活，像是始终在试图躲避伤害。

“求你了，妈妈，”我说，“我都快 14 岁了，不是小孩子了。”

最后我妈妈去了自助餐厅，我独自上二楼看望那个成了我爸爸的男人，就因为妈妈跟他发生过一次关系，她说那是一个“尴尬的时刻”。她从来没跟我说过事情发生的地点和原因。

当我准备走向电梯前往二楼时，希拉·沃克早已把我忘了。我要做的第一件事就是在校服外面套上一件罩衫，给手和前臂消毒，再用一个白色的椭圆形口罩遮住口鼻。

脑科中心的重症监护室就像一个灯火通明的大仓库。三面长长的墙边都架着床——这是 A 区、B 区和 C 区。滑轨就在天花板上，可以把蓝色的帘子拉过来围住每张床，形成一个个独立的小隔间。在大厅中央一个架高的平台上，有几个装有电脑显示器和控制器的柜台。医生坐在那里看着屏幕或者打电话，每个病人都有私人护士专门照顾。

这里看起来像一个难民营，因为人们叫的不是昏迷病人的名字，而是一个字母和数字的组合。“A3，血糖下降。”“B9，情绪不稳定。”他们都不再真实。我父亲是C7，是“僵尸”之一。

我第一次探视的时候，他右侧的头发被剃掉了，被涂上了橘黄色的碘酊。他脸上粘着长长的白色胶带以固定呼吸管，他的皮肤是蓝色、绿色和紫色的——这是夜晚、力量和梦想的颜色。走进病房时，我觉得液态混凝土好像正渗进胃里，每一次呼吸都会使它变硬。从那时起，那块混凝土就一直在我体内。

我说过，我是一个“联觉怪胎”。我对世界的体验跟别人不一样。在我眼中，声音、语音和音乐都有颜色。伦敦地铁听起来是钢铁灰，就像一袋刀具。母亲声音轻柔，像结冰湖面上的薄雾，是紫色的。我的声音现在是无色的，但当我害怕的时候，它会变成明亮的黄色。当我说话时，它是浅蓝色的，就像婴儿的连体衫。它正在破碎分裂，如果条件允许的话，在破裂消失之前，我都不会发一言。

知道自己是谁以及能做什么的人，他们的声音是绿色的。深绿色的声音，平静而庄严，像一片古老而智慧的森林。

对我而言，数字也是有颜色的，8是绿色的，4是黄色的，5是蓝色的。字母是有性格的：R是咄咄逼人的，S是狡猾的，K是个隐秘的种族主义者，Z是合作的，F是女神，G是正直而坚强的。

走进一个房间时，我能分辨出这里哪种情绪最常被感受到。和沃克夫人这样的人在一起，我能从她周围密集的阴影中感觉到她的心情有多沉重。

我无法直视别人的眼睛，那里有太多的东西，并且很多我都不理解。有时，我很害怕他们的眼神会告诉我他们就要死了，科利特克特预备学校的舍监和我的邻居洛根太太最终都印证了这个事实。

有联觉的人过去常被认为是病态的，病态地害羞，病态地过度敏感，是家庭的真正负担。这样的孩子经常尖叫，容易流泪，在其他方面也很特别。当他们长大后，往往会变成边缘人、不折不扣的精神分裂症患者，或是很容易患上抑郁症。许多人自杀，是因为他们与这个世界以及他们看待世界的方式无法协调。极度敏感的爱哭鬼。如果有什么药可以治疗这种病的话，我一定会像吃巧克力豆一样将它狼吞虎咽下去。

我第一次走进这间“僵尸病房”时，感觉病人们的灵魂像是流血的颜色——我能察觉出来，虽然我并不情愿。然后我看到了 C7 那个人，所有感觉都消失了。

这很奇怪。我从来没有感觉不到任何东西的时候，只有这一次。那个陌生人一动不动地躺在一张铝架床上，他周围的阴影很浓，是月亮的颜色。他的眼睛闭着，没发出任何声音。这种无声让我担心，却是以一种奇怪、冷淡的方式让我担心。

我小心翼翼地坐在他床边。还是什么都感觉不到，我松了一口气。如果我没有任何感觉，那就没必要一直想念我的父亲，一直想着他。我可以不再四处寻找他，我也不需要再来这里了。我母亲也终于可以和自己和解了。

然后我看到了编织手环，这只编织手环改变了一切。我父亲光秃秃的右手腕上戴了一个塑料手环，它是深蓝色、浅蓝色和橙色的，这是我两年前编了寄给他的。我母亲说他才不会戴呢，他会把它扔进垃圾箱。

我一如既往地相信她，虽然我希望她是错的，但她还是让我相信了我父亲就是她一直以来描绘的那种人：铁石心肠、自私自利、不顾及他人。

但是他戴着它。他戴着我编的那只样子笨拙幼稚的塑料手环，用的是我最心爱的三种颜色——午夜之蓝、大海之蓝，还有夏日朝阳的橘黄色。

我不知道在那儿坐了多长时间，盯着那块编织的塑料——一种廉价的魅力却改变了一切。我只知道在不久之后，重症监护室的主任福斯医生（“叫我福兹[1]，小伙子”）向我走来，轻轻把手搭在我的肩上，用带鼻音的话语告诉我，我父亲是幸运的，他的头骨断裂了，但是肿胀没有再挤压大脑，大脑皮层也几乎没受到影响。

真正幸运的是，“上帝”走过来大声叫道：“塞缪尔，福兹的话一句也别信。我们还得给你父亲做几次手术，然后才能看出是哪儿出了问题。”

“上帝”的真名是约翰·索尔医生。这位伦敦脑科中心的主管一头金发，有着赛艇运动员般的宽阔肩膀，鬓角浓密，看起来就像个维京海盗。每当他走进“僵尸”们居住的重症监护室，身上就会带有一种银光闪闪的凉爽气息，像穿着隐形斗篷一样，护士和医生们都屏住了呼吸。他们都祈盼他能上演奇迹。他们背后都叫他“上帝”，因为他无所不知——包括别人叫他“上帝”这件事。而福斯医

1 福兹：福斯的昵称。——编者注

生穿着绿色的灯芯绒长裤、咖喱色袜子、精心打理过的紫色衬衫，系着背带，就是上帝的圣灵。他模仿约翰·克里斯[1]的发型，每天喝半个小时下午茶，边喝边拿着一台套着方格手机壳的智能手机玩问答游戏。

第一次去医院探视的那个晚上，我和斯科特用网络电话聊天，我的母亲正和她丈夫史蒂夫安静地做爱。弟弟马尔科姆害怕再次做噩梦，不顾一切地想睡在我房间里。当他睡着的时候，他的灵魂仿佛正从一段长长的石阶上走下来，步入黑暗。我能听到他的脚步声，但不像我父亲，他离地面很近很近，我仍然能感觉到他的存在。

我告诉斯科特我父亲"走了"，斯科特正在蹲马桶。他家那幢麦克米兰式大宅里的洗手间，比我妈妈——玛丽-弗朗斯连栋屋里的房间还多。我家住在帕特尼，斯科特家在西敏寺。如果说帕特尼是斯沃琪手表的话，那么西敏寺就是劳力士。

我们在谷歌上搜索"创伤性脑损伤"、"人工昏迷"和"大脑皮层"，或者说是斯科特在搜索，而我在盯着黑暗，听着他手指打字的声音和马尔科姆深沉的呼吸声。我想起了编织手环，想起了隔着那层羽绒被般厚重蓬松的麻醉剂，我无法感知到我父亲。

"哇哦，迈克尔·舒马赫[2]就是创伤性脑损伤后被实施的人工昏迷，"斯科特大讲特讲，"如果当事人没有直接死掉，那么——"

"闭嘴。"如果他没有大声说出来，那事情就不会发生。绝对不

1 约翰·克里斯：英国喜剧大师、编剧、电影制作人。——译者注

2 迈克尔·舒马赫：著名一级方程式赛车手，2013 年在阿尔卑斯山滑雪时严重受伤，陷入昏迷，通过插管维持生命。2018 年，他从昏迷中苏醒，但语言交流仍有困难。——译者注

会发生，不是现在，也不是像这样子。

“当然你不想听，但是你必须得听。还是说你想听他们撒谎？他们总是跟我们撒谎——起初因为我们还是孩子，后来又因为我们不再是孩子了。”斯科特深吸一口气，“现在呢，听我聪明先生说，大脑皮层是我们的人格所在，如果它损伤了，你要么变成植物人，要么变得极具攻击性。有一天，你爸爸可能会醒过来，变得会攻击人、横冲直撞。要么自杀，要么杀了你，要么把自己当成别的人。有些人醒来以后会做一些无法解释的事情。”

“什么样的事情？”

“你知道的，看到光环、开口说藏语，或者感知到某些思想。”

我没有告诉他，我有时能做到这三件事中的两件。

他继续敲字，喃喃地说：“啊哈，你得握住他的手。如果他捏你的手，他就还在那里。”

马尔科姆叹了口气，在我床上翻了个身。即使他在睡梦中，我也能很清楚地感觉到他的存在。可另一边，我的父亲……我的父亲在梦之外的地方。

“那他还可能在哪儿？”我问斯科特。

“太疯狂了，”他没有回答我，而是低声说着，“我不小心发现了一个自助论坛，人们都说自己在昏迷中遇见了上帝或其他人。”

“你说的‘或其他人’是什么意思？其他人是谁？猫王吗？”

我们笑起来，然后斯科特厕所里的灯亮了。他叫道：“哦，糟了，是我爸爸！”然后挂断了网络电话，剩下我坐在黑暗中的书桌前。

如果他捏你的手，他就还在那里。我要搞清楚，我父亲是否还在那里。

妈妈和丈夫做完爱后，像往常一样走进马尔科姆的房间说晚安。没找到他，她于是敲了敲我的门，把我睡着的弟弟抱回他自己的床上，然后回来看我。

“山姆，我是不会给你签那张无限期探视许可证的，我不希望你总去医院。你需要集中精力在考试上，你知道吗？那才是当下最重要的事情。如果你几周之后还想去看他，没问题——我们可以谈谈。”

在科利特克特预备学校，母亲每年要为我支付将近一万九千英镑的学费，所以都是我的错，让她入不敷出且不开心，但我的心思全在那只编织手环上，所以我只说了句：“好吧。”

“你父亲从来没有照顾过你，所以现在你也没有理由去照顾他。这听起来可能有点无情，山姆，但都是为了你好，听到了吗？否则，你只会更加失望。”

我又说：“好吧。”我还能说什么呢？我终于知道我的父亲在哪里了。就在C7。我知道他戴着我编的手环。她对他的看法是错的，还是我错了？无论如何，我知道我会再去那儿捏他的手，直到有一天，他也会捏我的手。

但我把这些想法都藏在了心里——这是我第一次向母亲隐瞒如此重要的事情，然而这绝不可能是最后一次。

第二天上学时，斯科特给我带来了一大摞关于大脑损伤的打印资料。

“几乎每个从诱导性昏迷中苏醒过来的人，都会表现出精神错乱。”他在午餐休息时告诉我，我们坐在礼堂后面圣保罗公学护理良好的曲棍球场地上，而不是在餐厅里。一旦以优异的成绩通过考试，我们也会成为所谓的“圣保罗一员”。圣保罗公学的每位毕业生都会拥有辉煌的事业（至少他们的母亲是这么说的），16 岁的时候，他们就全都知道将来要学习什么，以及如何度过这一生。

此刻，没什么比这更让我提不起兴趣了。

“精神错乱——多么可怕的想法！幻觉和噩梦。你不再知道你是谁，也不再认识任何人。你爸爸可能会把你当成半兽人或是联觉怪胎。”

“哦，去你妈的。”

“去找我妈？别人看见会说闲话的，我的朋友。”

我没回应他。这是头一次，斯科特的笑话让我笑不出来。他凑到我面前，透过镜片盯着我看。为了看起来像个极客，他最近戴上了一副镜片极厚的方框眼镜，完全出于自愿。“知道为什么要戴它吗？就是为了那些女生。”可科利特克特预备学校没有女生。

“你打算什么时候再去看他，瓦伦丁纳？”

我耸了耸肩：“我妈妈不让我去。”

斯科特捋了捋下巴上的三根汗毛，他想蓄起胡须，结果失败了。“她接受不了你喜欢他这个事实，我的伙伴。嫉妒，就像我爸一样——我妈爱我，他心里就不舒服。所有生下第一个儿子的父亲都面临同样的问题。”他自负地说着。自从 9 岁开始在徽章上印着独角兽的圣约翰教堂附近看心理医生，斯科特就知道自己想学心理学，他打算专攻精神错乱和妄想症。

而现在，他正在观察一群圣保罗公学的高年级学生，他们不用再穿校服，可以想穿什么就穿什么——只要包括一件夹克、一件熨烫过的衬衫，还有一条领带、一条及踝长裤。进出门时，他们都互相为彼此扶住门。

“交通事故到底是在哪儿发生的，瓦伦丁纳？”

“在哈默史密斯桥上，”我回答道，“昨天早上。”看着对方的眼睛时，我们那聪慧却愚蠢的大脑才终于恍然大悟。天才总是要花更长的时间理解最简单的事情，我们完完全全、令人难堪地不适应普通生活。

“去他的，瓦伦丁纳！就在离这儿不远的转角处！你爸爸被撞，是因为他——”斯科特突然停了下来。

是的，看来我父亲……是在来看我的路上出事的。他本来是要来的！我的喜悦之情燃烧了明亮的一秒钟，但随后负罪感全面向我袭来。如果我没有给他发邮件，他就不会出现在那座桥上；如果我没有邀请他来，他现在就不会躺在医院的床上，奄奄一息；如果我没有……

“瓦伦丁纳？”斯科特问。

我答不上来。

“瓦伦丁纳，不管你现在正在想什么，先来看看这个，再去想！”

他正拿着他的智能手机，它大约比我的手机贵53倍，那上面是斯科特在YouTube上找到的一个镜头摇摇晃晃的视频。不止他一个人在看，这段视频有250万的点击量。视频短片的标题是《真正的英雄》，画面中，一名男子正在泰晤士河里游着。镜头拉近，模糊的画面显示这名男子潜到水中，几秒钟后带着一捆湿漉漉的东西又浮出了水面。直到他好不容易游到了岸边，我才看清楚，那捆东西是个女孩。男子把女孩带到了哈默史密斯大桥上，当他大步走向镜头时，画面晃动了一下，他说道：“你刚才只是在拍摄，还是想找人帮忙？”4 秒钟后，汽车撞上了他。视频突然中断了。那个人就是我父亲。

“你爸爸是个很酷的人，”斯科特冷冷地说，“有机会你应该告诉他这话。”

看到短片中的父亲时，我心里涌起一阵喜悦和力量，现在却又被斯科特的话蒙上了阴影。我想要告诉父亲一切事情（我想的一切、关于我的一切）的渴望，都在我想起他如今一动不动的身影时，化作了绝望。他毫无动静，与世界隔绝。

我缓缓拿出那张母亲拒绝签名的探视许可证，给斯科特看了一张她信用卡背面签名的照片，那是我当天早上偷偷用手机拍的，为了确保万无一失。其实我并不想用到它，直到现在，直到看到这个视频。

“你能做这个吗？”

“小菜一碟。”斯科特说着，接过了我的手机和那张纸，拔开了自来水笔的笔帽。

于是，今天中午我把沙子揉进眼睛里，对法语老师卢平夫人说我过敏了。然后我出发去惠灵顿医院，一双鲜红的眼睛还在发痒流泪。

地铁里没人注意我。从来没人在地铁上说话，或者看别人。即使你的脸被挤到了旁边人的腋窝里，对方还是会表现得好像世界上只有他自己。那里的空气污染程度是地面上的 73 倍。

希拉·沃克也没对我的眼睛说什么，尽管我双眼都在刺痛。

我走进去时，索尔医生正在把一张纸贴在候诊室的墙上，上面写着："这里是神经科专家诊所，不是俱乐部，所以不要出声喝茶，不要聊天。"我试图偷偷从"上帝"身边溜过而不被发现。

"站住，塞缪尔！你的眼睛怎么了？"他厉声问道，并没有转身。他小心地把纸的最后一角粘上去，那双前臂很有力量，手指从不颤抖。

"我……我过敏了，先生。"

"哦，是吗？嗯，我也过敏，塞缪尔，我对撒谎的人过敏。"

"我可能把一些沙子弄进眼睛里了。"我试探着回答，加上了一句恭敬的"先生"，以防万一。

"上帝"转身面向我，他的眼睛一只蓝色、一只绿色。右眼是蓝色的、冷酷的，而绿色的那只是温暖的——从那张留着略带金黄的红色鬓角的维京人长相的脸上，仿佛有两个截然不同的人在看着我。

"一些沙子，嗯？你看起来像是面朝下趴在沙滩上睡的。想把自己弄瞎吗？没听说过神经导航？"

"没……没有，先生。"我结结巴巴地说。

"那就跟我来。"他嘟囔着，带我上了另一层楼，来到了核磁共振成像室。

"让我来介绍一下……这个怪物，"索尔医生说，"这是一台功能性核磁共振扫描仪，它能测量大脑的活动。这鬼玩意儿花了我们200万英镑，被当作是英国的首台读心器。它太厉害了，以至于我们几乎搞不懂它是怎么运转的。"他指着一把椅子说，"坐下，仰起头，睁大眼睛！"他往我的眼球上滴了几滴东西，立刻缓解了刺痛。

我忽然意识到，"上帝"经常都是独来独往。索尔医生关掉灯，打开了投影仪。整面墙一下子被大脑切片的图像覆盖。我的眼睛在黑暗中感觉好多了。

他的手指缓慢地、几乎是充满爱意地滑过墙上的投影。“这是个漂亮的动脉瘤。我们把它从大腿上部穿进去，沿着静脉走。哦，这个怎么样！这是一个血管母细胞瘤的绝好例子，就像豆荚里的豌豆一样严丝合缝。”当他描摹不同大脑的轮廓时，他的声音从黑色变成浅绿色，又变成了粉色。“上帝”热爱大脑。

“你曾经窥探过别人的灵魂吗，塞缪尔？”他一边说着，一边把大脑的微观图像投映到墙上，“这是大脑的两个部分，就像从颈部底端的脊髓中看到的。这就像是你沿着脖子爬上了一条隧道，顺着一条长长的走廊走到了脑干的末端，然后从小脑走到大脑的中心。这个密室，就是我们人类的基地。”

他把这幅图放大，直到它占满整面墙。它看起来像一座大教堂，扶壁是静脉组成的，细胞像挑高的拱形天花板。非常壮观——壮观，而且非常奇异。

“一座由思想构筑的教堂。”我低声说。

“上帝”用他那两种颜色的眼睛盯着我，仿佛在此之前，对他来说我是不真实的，只是 C7 的一个简单分支，现在才发生了转变。他冷酷的眼睛变得更温暖了，然后慢慢地点了点头。“正是如此，塞缪尔，”他轻声说，“大脑是一座由思想构筑的教堂。”

他突然把灯打开，又变回了那个一头金发的维京人，前额和肩膀看起来像公牛一样强壮。“好吧，你想知道你父亲会不会死，是吧？”没有什么能让“上帝”畏惧，即使是最棘手的问题。

他拿起一支记号笔，在白板上画了一个很大的黑点。“这是‘清醒’，好吧？”他在黑点旁边写下“清醒”，然后围着黑点画了5个同心圆。在最大圆圈外侧的上下左右，他都写下了“死亡”这个词。而在这些圆圈的内部，从中心到最外层，从黑点开始，他依次写下了“麻木”“睡着或做梦”“无意识”“昏迷或脑死亡”，记号笔在白板上吱吱作响。

“在死亡的边缘，有各种各样的生命形式。”“上帝”解释说。他敲了敲标记着“昏迷”的地方，换了一支笔，这次是红色的，然后画了三条线。“深度、中度、轻度昏迷，但正是这些地方，山姆，离核心更近，”索尔一边说着，一边把标有“睡着或做梦”和“无意识”的圆环涂上阴影，“你父亲现在是在离清醒更近的地方。看到没有？跟死亡相比，更接近活着。你明白吗？”

我点了点头。“上帝”有没有注意到，他把“无意识”和“昏迷”描述为地方而不是状态？

索尔医生随手把记号笔扔到桌上。

“给你个建议，”他一边走出房间，一边突然大声说道，“下次用牙膏代替沙子。”

在乘电梯回二楼的路上，我把今天想对父亲说的话在心里过了一遍。也许我会提到索尔的模型，那个圆环世界。

我想知道你是否梦到过睡眠区域以外的地方，药物引起的昏迷是否与真正的昏迷相同？你是否知道自己正处于昏迷状态？我做梦的时候就不知道自己是在做梦。昏迷就像活着一样吗，只是你并不知道自己还活着？就像在《黑客帝国》里一样？

最近几天，我偶尔会有这种念头：我能感觉到我的父亲。他身上有一种躁动不安的东西，就像是（这些想法我是永远不会告诉斯科特的）他正在黑暗和恐惧的迷宫中寻找着重回现实的路。现在我知道了，事实可能就是这样。如果“清醒”、“睡着”和“昏迷”都不是状态，而是地方，那么我父亲现在正在这些地方穿行，或者说正在这些世界里穿行。或者说区域，越来越暗、越来越接近死亡的区域。

等电梯的时候，我想象着这些世界就像一个巨大的地下空间。它们就像圆盘一样，彼此叠在一起，随着你离清醒的点越来越远，变得越来越深不可测。没有人知道最外层的边缘是什么样子的，也许会很不一样，也许昏迷不是一个黑暗地带，也许昏迷和清醒状态下的生活是一样的，就像现在我坐在这里，希望父亲能对我的按压做出反应，捏我的手；希望一旦他走向清醒地带，穿过不同层次、区域、程度的黑暗，走过在药物和梦的迷雾之间忽然出现的楼梯和走廊时，能给他一点时间去找到一条路，通过介于清醒和死亡之间所有的中间地带。

如果他捏我的手，他就还在那里。“我在这儿，山姆，我就在这儿，即便我身在别处。我马上就回来了。”

但到目前为止，他还没捏过我的手。第一次手术后没有，第二次手术后也没有，在他们修复了他破裂的脾脏、固定住了他断裂的胳膊之后仍没有，又过了 10 天还是没有。

也许今天会有？

埃迪

“你今天看起来有点不高兴，汤姆林女士。”

“我不是不高兴，福斯医生。”

“好吧，抱歉。”

“我是很生气！这不是一码事，不是吗？”

“当然，汤姆林女士。”福斯医生依旧客气得像个端茶倒水的管家，而我却能听见自己的声音越变越大。恐惧像头受伤的野兽，在我心底嘶吼。

“你真的用尽全力了吗，还是为了省钱就由着他衰弱下去？”我吼道。

福斯医生站在我背后，但我能从镜子里看到他的脸。过去14天，在这间明亮的、贴满瓷砖的屋子里，我每天穿上防护罩衣又脱下，消毒双手和前臂，戴上白色的椭圆形口罩遮住口鼻。福斯医生轻轻撇了下嘴，盯着地板，我的话伤到他了。哈利路亚，从某种意义上说，我很庆幸英国的医院里还有人能被话伤到。你得先有感情，才会受伤，而如果你有感情，就能够同情别人。

“对不起，我并不总是这么失礼。总之，我也不想这样。”

福斯医生脸上闪过一丝迷人的笑容。“当然。”他边说边帮我在身后系好青绿色防护罩衣的带子。他站立、走路以及工作的样子，都让我想起训练有素的皇家侍从，或是受过良好教育的贵族间谍。

他是那种世间罕有的谦谦君子，即便在一艘将沉的船上，也肯定会等每位妇女和儿童脱离危险后自己才下船。他甚至贴心到帮我把脑后的口罩松紧带拉高了一点儿，那副小心翼翼的样子，好像我随时会爆炸。

我用手肘挤了点装在瓷砖墙上器皿里的消毒液，揉搓时两只手都在发抖。晒黑的手上沾着墨渍，颤抖得像羸弱的羽翼。

“对自己耐心一点儿。”他轻声说道。

呵，所有人当中，我从未耐心对待过的只有自己。很多时候，我甚至讨厌自己。我又按了一下消毒液器皿，免得碰到福斯医生的眼神。

“每位病人都需要有人相信他们。你要相信斯金纳先生，汤姆林女士。如果他有充分的理由清醒过来的话，那么……”

我很想问问福斯医生，他这是在引用哪本鸡汤书上的言论。我想朝他大吼，说我才不是亨利·斯金纳醒来的“充分理由”——无论如何，我都不够“充分”。在那诡异的三年里，我们的感情断断续续，有时一连几个月都看不见亨利的人影。两年前他终于跟我摊牌，说我不是那个他想与之共度余生的女人。

那是我第一次对亨利说：“我爱你，我想跟你在一起，永永远远，今生来世。”

他回答说：“我不想跟你在一起。”随后，整个世界都黯淡了。

我才刚刚觉得没那么屈辱了，才刚刚觉得没那么想他了，才刚刚抑制住了那些无以言表又毫无逻辑的思念，才刚刚开始考虑和另一个男人重启生活的可能——这时，亨利又出现在我的生活里，重新点燃了我的想念。

当我听见警察念出他的名字时（“你认识亨利·马洛·斯金纳吗”），三段回忆涌现出来：他沉重、滚烫的身体压在我身上；那晚在海滩，满天绿色的流星下，我们各自讲述小时候的故事；还有他离开时的表情。

亨利把我的名字存进了手机，而在一张夹进他护照的小纸条上，他把我写成了紧急联系人，甚至还把我写进了遗嘱。15 天前警察打来电话时，一切都让我十分震惊。当我告诉那个笨拙肥胖的男警察和坐立不安的红发女警察，自己既不是亨利的配偶，也不是他的未婚妻或者表亲，而且从 2014 年 10 月 2 日早上 8 点 45 分起已经差不多有两年没见过他了，他们都显得很烦躁。

“我爱你，我想跟你在一起，永永远远，今生来世。”

“我不想跟你在一起。”

然后，我给了他一个耳光，把他推出门外。

“滚开！”我大喊，然而心里真正想说的却是：“别走！”

“滚远点！”我咆哮道，心里却在乞求着：“爱我吧！”

“滚吧，看在老天的分儿上！”真正的意思是：“快走吧，免得我继续羞辱自己。”

他走了。

我永远都不会忘记，他在门口最后一次回头时的样子，好像他无法探知这次分手的虚实，试图回想过去感情中的种种过失，想弄明白他怎么就越了界。他的眼神如此绝望。

我几乎喊出了口：“留下来吧！”还有：“没关系，你不用勉强自己爱我。”我真的是这样想的。我所付出的爱，比我想要得到爱的欲望更加浓烈，但可恶的是他并不想要这不求回报的爱。我也不知道这是否正常。

两年来，我没日没夜地想念亨利，直到我遇见了怀尔德·格拉斯，他想要我，想跟我在一起。我不再是那个深爱亨利、想要跟他共度今生和来世的女人，原来的我只剩一具空壳，一想起来都会感到阵阵羞耻。

然而，我还是来了。一个他并不想与之共度余生，却又把名字写进了遗嘱的女人。我是他危急时刻的紧急联系人——活着无关，临死才想起。搞什么鬼？

怀尔德并不知道我这两周里每天都来惠灵顿医院。有时他以为我在参加读书会，或是跟经纪人在一起，有时又以为我是在跟极具潜力的作者、各个流派的作家或是空想家会面。作为出版人，我忙得很，所以怀尔德对此并不过问，也从不吃醋。怀尔德·大卫·斯蒂芬·托勒密·格拉斯，够有品位，够有教养，够理性，在文学圈里拥有足够令人羡慕的名声，他从不会妒忌任何人。

我讨厌撒谎，现在谎言却脱口而出，仿佛根本没想过要说实话。而实话又是什么？这是一个要仔细想想的问题。你要怎么告诉你的另一半，你突然要去照顾一个你从来都没提过的前男友？光是“从未提过”这一点，就足以引起怀尔德·格拉斯之外任何男人的猜疑。

我不知道为什么要来这里，但忍不住要来。与其花费很大的精力去劝阻自己，我宁愿忍受这样的折磨，就这么继续下去吧。

这地方到处都是指示牌和张贴单，更衣室里还有一些该死的规定——好像没有这些规定，多数探视者就会朝他们的亲人又打又喊，只为了得到一些回应。

1. 在病人面前举止要轻缓、体贴、尊重。

2. 避免行事匆忙，请轻声行走。

3. 我们不谈论病人，而是与病人交谈。

4. 慢慢靠近病人，以避免突然触碰或讲话时吓到他们。

即便是夫妻也做不到如此相敬如宾吧？亨利两周来没动过一下，没眨过眼，也没呻吟过。什么都没有，仿佛被冻在一块由麻醉剂和镇痛剂做成的隐形冰块里，靠机器维持着体温。他的昏迷程度每8小时会被监测一次。在“里士满躁动镇静评分”中，–5意味着无法被唤醒，–3说明他会努力重回意识世界，–1则是他随时可能醒过来。我想他正从无尽的黑暗中，艰难而勇敢地走向–1吧。

“准备好了吗，汤姆林女士？”福斯医生的声音轻柔、恭敬。可能对他而言，每个人都是病人吧，身患这样或那样的疾病。

“准备好了。”我回答道，但其实并没有。我很害怕，恐惧就像肆意疯长的藤蔓，用触须紧紧缠上我的心脏、腹部和头，想要逼我逃到世界尽头，藏在深深的黑暗之中。

福斯医生看着我，眼神里充满怜惜。他像一头大熊，布鲁熊[1]那种，而他的上司索尔医生则是个大浑蛋。他没有因为我想来这儿唤醒亨利而感到半点兴奋。

“你很害怕，汤姆林，”索尔医生叫我汤姆林，好像他是军训教官，而我是个小兵，“而你的恐惧会干扰我的工作，也会影响斯金纳

1 布鲁熊：动画片《森林王子》中的一只熊。——译者注

先生。”

福斯医生接过话：“索尔医生不是那个意思，汤姆林女士。”

索尔医生转过身来：“不许你再说我的话‘不是那个意思’！绝不允许，这是在侮辱我的智商。还有，我不像你那样到处奉承人。家属的担心对这些病人来说就是毒药。”

无论我是小兵，还是对亨利的苏醒瑟瑟发抖的障碍，我都来了。我吸气，争取每次呼气时都把我的焦虑吹得远远的。这是一位我曾经为他出过书的作家教我的，可能跟武术有关，是一种抑制回忆的方法。

呼出去。也许索尔医生说得对，我的恐惧的确有毒。当然，也可能不对，但我不想冒这个险，所以我决定不要显露出害怕，把我的恐惧呼得越远越好。

“你确定准备好了吗，汤姆林女士？”福斯医生又问。

我点了点头。又说谎了。呼出去，埃迪。我也不知道 15 天来我到底在这儿干什么——我就这么来了。

我们走过 A 区和 B 区，经过那些小隔间，每个隔间里都有张床，每张床上都躺着一个不同命运的人。手指颤抖，眼皮跳动，生命之战悄无声息地进行，深藏在表面之下。我在哪儿读到过，诱导性昏迷恰恰介于生死之间。

亨利想过死亡吗？他就躺在 C7 隔间。我走到他床前，握住他的手。福斯医生整理了一下领带，小心翼翼地把亨利的袖套解开：“大脑并不喜欢长时间休眠，就像汽车一样，如果只是停着不动，它的功能会慢慢退化。机器要动起来，才会运转良好。”

索尔医生站在亨利的床头，左手拿着一个脑部扫描仪，像一棵长着金发、矮小粗壮的树。他朝重症监护室主管不耐烦地翻了个白眼："天哪，福兹，别在我面前瞎比喻。大脑又不是机器，不然的话我们早就知道它怎么运转了。大脑像发酵的面团，我们不停地揉它，直到揉不出新花样为止。在这种特殊情况下，我们一点也不清楚接下来要发生什么，明白吗？"

我知道索尔医生是对的，但又希望不是。

福斯医生冲我笑了一下，仿佛在说：嗯，好吧，这只是他的想法，不过毕竟，他才是老大。

那些可怕的藤蔓突然伸出触须，向我全身缠来。它们缠上我的肚子、肩膀和脖子，身体每处都紧绷如鼓面。我屏住呼吸，希望时间在这一刻停止，以免发生最坏的事情。时间没有理会我，把我抛回到了10年前。

"不要让我死在医院里。"父亲朝我小声说，急救人员正抬着担架上的他从我面前经过。他独自在厨房餐桌边吃饭时，突发了心脏病。他吃的是一块牛排，三分熟，配了蘑菇和一份有新鲜西洋菜的沙拉。一块蓝纹奶酪，他打算就着橱柜里的樱桃酱当甜点。

大多数时候，我父亲都是一个人在厨房吃饭。母亲很早以前就不再爱他了，只是人到古稀，懒得再离婚。而父亲却在他们相处的50多年里，一直爱着母亲。他很喜欢家里的那些门和墙，尽管它们把同个屋檐下的他俩分隔开来，可他知道母亲就在隔壁，在壁纸和厚重黏腻的沉默的另一头，这对他来说就已经足够了。他眼含深情地望着那堵墙，她就坐在墙后面，每次想到这个都让我难受。

接到他惊慌失措的电话后（"埃迪，我的女儿，我有一种不祥的预感”)，我从出版社赶回家，几乎是和救护人员一起到的。从厨房餐桌到敞开的救护车门，我始终都握着他健壮、粗糙、越发干枯的手，他乞求我不要让他死在医院里，我答应他说不会的。

我骑上摩托车，跟着救护车来到医院，又跟着救护人员一路穿过铝质大门，走进贴满绿色瓷砖的急诊室。医生的职责就是用他的电击器和傲慢去连击心脏、挽救生命，他试图阻止我进入那条充满了苦难、疲惫和病痛的走廊，可我没理他。我也没理睬他解释病人临终时需要遵循另一套治疗方式，爱无能为力，只有肾上腺素和氧气才能救人，我只会给医生添麻烦。

我还是留下来了，即便很想大喊着跑掉。我陪着父亲，看着他们剪开他的裤子和衬衫，给他插上针头和导管，他们跟他讲话却越来越少看他。在周五晚上的任何一个急诊室里，你都能看到这些典型的、程式化的分类：被碎玻璃扎伤的醉鬼；遭受家暴的女人；矮小孤独的老奶奶；言语刻薄、出言不逊的警察；还有一些心烦意乱的家属，像弹珠一样来回走动，被各种愤世嫉俗和疯狂的举动裹挟着。我父亲就躺在里面，身下是青绿色的床单和硬板担架，他跟每位过来查看他的医生护士都说着抱歉，“给你添麻烦了，你们肯定有更要紧的事要忙”，说得好像心脏病是件让人难为情的小事一样。

每当医护人员全都离开了这间贴满绿色瓷砖的房间时，我就会想，要是这个时候他死了怎么办？我要怎样才能救他？

他费劲地冲我笑了一下，脸变得很陌生。一路从家里来到医院，他看上去老了许多。他抓住我的手，我把另一只手放在他手上，他又把他的另一只手放在我手上——四只手叠在一起，这时他的脉搏上下跳动，心跳在监视器上画出一幅锯齿状的电子图像。那时候我还不知道，那已是最后的告别。

如今是同样的嘀响，亨利的屏幕上刷出了红色 LED 的山峰形状，就像我父亲的一样。他的心脏努力地跳动，说明他还活着。一台心跳监护器、一台呼吸机、一台血压测量仪、一台脉搏测量仪、一台氧浓度感应器、一台人工心肺机、一台像船舶引擎一样发出沉闷突突声的肺部体外循环机，还有一台脑电图仪。他断裂的头骨经过 CT 扫描后，被投映在墙上。

“假如在我们把气管插管从他喉咙里拔出来之前，他就停止了自主呼吸，你就可以去喝咖啡了，汤姆林。”

“你也可以放尊重点了。”

索尔医生扬了下眉毛，“我们开始吧。”他说。

山姆

我跟两位医生一起乘坐电梯。他们一个人按了三楼，另一个按了五楼，我没勇气从他们中间挤过去按二楼。这很尴尬，但我实在做不到。斯科特会说，我是那种宁愿故意走错路都不愿伤害指路人感情的人。他说得对。

“去植物人病房吗？”去三楼的人愉快地问去五楼的人。

“是，我有个病人，大脑活动像一罐豆子那么多。”

“今天晚上我们还打壁球吗？”

“可以。8点钟。”

三楼的出去了，但是去植物人那层的还在，他开始在牙齿间吹口哨。电梯到了植物人楼层——五楼，医生说：“你先请。”

“谢谢你，先生。”我喃喃地说。*你真行，瓦伦丁纳，该死的。*

一扇双开门在我们面前砰的一声轻轻打开。我正打算等看不见医生了就坐电梯回二楼，这时一个护士穿过门。

“你可以直接进去，亲爱的。”

“谢谢。”*该死，该死，该死！*

我已经完全没法承认自己来错了地方，所以我果断地沿着宽阔的走廊走着——她就跟在我后面！这个病区和楼下的“仓库间”完全不一样。走廊上铺着地毯，空气凉爽宜人，室内非常安静。这里没有重症监护室里那种紧张的感觉，没有那些用来抵挡死亡的明亮灯光和警报，不间断的监护、注射以及切割。这层楼就像是一座老房子里被遗忘的阁楼。

如果护士跟着我走到走廊尽头，我该怎么办？我该怎么说？“哎呀，走错了。实际上，我是想去肛肠科的。”

这里的门上有照片。那些笑着的、友好的面孔，每张下面还都有名字。

第一扇门上写着“莱昂纳德”。照片中，一名身穿蓝色工装、戴着曼联围巾的男子坐在挖掘机上。我能听见门的里边有人低声抽泣。

第二扇门上是“伊丽莎白”，照片中的她端着馅饼。我听到门后有个男人的声音说：“现在呼气。我把你的手腕转到左边……是的，很好，放松，就像你在搅拌奶油……好……和烤饼一起吃。”

又过了两三扇门——“阿曼达”、“威廉”和“山城”，我明白其中的原理了：照片上的人都住在门里边，在植物人病房里。我敢打赌，他们现在看起来已经和照片上不一样了。

“再说一遍，冷冻蔬菜和包装上画的也不一样，我的朋友。”我听到斯科特在我脑海里说着一些我从来不会去想的话。

那个护士仍然在跟着我。我继续沿着走廊往前走，心里盘算着，我大概只能撞到尽头的墙上，因为我想不出还能怎么办。我来到最后一扇门前，它半开着，上面写着“玛德琳”。

轻柔的钢琴乐声从房间里传来。柔和的声音与周围的环境格格不入，我不知道这是不是一个梦——一个漫长的噩梦，梦里我在学校外等父亲，他一直没出现，因为他死了。我停下来，闭上眼睛。这就是你醒来的方式：在梦里紧闭双眼。如果这样没用的话，我就会举起手来。做梦时盯着自己的手，你就会醒过来。还是没变化，这一定是现实了。当我再次把手放下时，走廊里空无一人，只有我、音乐和半开着的门。

然后，三件事同时发生了。尽管这两周我常感到冷，但突然间我不那么觉得了——音乐就像一阵微风，消融了我骨头里的寒意。另外，灯光在闪烁，时间开始变得淡薄。我有一种感觉，一个单独、细微的动作就足以永远改变我的生活。我走到了走廊的尽头，过去的生活也随之结束了。

我准备往回走，去坐电梯，下到二楼。就是这样，这才是我要做的，但是没有，我没有做这些事情。我待在原地，一种感觉在我的内心形成，我要去找一些意料之外的东西。

我没有回电梯，而是看着自己的手，仿佛是出于自己的意志，它握住了那个门把手，把走廊里最后这扇门推开了一点。

一个低矮的白色书架上放着一只蓝色茶壶，里面装满了红色郁金香。窗帘垂在窗边，墙上挂着画和照片——有风景、肖像、俯瞰的山脉和水下的景色。在床的最边上，是一双覆盖着齐踝睡衣的腿，一个被音乐环绕的金发女孩。那女孩看着我，没有眨眼。她只是盯着我，而我完全忘记了不去看她的眼睛。

站在她前面背对着我的，是一个矮小的女人，一头红色的卷发，穿着护士制服。她正在给那女孩梳头。“……到了晚上，当露珠悬在叶尖，我那两个胖乎乎的小孩就从他们舒适的洞穴里钻出来，舔着草，他们那猫一样的眼睛看着星星呼吸。”

我觉得她的睡衣上是独角兽，但也可能是鸭子，我不确定。那个女孩盯着我看，她蓝色的目光里有什么东西穿过我的皮肤，到达了也许只有会读心术的人才能看到的地方。音乐涌上四壁，汇集在天花板中间，然后洒在我头上。

“你知道星星会呼吸吗，玛蒂？”

刹那间，我能感觉到玛德琳停滞的目光中有什么在动，就像深深的湖底，一条鱼从一个藏身之处游到别的地方——不，那不是湖，那是她眼里的风、一阵音乐，这动静就像一只乌鸦飞腾而起，展开双翅。玛德琳的眼里有乌鸦，而我却误入了这满是乌鸦的天空。

“当你作为一颗星星向下俯视我们，就会突然发现世界如此美丽，”护士继续说，“看着草地上的猫，看着睁眼睡觉的女孩，看着那站在门口的、下巴掉到地上的男孩。”说完最后这句，护士转过身面向我。她长着一张爱尔兰小妖精般的脸，从眼角到嘴角都是笑纹。她深紫色的上衣上别着一枚徽章，上面写着她叫玛丽安。

玛丽安护士说：“你好，是来看玛蒂的吗？”

我这个自作聪明的家伙接下来该怎么办呢？我用力关上门，然后跑开了，虽然一部分的我还站在门口，因为在这走廊的尽头，有一个女孩能够透过我看到其他世界，就像我是水晶做的，而实际上，我不过是一个有她浮在里面的玻璃气泡。

我的脚踩在地毯上。她的名字叫玛德琳，玛——德——琳。我一生从未像现在这样，既快乐又悲伤。

埃迪

他们像一群一级方程式赛车的修理工一样工作。福斯医生调高床头，用棉签轻轻擦了下亨利的眼皮，然后索尔医生敲了下他的膝盖，一位护士拉上了病床周围的蓝色帘子，麻醉师从亨利脖子的一侧拔下了镇静剂点滴导管。

我知道不会有电影里那样的“苏醒”发生。他不会睁开眼睛说：“嘿，埃迪，这儿有像样的威士忌吗？”

首先，他的反应会恢复，自主呼吸、眨眼、吞咽，然后是疼痛。疼痛会扩散到他身体的每个地方，然后汇集成一股恐惧的洪流。

在接下来的几天里，他会被笼罩在像浓烟一样的幻觉中，尽管福斯医生声称惠灵顿医院使用的只是轻度镇静剂和止痛剂，以减少病人神志不清的情况——就好像在安慰别人，只是两个噩梦而已，不是三个。

我相信索尔医生说的：“我们对月球表面的了解，比我们对自己大脑内部的了解还要多，这是事实。在严重发炎的情况下，我们不知道大脑释放出大量白细胞介素-2时会发生什么。我们也不知道，哪些无害的感官知觉会让斯金纳先生感受到恐慌和噩梦，哪些又会把福斯医生变成能唱歌的南瓜。”

福斯医生愤慨地补充：“不过，我们确实认为斯金纳没有做梦，麻醉昏迷会完全抑制一个人做梦的能力。”

“我们？我不这么觉得。你那个隐形朋友还没走哪，福兹？”索尔医生问。

我那毛骨悚然的恐惧感越来越沉重。我们每个人都像是自己的档案，恶魔开始从我记忆的抽屉、隔间和保险柜里爬出来。

10年前在那间急诊室，我感到了前所未有的焦虑。那就是恶魔诞生的时刻。它像一株入侵的植物，在我体内迅速贪婪地滋长，缠绕着我的器官，并逐渐把它们碾碎。一想到正值壮年的父亲可能会这样死去，我就充满了惊恐。

他的眼睛闪闪发光，像仲夏夜里即将迎来黎明的峡湾。我一直陪在他身边，直到护士把他送到重症监护室，植入了三个支架中的第一个。手术后，没有医生像医疗电视剧里面那样过来找我，对我说：“别担心，汤姆林女士，我们会治好你父亲，四周后他就能出院，可以到外面修剪草坪。”这里没人负责——只有紧张兮兮、不耐烦的护士，没有医生，没有人管事。

我陪着父亲。有一刻他问：“你妈妈来吗？”我撒了个谎，说：“会的，明天来。”在他生命的最后三天里，她一次也没去看过他。

在那三天的最后时刻，父亲从厕所回来，死在了医院的地板上。据隔壁床的男人说，父亲的遗言是“我终于睡了个好觉”，接着就在“抽搐”中倒地。我母亲后来也这样说：“他在抽搐，埃德温娜。你知道，没有必要再把他救回来了。他的脑子里没有氧气了。他不会是以前的样子了，只能像个孩子……或者更糟。”带着些许惊讶，我恨她语气里的轻松，我恨她的不耐烦，恨她在我放声大哭时表现出的极度的不耐烦。

他死的那天晚上，我正坐在我出版社的办公室里。出版社名叫“解构现实”，那天我溜回去拿正在编辑的书稿。那是一本不可思议的书，它将成为我的下一本畅销书。我很想告诉爸爸这件事。

我出版魔幻现实主义小说，不是奇幻故事：没有精灵，没有兽人，没有吸血鬼；是乌托邦和反乌托邦，关于平行宇宙、其他星球、没有男人或成年人的世界——任何可能离我们的现实世界只有三步之遥的故事。它代表的是一种科学上看似合理的超自然形式。

我只把父亲单独留在了那所医院几个小时，那所医院闻起来就像这里一样，充满了消毒水和焦虑的味道。从他的病房可以看到一条运河和伦敦的金色屋顶，我们一起看行人跟狗在河边小路上玩耍。

一位护士说我父亲预后良好，他的跌倒仅仅是身体发出的警告。这些医生都极其年轻，他们在走廊上匆匆走过，从不直视你的眼睛，也不会说一句话。白大褂在身后飘动，作为他们重要性的象征。

爸爸的身体显然没有大家想象的那么结实，两小时后他就去世了。我站在他的病房里，一手拿着稿子，另一只手拿着摩托车头盔，他的床空了。

突然有个管事的医生过来，把我带到父亲面前。他的眼睛不再像峡湾那样闪闪发亮，成了两个空洞的蓝色圆盘。他的身体还是温暖的，或者至少有点温暖。在空荡荡的告别室里，我坐在他旁边，握住他迅速冷却的手，除了给他读手中的书稿，我不知道还能做什么。

一位护士过来告诉我她要下班了，我继续给他读书。另一位护士过来告诉我轮到她上班了，后来她又过来说她现在也要下班了。我为逝去的父亲守候了一个昼夜。我低声说："晚安，月亮。晚安，病房。晚安，爸爸。"刚开始的时候，他好像站在我身后，双手搭在我肩上，对我说："现在，你永远都知道我在哪里了。"

意料中最坏的事情发生了。我最好的朋友死了，我的童年死了，没有人再爱我了。

"不要抱太大希望，"索尔医生说，"一个人在如此严重的事故后醒来，还能有逻辑地思考，这种概率不到 9%，机会非常渺茫，你明白吗？汤姆林女士？"

"不，我只是一个可怜的、愚蠢的女人，医生。"

索尔医生审视着我，我回望他。我希望亨利能醒过来，恢复成我认识的样子，就像那个会在每天早晚或中午出现在我厨房里的男人，或是在我出版社的楼上，轻声说："嗨，埃迪，我累了，你介意我躺会儿吗？"在我这儿，他可以睡觉，有时一连三天他都会来我这儿睡。即使是睡着了，他也是我每时每刻、我情感流转的中枢与支点，因为仅仅是他的存在，就是我的动力。

我疯狂地爱着亨利，即使现在爱的火苗很微弱，微弱得像要熄灭，它虽然无法让我燃烧起来，却足以让我受伤。

心率监测器的哔哔声加速了。

"怎么回事？"我问皱着眉头的福斯医生，"这是正常的吗？"

没有回答。

他的心在狂跳，在加速……不，这轻快的节奏并非来自亨利那颗变幻莫测的心脏，它是……

蓝色的帘子分开，露出了一个男孩的脸，他长着雀斑，眼睛睁得大大的，接着钻出来的是他瘦长的身体，穿着深蓝色的校服外套和配套的裤子、浅蓝色 Polo 衫，外面套着青绿色的探视罩衣。

男孩冲到床边。看到他口罩上方的眼睛，以及每次心跳后他都仿佛长了几岁的脸，我觉得心里发紧。一声绝望的呻吟从他的嘴里发出："爸爸？"

等一下，爸爸？亨利·斯金纳还有个儿子？

山姆

大约有一千个人聚集在我父亲身边。他看上去睡得很沉，沉到心脏好像每小时只跳动一次。他们已经拿走了他身上那张蓝色的被单。父亲就好像穿着一件面粉颜色的人皮背心——只有他的手臂晒黑了。他的胸口贴着电极，它们看上去很像长着蓝色长睫毛的奇怪眼睛，把他和机器连接起来。

我想到了斯科特和迈克尔·舒马赫，想到了这样一个事实：一个人可能在生命中半途失踪，却并未死亡。

“爸爸？”我的声音听起来像一个黄色的4，微弱而渺小，我讨厌它。

“山姆，你来了，你父亲会高兴的。”福斯医生说。

我本能地去拉父亲的手，过去两周我每天都这么做，但当我还没碰到他时，他的手臂突然抬了起来，我往后退了一步，撞上了“福兹熊”[1]。我父亲呻吟着，手臂在空中挥舞，然后垂向一边。他的身体扭动着，然后弹了起来。这让我想起花园里的水管。

福斯医生把我推到一边，人们的后背在我面前组成了一堵墙。

1　福兹熊：《大青蛙布偶秀》中的角色，是一只喜欢说笑话的熊，这里指福斯医生。——译者注

在墙的另一边，我能感觉到我的父亲，仿佛他正在穿越那些区域，在圆盘世界和生命圆环（昏迷、无意识、睡着或做梦、麻木）中奔跑，径直朝中心（清醒）跑去。与此同时，黑暗仿佛在追赶他，如此浓密、如此接近，把他环抱着，拉回去。我比以往任何时候都更清楚地感觉到了父亲的存在。

“爸爸！”

“脑电图，室性心动过速，没有脉搏。”有人说。

几只手相互传递着注射器、针头、探针和管子。

“除颤器，360。”

一只红色的“眼睛”连上了我父亲胸前的蓝色电极。

“索尔医生？心室纤维性颤动？”

“保持冷静，孩子，保持冷静。血糖水平呢？”

“三、二、一。”一阵嗡嗡声，然后是砰的一声，就像两辆车的保险杠相撞。黑暗像黑烟一样消散了。现在，父亲和我们在一起了，他彻底回来了！

灯塔、炸弹、牛奶搅拌器，这些都是我脑海中闪现的画面。我不知道它们从哪儿来。不，那不是真的，我知道，但我不明白。我看到了父亲身上的阴影、勇敢和绝望，还有他内心的画面。

“心脏按压 32 次。”两拳相叠，压在我父亲的胸口上，声音像是在粉碎意大利面。

“心脏骤停。”

那里，从罩衫之间的空隙望进去，我父亲的眼睛是睁开的。

他能看到我，他在看我！

“爸爸！”我轻声说。

他一定付出了巨大的努力。父亲的目光稳定下来，是的，看起来他好像醒了，他回来了。他盯着我，脸上带着问号。

“保持镇静，轻一点。轻微体温下降。时间之神啊，拜托了。”

“5 秒钟，索尔医生。”

一阵刺耳的声音，高亢而尖锐。

“肾上腺素。”

“七。”

“把这孩子弄出去！”

“八、九……”

这里很安静，非常安静，除了尖叫。爸爸看着我，但他的存在正在消失、散去，他很悲伤，无尽地悲伤，以及……

“准备抗心律失常胺碘酮，动作快点。现在 11 秒钟了，关键时刻。我不希望他醒来后就死掉，听到没有？还有，请把这孩子带出去，他不停地叫！”

“出来吧！”

一只手拉着我的手，一个平静、深沉、安全的声音响起，就像一个深绿色的 8：“他没死，山姆，他不会死的。他很多年前就忘记如何死了。山姆？来吧，跟我来！”

尖锐的声音凝结成我的尖叫和只言片语：“不！不！不！”它变成了愤怒——对我父亲的愤怒和对所有医生的仇恨，因为他们做的每件事都是错的。然后是那种不停跌落的下坠感。

突然，这个陌生人出现了。这个女人有着一双不可思议的灰绿色眼睛，像狼一样。她就在那里，在我崩溃之前，抓住了我。

亨利

我在往下坠，然后我看见自己的影子从柏油路上以极快的速度升起来冲向我，还听到了蛋壳在瓷杯边缘敲碎的声音。

我无数次地掉下去，有什么东西在看着我坠落。它似乎在密切地注视着我，向我敞开。一张嘴巴，一张巨大的、张开的嘴巴。现在湖底向我敞开，把我吸向那里，但我又被抛了起来。我飞快地穿过黑色的狭窄空间，就像被一个垂钓者的渔线钓到，他的鱼钩深深地扎进了我的心，现在正收线把我钓起来。我艰难地从湖里升起，进入到耀眼的光亮中……

“肾上腺素。”

“七。”

“把这孩子弄出去！”

我失去了平衡。我扬起手臂，但感觉自己好像没有手臂一样。我想要停止坠落，然后我看到了那个男孩，他看着我，用他的眼神拥抱着我。

“八、九、十……”有个声音数着数，然后尖叫声淹没了它。

我看到了闪烁灯光后面的霓虹灯管。我看到了罩衫和导管，听到了机器的声音，感觉到了床的硬度。

我在这儿！拜托，我想说，我在这儿！没有人注意到我，除了我儿子。

有人握着我的手，我认出了那手指的形状、那皮肤的质感，以及皮肤之下肌肉的紧实程度。我认识这只手，它属于……埃迪。

抓紧我，埃迪……我不想死。抓紧我，求你了！

然后我看到了自己。我看见自己映在一根金属杆上，上面悬挂着两只点滴瓶。我看到自己的脸，歪斜着，头也撞破了。我看到我的双眼仿佛蒙着一层玻璃，光滑而坚硬，在它们后面，我消失在自己身体的深处。

埃迪！抓紧我！

她紧紧地握着我，我试图拉着她的手回到房间里，回到生活中，但我没有力气。

然后发生了一件令人费解的事情：她松开了我的手。我掉进了一个无底洞，在我的上方，遥远的上方，有什么东西关闭了。随着我沉没和消失在自己的世界里，一个像商店里有色玻璃橱窗似的巨大屏障关闭了。它关闭了，湖水封冻了。一层坚硬、黑暗、无法穿透的冰或是玻璃，将我与世界隔绝。当我越陷越深的时候，那层玻璃似乎在上升，色彩在褪去，所有的声音和气味也都在淡去。在这个“非世界”里，生命悄然消失。

埃迪不再爱我了，我的心在哭泣，虽然它已停止跳动。

埃迪

索尔医生把我们赶了出来。

“把她带到小教堂[1]去！”他说，于是我们现在就坐在这里，医院里最安静的地方，就像海底一样安静。

那个男孩蜷缩在我怀里，闭着眼睛，拇指揉搓着食指。他不停地摩擦手指，一直在喃喃自语。我抱着他，仿佛他的头和我的臂弯是天生一对。我想让他知道，在我松手去抓他之前，他父亲紧握着我的手。我要马上告诉他，马上。

他的名字叫山姆，他是亨利的儿子。

亨利有一个儿子。

我紧紧地抱着他——亨利的儿子，他的生活我一无所知。怀着敬畏之情，我像抱着每一位朋友或同事的新生儿一样抱着他，敬畏这样幼小而又充满活力的生命的存在。它总是让人觉得，生命，无论多么微小，都是完整地来到这个世界的。

山姆一遍遍地小声说着什么，最后我终于听懂了他的祷词：“回来吧！”

1　一些国家的医院里设有小型教堂或祈祷室。——译者注我也跟他一起，起初默念，后来小声说着："回来吧！"我们喃喃自语，直到我们的话语重合在一起，共同向我们的父亲祈祷："回来吧！回来吧！"

我闭上眼睛，把男孩拉近一些。

爸爸，救救我！我想着。这次，我没有抖落他放在我肩膀上的手，就像他去往另外一个世界的那晚，摸着我的肩膀时一样。

他死后……哦，照实说吧，埃德温娜，"死"才是恰当的字眼！那不是离开。离开意味着这个人还会回来，而死者是不会回来的。他走了，永远走了，从你的余生里消失了。不管你感觉到了什么，都不要指望那可能是真的！他永远地离开了。

刹那间，我感到了一种痛苦，因为我知道再也听不到父亲的声音了，只能在心里怀念。我对父亲的记忆——他的声音、他的气味、他的脚步在柏油路上的节奏——就像星星一样渐逝渐远。

山姆的身体在抽泣。

我感觉到爸爸的手放在我的肩膀上，听到了黑暗中他的声音："嘘，埃迪，嘘，我的小温妮。过来！过来听我说，你在听吗？"

从前，当我半夜醒来，害怕地喘气时，他总是这样对我说。爸爸会给我唱歌，想到什么唱什么。有时，他会给最近读到的一首诗谱曲，那首诗是他看管灯塔时在一本已经被人遗忘的书里读到的。或者他会凭直觉哼出来，即兴创作出没有歌词的旋律，哼过就忘。

他会轻轻抱着我，就像用一只温暖的手抱着一只受惊后石化般僵硬的小鸟，而我则靠在他的胸前，倾听他的声音，这些声音就从他跳动的心脏旁，被释放到这个世界上。

“你不要去想，”有一次，我问他怎样才能唱出那些从未被记下，也永远不会被记下的没有歌词的摇篮曲时，他对我说，“别去想。跟随你内心看到的画面，用你的声音慢慢地重塑它。不要遣词造句来表达你的痛苦和安慰。找到一个地方，把它唱出来。”

亨利

“我们快到了。”父亲安慰我。他坐在我后面，就像我们往常那样，他正在划船。我的两脚之间放着龙虾笼。

常年汹涌澎湃的伊鲁瓦斯海此时很平静，呈现出金属般的蓝色，闪烁着近乎半透明的光芒。通常只有在日落前短暂的时刻，大西洋才会发出这种光。我感觉到背上的温暖阳光，就像刚才那个房间里一样温暖明亮……

刚才？怎么回事？哪个房间？

一座桥，一股沥青味，一种坠落的感觉，越坠越深，然后一道玻璃屏障把我盖住。当我被淹没的时候，一只手放开了我。这些可怕的记忆像烟雾一样消散了。我一定是打盹儿睡着了，还一直在做梦。每当我们坐着那艘蓝色小船出海时，就会这样。小船通常停靠在泰·科克庄园的花园墙边，那是马洛在梅隆的房子。在无风的冬天，爷爷马洛和我父亲伊凡会一起在那儿修船。一年的其余时间里，小船都在水中。

我能感觉到手上和腿上的温暖阳光，太阳照在全身皮肤上，让我昏昏欲睡，但也让我充满了巨大的幸福感，就像一个影子从我身边滑向水里，带着一声叹息，静静地漂向远方。整个场景是放松而又平静的，就像假期的第一天，不用上学的两个月摆在你面前，像蓝天一样无边无垠。

我半转过身，父亲对我笑，我再次望向前方。此刻非常安静，风在哪里？沙滩和岩石上的海浪拍打声在哪里？为什么天空如此宁静？一切都不对劲。

然后我注意到缺少了什么：熟悉的海岸和岛屿轮廓，灯塔也消失了。这不是真的。世界上没有哪片海像布列塔尼西端汹涌的伊鲁瓦斯海那样，拥有如此多的灯塔，被海浪、岛屿和巨大的花岗岩环绕着。在那里，英吉利海峡、凯尔特海的浪涛和大西洋碰撞交汇。

但是那些名为“母马”、“黑石”和“火炉”的灯塔在哪里呢？莫林群岛和维桑岛在哪里？那边就是古老传说中提及的茫茫无垠之海了吗？

“我们快到了。”父亲重复道。

我回望了一眼。他正把没有过滤嘴的香烟夹在拇指和食指之间，像往常一样抽着，但烟味出奇的淡。他面如大海——极其平静，他习惯双眼凝视远方，目光与浩瀚海水相接。大海夜里幽暗，漫无边际，白日里则是头吐着泡沫的凶猛巨兽。

我的父亲，伊凡，穿着一件蓝白条纹的渔夫毛衣，左肩上有三个扣子，一条褪色的牛仔裤，没穿袜子。伊凡·勒戈夫从 4 月到 10 月总是不穿袜子。他穿的衣服，同 30 多年前去世那天的一样。

我迅速一跃而起，船摇晃起来。我从父亲的身边跳到板条座位的另一边。

我 13 岁时，父亲去世了，终年 42 岁。他死了。

“你死了，”我低声说，“我在那里。”

我父亲没有回应，他继续划船，蓝色的小船在平静无波的水面上静静滑行。

我真的在那里。

我们沿着浮标划船，去检查龙虾笼。正值捕获龙虾的时节。

但后来我父亲转身背对大海，他通常不会这么做，这是布雷顿渔民的第一法则："永远不要背对着她！"作为大海的"她"，是地球上最变幻莫测的女人。然而，我父亲正凝视着那片土地。我努力让船保持平稳，想着后来我向他和爷爷编的谎话。我会随口一说，显出漫不经心的样子来，让他们相信。我以前从未对他们说过谎。

"这是个好地方，亨利。把船稳住！"父亲喊道，一边抓住钩在浮标上的湿滑绳子，浮标的另一端系在沿海底拖行的捕捉器上。

我打算告诉他们我要骑自行车去波尔斯波代的节日晚会[1]，而实际上是要去见西妮，她答应会亲我一下。

"这是什么？"父亲拉着绳子问道。船摇晃着，他仍然背对大海。

一只海鸥从头顶飞过，愤怒地嘎嘎叫着，但突然又默不作声了。海鸟的沉默，从来都不是一个好兆头。我抬头瞥了一眼海鸥，就在这时，我注意到了海浪。浪很大，太大了。

"爸爸！"我叫道，但一堵灰色、汹涌的水墙已经向我们冲来，它中心的一片暗黑正在爆炸开来。波浪像锤子一样砸在船上，接着……

一瞬间，我的头骨被疼痛撕裂——刺一般白色的痛。我坐到小

1　原文为 fest-noz，是法国布列塔尼地区的传统节日。——译者注

船的板条凳上，双手抱头。我听到一声像锯子般尖锐的哀号，然后疼痛消失了。我立刻把手指抽开。这不可能发生。

“随它们去吧！”我父亲说。

它们？它们真的在这里吗？在海面下，静静地漂浮着，附着在海底看不见的绳索上？比我所知的伊鲁瓦斯海还要深？当然，在某个阶段，你总会触到海底，但我刚才看到的东西漂浮在没有尽头、无法穿透的深海上，云层在海底掠过。

“我们到了。”父亲宣布。

小船在一个岛上轻轻搁浅了。这座岛可能有 100 码[1]宽、200 码长。它被小丘和阳光下闪闪发光的花岗岩覆盖着，还有一处美丽的沙滩一直延伸到水边。岸边立着一扇带框的蓝色木门，门半开着，和泰·科克庄园的前门一模一样。

泰·科克。爷爷的煎饼，露天煎烤，然后直接从热锅里拿出来，涂上布雷顿海盐黄油，撒上糖。秋天的晚上，在炉边愉快地打盹。踩在嘎吱作响的雪地和结霜的牧场上。星星挂在淡紫色的天空中。

泰·科克，唯一一个一切都很好的地方。

父亲的死，是我的错。

埃迪的笑容。我们读书时，她把手塞在我手里，一起放在桌上。我让我的埃迪心碎，把她充满爱意的心付之一炬。

山姆的拇指紧握在他手里。见了我的孩子一面，然后再也没有下次了。

我父亲跳下船，把桨放在船底。“来吧！”他叫道，“我们快成

1　1 码 =0.9144 米。——译者注

功了，你快要回家了。”他走到门口，然后回头等我。我顺从地跟着他。他是要给我一个拥抱吗？终于又要拥抱我了？

我知道那扇门后面有个很棒的地方，在那里，世界永不停歇，我们将见识世界上所有的欢乐。现在我就要穿过那扇门，它会在我身后关上。终于，我又可以与父亲和祖父在一起了。两个极点把我的世界连在一起，从头到脚，我的呼吸、我的脉搏、我的月亮、我的大海。我的昼与夜。

*回来吧！*两个声音在我的脑海中低声徘徊。我没理睬它们。

我加快脚步。那扇门后面是泰·科克，马洛家的房子就在星辰和大海之间。晚上，当狂暴的伊鲁瓦斯海的浪涛冲向悬崖，海浪越冲越高的时候，这座有200年历史的花岗岩老房子就会像一艘船一般，在汹涌的大海上发出嘎吱的喘息声，但它始终抵抗着。

父亲微笑着走进那扇门。

爷爷马洛会坐在壁炉边的小木桌旁，读着书，时不时引用几句诗歌或普鲁斯特。我的父亲伊凡肯定会在房间最远的角落里做些什么——浮木相框，或是一盏台灯，灯罩是布雷顿水碗做的，底座是一个长着疙瘩的胡桃树桩。父亲会嘲笑爷爷的引经据典，或者什么也不说，全神贯注地把一样事物变成另一样东西。我父亲能理解事物，但从未理解过人。

门开着，邀请我进去。一切都将被抛到过去——所有的艰辛，所有的磨难、恐惧、痛苦、悲伤、渴望，所有的耻辱和焦虑，所有的……

埃迪的微笑。当她觉得我还在睡觉，或是我没注意到她正在看我时，她就会那样笑着观察我。埃迪，我的余生之爱，我未出世孩子的母亲。

“亨利？”父亲从蓝色的门后探出头来，和蔼地问道，“你要来吗？”

“回来吧！”微风在耳边轻语，我突然感觉到它在轻抚我的肌肤。它来自某个地方，来自没有陆地的海洋，同样是这片海洋，灰色的玻璃表面下，人们睁着眼睛直立地漂浮着，仿佛他们睡着了，正在做梦，却不知自己身在何处。

回来——回到哪里？

我停下来，仔细听。

山姆。睡觉时，他小小的拇指攥在拳头里。

一阵风把门吹得更开，只需轻轻一碰。那不是壁炉吗？我难道没听见爷爷正在低声读着一本《马尔瓦伊霍》吗？那是一个古老而神秘的布雷顿故事，关于“中间世界”。也许他只是在读我的故事。也许我们都是别人在读的故事，也许那会在我们最终离去前拯救我们？

一位永恒的读者的瞬间回忆，一个在奥地利和意大利交界处山区的僧侣，他每天从早到晚都在阅读，因为他想让故事里的人继续活下去。

父亲担心地看了我一眼：“亨利，拜托，不要犹豫太久。大门不会永远敞开。”

是什么在拦着我？

“亨利，我求求你！这样不好，你不该在这之间徘徊太久。”

在这之间？什么意思？在什么之间？

父亲像往常一样盯着我，好像在说：“你从来不认真倾听吗？当马洛告诉你大海的特性时，你没听到吗？”

大海是个女人。她熟知每一片海岸，也保护着那些曾喧叫着乘船出海的死者——他们经过伊尔德桑，终于抵达了从未出现在世界地图上的岛屿。大海是时间的爱人。大海和时间一起孕育了死亡、梦想和人类——他们是海与时间的后代。

“在十字路口是很容易迷路的。来吧，亨利！我求你了。我不想再失去你。”

他不想失去我？什么？是我失去了他。

出乎意料的是，门砰的一声关上了，又轻轻地打开，再砰地关上，打开又关上。碰撞声如雷鸣一般。他们威胁着，有人在说：“你最好快点！”

每一次开门都是一个请求、一个诱惑、一个甜蜜的牵引、一个邀请，让我蜷缩在泰·科克温暖阳光中最舒适的角落里，享受安静的庇护和安稳，不时听见父亲断断续续的哼唱、马洛阅读时低声的笑、狗的喘息声、猫的呼噜声、火焰的噼啪声。一切都会永远好起来的。

但我没有动。我不知道自己是从哪里得来的勇气，以抵制这种诱惑。

我父亲说：“哦，亨利，一切都结束了。看！”他向我做了个手势，刹那间，我被一股强烈的情感击中，它渗透进我身体的每一个细胞。它是如此强烈，它侵入了我，使我被图像、感觉和知识淹没。然后我看到了，我看到了一切。

当我们死去、最后的秒钟开始嘀嗒倒数时，我看到了我们最后悔的事情，此时已无能为力、于事无补。我看到了这一点，也觉得那是合乎逻辑的。我们人类是多么愚蠢，竟忘记了它，忘了生死轮回！我也忘了。更糟的是：每当我有机会进入生命的核心，我都会后退一步。

“时间到了，亨利。放手吧！”

当然。这就是我在世时所作所为的报应——被抛弃，被遗忘，因为我过的算不上是真正的生活。在应该跳下去的时候，我不合时宜地犹豫了；在应该留下的时候，我逃跑了；在应该大声说出来的时候，我沉默了！一部分的我，被自己吓呆了。

我慢慢地走回那条蓝色的小船。父亲静静地站在小岛的岸边，双臂垂在身体两侧，他那宽阔、平静如海的脸上流露出无限的悲伤。“亨利！要回来可不是那么容易的，你会在中间迷路的。在一切的中间，你明白吗？”

我不知道他说的“一切的中间”是什么意思。我感觉不到脚下的沙子，我再也感觉不到任何东西。即使把船推入海中，我也感觉不到我在用肌肉的力量推它，就像是在用意志推它。

父亲跌倒在沙地上，眼睛盯着我。他搓着双手。

我犹豫地爬上船，拿起双桨。大海想把它们从我手中夺走，于是我抓得更紧了。

“小心！不要离开船，避开暴风雨！”父亲在我身后叫着，“如果你掉进水里，夜幕降临……”

我听不见他在说什么了，因为死亡之海抓住了船，正把它快速推离岸边。我靠在桨上。它们颤抖着、抗拒着，但还是服从了我的命令，我一遍遍地用力划着，穿过充满泡沫的翻卷海浪。

我不知道应该恳求谁让我回来，哪怕只是睁开眼睛看看埃迪也好。在永远闭眼之前，我最后想看到的就是她的脸庞。还有山姆，告诉他我已经在路上了。我正在路上。

开着门的小岛已经滑下了闪闪发光的蓝色海面。我扫视着大海，瞥见许多花岗岩礁石，像黑色的爪子一样从波浪中伸出来。我想我能在许多散落的岩石中看到一座鲸鱼形的小岛，上面是一个弓身的人影。那似乎是一个留着金色长发的女孩，她只是坐在那里，凝望着大海。

"你好！"我喊道。

那女孩连看都没看我一下。

我看不到任何的海岸线。在我来的方向，天空是蓝色的、温和的，但在我身后，黑暗正汇集成高耸的云山。雷声轰隆，我看得越久，就越确信那边有什么东西正在将海水撕开。

*在那儿！*我闭上眼睛。*是的，就在那儿！*隐形的悬崖，海浪拍打着它、撞击着它，变作乳白色的泡沫退去，渐渐平息下来，撞击着海底、岩石和一道隐形的屏障。大海在咆哮。一排无尽的悬崖，一幕玻璃墙，里面……是雾吗？

我坐在板条船凳上。我想，一定要去救那个女孩，但是当我看向她刚才坐着的鲸鱼形小岛时，女孩不见了。

我感到那股潮流正向蓝色小船的船头压过来。潮水正在转向，正要退去，咆哮声越来越大，好像大海变成了一帘巨大的瀑布，从几千英尺[1]高的地方倾泻而下，冲向发出雷鸣般声响的黑色峡谷。

我在蓝色的小船上转过身。波浪隐约浮现，像座座高山，像排

1　1英尺=0.3048米。——编者注

排的房子高高耸立，在那道屏障上挤压、破裂、粉碎。我现在可以看到，这是一根管子，正在猛烈撞击海浪。不是玻璃管，而是个充满了烟雾和黑夜的管子。我的恐惧里有血腥味。

冬天，伊鲁瓦斯海的海岸预示着那沉重、翻滚的灰蓝色大海决心要起跑，跳到陆地上，越过长满草的丘岗，把人们从床上拖起来。海浪猛烈地拍打着这管黑暗，每次猛烈的拍打都会掠起一片烟雾。我几乎确信，能看到星星被吸进去，树梢、山峰和城市的影子不时在其中闪现，但时间太短，我不能确定自己是否看清楚了。这条管道一直向左右延伸到没有陆地的地平线处，沿着它，波浪不断地冲击着这道屏障，然后在大片的沸腾泡沫中被反弹回来。天空也被剥离，黄得如脓液，灰得像烟雾，充满毒性。

小船飘摇起伏，向两边危险地倾斜着。水花在船缘四溅。

我身体前倾，凝视在屏障前形成的漩涡。死亡之海边缘的这道界线后方，是什么呢？屏障之后是什么？或者屏障里面是什么？漩涡在我身下像瀑布一样裂开。它开始把我的船拖到深水里，拖向那个管子。我所能想到的就是：是的，我想知道，我想知道那里有什么！船在水边摇晃了一会儿，然后颠倒着猛然坠落下去。我觉得我的头、手臂和脊柱都正在被撕裂。

拜托。拜托！拜托！

突然，一个巨大的、平坦的、冰冷的平面笼罩着我，然后如一只巨手般的阴影向我扑来，把我拍进海里，拍进管子里。我在坠落，在被冲走，灯光、色彩和声音簇拥环绕着我。我在下沉，在溶解，在越来越快地坠落。我在坠落，然后……

山姆

我听见她的心在我耳边跳动，我能闻到她的香水味，感觉到她的指尖轻轻落在我头发上，好像我的头骨是精致的玻璃做的。我能听到她的惊恐在破裂，希望在涌动，但在这之下还有别的什么东西，一些温暖又美好的东西，让我能够呼吸。

我能听到她的呼吸，然后，我的灵魂依偎在她心上，我听到她的呼吸变成了一个音符。这音符变成了一支曲调、一阵微风，但它不像玛德琳的钢琴曲。这阵风已经在地面上刮了很长时间，现在正慢慢地升起，变得愈加明亮，好像它正在穿越那条冷酷结霜、银色冰冷、长而宽阔的冰冻河流，继续自己的寻找。它正在变成一缕温暖的日光，捕捉到闪闪发光的沉默，然后落在一尊静止的冰雕上，雕塑内有一颗心脏正在跳动。我的心脏。

她的歌声温暖了冰雪，直到这旋律包裹了我的心。和煦的微风带着我飞越千山万水和幽暗树林，回到一切都是光明和美好的地方。

两下心跳之后，教堂的门打开了。索尔医生走到我们身边，坐在地上，把头靠在墙上，闭上双眼。埃迪停止了歌唱。

“塞缪尔。”索尔医生说。我知道，当“上帝”直呼我名字时，一定没有好事。

第17天

埃迪

索尔医生打开了脑部扫描仪、脑电图，桌上还放着一张看起来内容很复杂的纸，上面满是小方格和各种条目，好让我和山姆也能看见。我看到纸上写着“因斯布鲁克量表”和“爱丁堡-2 量表”。我看到在格拉斯哥昏迷量表上，亨利有 6 分，分数是用记号笔写的，旁边写着“中度至深度昏迷”。如果他的分数是 3，就可能是脑死亡；如果是 15 分，他就是我曾经认识的那个人。

我看了一眼山姆，他表情严肃，显露出过分的成熟。他在桌子底下摆弄着拇指指甲，但除此之外，他纹丝不动。

“在心脏骤停 8 分钟后，斯金纳先生陷入了昏迷。昏迷并不是一种疾病，而是大脑在需要自我保护时的反应。病人把自己封闭起来，把自己与这个带给他痛苦和焦虑的世界隔绝开来。”

我在脑海里想象着亨利从他的生活中撤退，双手举起犹如盾牌。昏迷基本上是他惯常生活态度的合理延伸——*我最好离开这儿！*

我不愿去那么想，但我很生他的气，此刻我就想在这里砸东西。我不知道自己能否应付得了这些。我想给怀尔德打电话，恳求他到医院来，但怀尔德根本不知道我在这里。他甚至不知道亨利曾经是我生命的一部分，而且仍旧在以一种非常扭曲、超现实的方式存在着。

总是这样，该死的总是这样。亨利，那个从没存在过，却又一直存在着的男人。

索尔医生拿出一张纸，开始在上面画圆圈：“我已经和塞缪尔解释过这个模型了。”他敲了敲圆心，那代表“清醒”。从那个点向外扩散的一系列圆圈，依次被标记为“麻木”、“睡着或做梦”、“无意识”、“昏迷”和“死亡”。索尔医生在“无意识”的圆环中画了个叉（“他在这儿”），然后在“死亡”的圆环内画了第二个叉（“还有这儿”），接着又在“昏迷”的圆环内画了第三个叉。对我而言，这太接近边缘了，太接近死亡了，恰好就在边界上。

“它们是地方，不是状态。”山姆小声地说。

为了从脑海中纷乱的思绪里抽离出来，我提出了我能想到的第一个问题：“他能从那个地方回来吗？”

索尔医生只用了一秒钟回答这个问题。一秒，一个成年人不害怕时一次心跳的时长，光传播 186 282 英里[1]所需要的时间，也是让你明白自己不想失去某人而独自度过余生的时间。可一秒钟的恐惧却何其沉重！

为什么索尔医生还不开口？他在权衡是否要对我们撒谎吗？不，虽然我不喜欢他，但他不是个会撒谎的人。

他慢条斯理地说：“我们不知道。”

至少还有一线希望。他没有说能，但也没否定。

“可他现在差不多算死了吗？”山姆指着同心圆外缘上那个孤独的小叉号，用一个十几岁男孩正处于变声期的尖细嗓音问道。

索尔医生点点头：“是的，山姆，但他是活着的，只是方式不同。

1　1 英里≈ 1.609 千米。——编者注

你明白吗？在昏迷中你还是活着的，你只是处于一种特定的状态。那是一种边缘状态——当然是一种危险的状态，但这并不意味着与你、我或汤姆林女士的生命相比，它就无关紧要。这就是为什么我们会说某人是存活于昏迷中，而不是躺在昏迷中。”

“但是已经两天了。它不会永远没有尽头的，不是吗？”

索尔医生再次花了很长时间来回答我的问题。太长了。请告诉我亨利可能会在今晚、明天或者某一天醒来。痛苦又回来了——那种再也无法听到父亲声音、只能在内心铭记的痛苦，只能记在我心里。回忆就像慢慢逝去的星辰。

想到山姆就让我心碎。你还没了解你的父亲，就失去了他——这太快了，这样的痛失永远无法治愈。我很想牵起这个男孩的手，但他好像在紧紧抓着自己。多么像他父亲。

我又一次屏住了呼吸，索尔医生将我不由自主的吐气理解为怀疑。

“昏迷是一种被研究得十分不充分的现象，汤姆林女士。我们了解得还不够，如同在黑暗中摸索前行，通过统计数据，我们也无法对它发生的原因和方式了解更多。数据表明，两天通常会变成永远，但并不总是这样。”

“他害怕吗？”山姆问道，他的拇指被挠红了。他咬着嘴唇。

“我们也不知道昏迷病人的感觉，山姆。我们可以假设他能感觉到一些情绪，扫描结果也是这么显示的。”索尔医生指着打印报告单说，“我的一些同行认为，在同样的语言、图像和情绪作用下，处于昏迷状态中的大脑也会受到冲击，就像它清醒放松时一样。有研究小组确信，大脑边缘系统和爬行脑会接管大脑，承担少量的替代性脑功能。还有‘工程师’们，他们把我们所有的感觉和想法——爱、恨、担心、滚石乐队的歌曲——都看作是神经键之间的电子振动，认为灵魂只是一个童话而已。对他们来说，昏迷就像系统断电一样。”

山姆用他颤抖的食指敲了一下那个叉：“他能在那儿看见死去的人吗？”

索尔医生这次毫不犹豫。“不会，”他回答道，“临床意义上，你父亲已经死亡了，山姆。被救回来的病人经常告诉我，他们看到过另一边等待着他们的是什么。他们的描述都非常相似：光明的隧道、飘浮的感觉、声音、等待的亲人、放松的感受……但是……”，说到这里，索尔医生眯起眼睛，“对于这其中的大多数，我们都能解释。隧道尽头的光亮可以用身体倒下过程中的视觉丧失来解释。当负责平衡和稳定的大脑区域失灵时，在自己身体上方飞翔或飘浮的感觉就是患者的一种典型症状。一个人与自己身体界限的消解也是由于——”

“我想我们已经明白了。”我打断他说。当索尔医生滔滔不绝地向我们灌输专业知识时，山姆的指甲抠进了椅子里。这些知识对塞缪尔来说毫无用处，他想要别的东西，也许是希望，而知识并不能带来希望。“你相信你的数据，而拒绝接受其他一切。”

“我什么都不相信，汤姆林女士。不信统计学，不信专家，为了让你们安心，顺便说一句，我也丝毫不相信我无所不知。”

“这还真让人十分安心。”

他耸了耸肩：“你想听什么呢？濒临死亡的经历？天使、上帝、重生？还是昏迷的人是否会离开他们的身体，穿越时空？我能跟你说什么？我是一个神经外科医生！我们根本不知道亨利·斯金纳能否看到什么、他如今在哪儿，还有他能感觉到什么。我们唯一拥有的只是扫描结果，而它完全无法显示他能否听到、看到、闻到或是感觉到什么。”

山姆大声吸了一口气。我瞥了他一眼，看见他眼中噙着泪水，竭力忍住落泪。我把手放到他椅子的扶手上，手心向上。我想用尽全力拥抱他。

“但我能感觉到他。”他嘶哑地低声说。

“或许你希望能感觉到，山姆，但那是不可能的。”索尔医生说，他的声音充满了同情。

亨利的儿子现在泪流满面，他说得更大声，声音也变了：“我能！”

“山姆，自欺欺人是没用的。”

男孩把脸埋进手里，我的血直往上涌：索尔医生甚至不愿变得圆滑些，让这孩子少受点折磨。

“你是个可怕的小浑蛋，索尔医生。”我说。

“这有可能，汤姆林女士。我妻子在向我提出离婚前不久，也在电子邮件里说了同样的话。发电子邮件，这样她就再也不用和我说话了。”他把铺在米黄色桌子上的文件整理好，但我看得出他也被山姆无声的哭泣影响了。男孩的肩膀在发抖，没有其他的声音或动作。这是一个共同孤独的时刻。索尔医生只爱他的工作，山姆想念他的父亲，至于我……我从未意识到，在没有亨利的这两年半里，我变得有多么坚强。

我站起来，在山姆面前跪下，把这一团小小的痛苦抱在怀里。他哭着抱紧我，在那一刻，我知道，无论发生什么，我都必须面对。

过了一会儿，山姆不哭了，他小声说："没事的，我很好。"我又坐了下来。

索尔医生把亨利两年前签署的遗嘱从桌上推过来。我看着日期，那是我向他表白、遭他拒绝后不久。他还是把我的名字写在遗嘱上了？这个该死的蠢货以为他在干什么？

但这份嘱托还有个问题：上面缺少了我的签名。

"如果斯金纳先生继续昏迷下去，他就需要接受康复治疗，但最重要的是，他需要保持情绪稳定。不只是几天，而是几周、几个月，也许是整个余生——不管是长是短。"

医生身体前倾，那双一蓝一绿的眼睛此刻变得锐利起来："山姆，你 13 岁了，我喜欢你，你比我认识的大多数人都聪明，这就是为什么我永远不会对你说谎，或者像对待傻子一样对待你，告诉你'隧道'的尽头是天使或上帝。"现在他转向我："不过，汤姆林女士，我不想把我打算强加给你的东西强加给山姆。"他敲了敲这份遗嘱，"当一个人处于死亡边缘时，总是会触发一系列无穷无尽的可耻的官僚程序。如果你签了这个，你就要对山姆的父亲负责。你能做到吗，汤姆林女士？你能对生命或死亡负责吗？"

索尔医生向后靠，他的真皮座椅嘎吱作响。

我的天啊！我很想朝亨利大吼。我坐在这儿，必须向一个浑蛋回答我是否愿意对你的生命负责！你凭什么这么做，亨利？

"考虑清楚你想不想这样做，以及是否有能力这样做。想想你是否会陪在亨利·斯金纳身边，和他交谈，帮他翻身，不论怎样都支持他，和他生活在一起——如果你愿意这么说的话，比你和任何共度生命的人都更加亲密，在无尽岁月里的每一天。"

那意味着永远。永远，永生永世。

我想说点什么，但他不让我说。他举起一只手——一只长满老茧的木匠的手，继续说道："不，拜托！汤姆林女士，你不必现在就给我答复，不是今天。即便你现在答复，我也不会当真。你处于轻微的休克状态，情绪和肾上腺素都很高，你只是很想向我和自己证明。你知道吗，这很好！说明你是一个真正信得过的人，不容易动摇。也许执拗烦人，但是你很可靠。"

他给了我一份协议的复印件，作为亨利的代理人，我将与医院签署它。我的眼睛急切地看着这些数字。惠灵顿医院康复科的一个床位，每年要花费 50 万英镑。亨利的医疗保险——他供职的通讯社购买的保险，可以报销两年的治疗费用。这样看来，两年是英国政府允许一个人从死亡中恢复过来的平均时间。我很想砸烂点什么，比如索尔医生收藏的精美的翡翠螃蟹、乌龟和海马，他把它们摆放在书架上的成百上千本书前。

我读了一段协议，上面写着："病人的法定看护人有权……"然后又读了一遍，这次读得慢一些。我有权决定所有的治疗和用药，我有权切断生命维持器，我有权让亨利死去。

"给你自己 24 小时，或者最好是三天，和那些能告诉你是否在不自量力的人谈谈。你认识这样的人吗？"

"是的，我认识，"我说，"你呢？"

他轻声笑了一下："没几个。顺便问一句，你爱他吗？"

"什么？"

"你爱亨利·斯金纳吗？"索尔医生重复道。

"这是先决条件吗？"

他慢慢地摇了摇头:“不是。实际上，这会让事情变得更加困难。”

如果我还爱着他的话，我肯定会发疯的。亨利在生活中也许并不需要我，却可以接受我料理他的死亡。爱他吗？不，我没那么疯狂，除非我喝多了。

“照顾一个昏迷的人，就像嫁给一个永远不会说爱你的人，”索尔医生更加平静地说，“然而你必须把你所有的感情和力量都给他，还有你所有的爱，如果你还爱他的话，就是那样。不要期待幸福的结局。你要花大半辈子陪着一个已经不存在的人。”

真的吗？那没什么特别的，我已经习惯和亨利那样相处了。

索尔医生向后靠在椅子上。我把遗嘱和协议紧紧地攥在一起。

所以我来了，三个星期以来我所有的计划都泡汤了。亨利像一颗彗星一样咆哮着回到了我的生活，没有办法。山姆看着我，眼里充满了希望、恐惧、信任和坚定的决心，好像他的凝视能迫使我做出决定。

但我不能。我不会再对那种毒药上瘾了。我曾经对亨利上瘾，一个十足的瘾君子。

我的感情变成了一头野兽。我曾经让自己挨饿，以图把它控制住，但现在它又开始蠢蠢欲动。*来吧，它咆哮着，让我们开始吧！*

那几百个夜晚！那无数的眼泪！在所有那些日子里，我避开有类似亨利体型或步态的男人，那些用和他一样的古龙水、叫同样的名字，或者喜欢萨兹[1]、艾米·怀恩豪斯和鲍勃·马利[2]的男人。所有那些我不由自主想起他的时候。所有我逃避的回忆。

我的爱之野兽告诉我，那些痛苦折磨都无关紧要。来吧，它咆哮着，让我们相爱吧！

不要。不要。

1 萨兹：法国流行女歌手。——译者注

2 鲍勃·马利：牙买加唱作歌手。——译者注

山姆

“我要去看你父亲，想一起去吗？”埃迪问我。她的声音在红色的愤怒和贪婪的渴望之间徘徊，一颗明亮的银色泪珠从她眼里流下来。她不耐烦地用手背将之抹去，在手指和脸颊上留下一个黑色的污迹。第二颗泪珠从另一只眼中流下来。两只闪烁的眼睛，冰冷的海水正从里面流出。她的歌声在我耳边萦绕，我想她也会给我父亲唱歌，当我父亲和她在一起时。

我突然想到，她什么都知道，而我什么都不知道。我有一千件事想问她，其中一件是我最想问的：他提过我吗？

他临死前看着我，在那永无止境的一瞬间，我知道了他是谁。我能看到岁月的阴影、他身上散发出的温暖和慈爱，我感觉到他了解我。这是一次重逢。

也许这一切都只是我的想象，就像很久以前，我总是会有想象中的朋友一样。“很久以前”，这是什么意思？“理性思维不是你大脑的强项，我的朋友”，斯科特会说。

“不，我不去，因为……”我寻找着借口。一切都很混乱，我浑身酸痛发热，但同时又麻木冰凉，就像索尔医生的办公室里一边在下雪一边在灼烧一样。

想到埃迪要走，我很难过。想到她可能爱着我的父亲也让我很难过。正如想到她可能不爱他了，那又是另外一种难过。

她的眼泪洗净了她的眼睛："好吧，没关系。反正对他们来说，我们在重症监护室里也没什么用。是你妈妈来接你吗？"

"当然。"我撒谎道。

"好，"埃迪说，"我不想现在丢下你一个人，真的不想，塞缪尔。"

她看着我，我很难在与她眼神交汇后欺骗她。

"要不，你可以到我的出版社来，我晚点儿送你回家。你喜欢读幻想小说吗？"

"奇幻小说？"我摇头。

"不是奇幻，是幻想，从夸大现实的意义来讲故事。换句话说，奇幻小说是涉及精灵、吸血鬼和兽人、甘道夫[1]、石怪和女巫的故事，而幻想小说，或者说科幻小说，则更接近于现实。"她的声音变绿了些，不像刚才那么红了，"科幻小说关注的是理论上有可能性的想法：时空中的裂缝、时间旅行、回到未来。它是在解构现实——这也是我出版社的名字。所以，你喜欢读幻想小说吗？"

我点点头，让这些词语在脑海中回响。出版社，家，幻想，解构现实。它们描述了一个跟我的生活完全不同的世界，但却很接近，就好像它们恰巧是书架上相邻的两本书，发生火灾时，两本书的封面融合，文字也混在了一起。我不知道斯科特会怎么想，他可能会评论说："就像马丁·麦克弗莱[2]遇到了伊丽莎白·班纳特[3]？"

1 甘道夫：《魔戒》中一位拥有强大法力的巫师。——译者注

2 马丁·麦克弗莱：科幻电影《回到未来》的男主角。——译者注

3 伊丽莎白·班纳特：简·奥斯汀小说《傲慢与偏见》的女主角。——译者注

医院的大电梯到了，门滑开，埃迪用一只脚挡住它，等待着。如果我和她一起下去，她会坚持陪着我，直到我妈妈过来。但是妈妈不会来接我，因为她不知道我在这里。她也不会发现我在这里——不管怎样，至少现在还不会。

门开始关闭，但是埃迪又用胳膊肘把它推开。

“山姆，你妈妈今天为什么没有跟你一起来？”

“她得带我弟弟马尔科姆去看牙医。”我的声音是白色的，被这个无耻的谎言照亮，“他自己一个人去会害怕的，而我——”

“你不会害怕。”

我点头。我多想找个地缝钻进去！“我要去洗手。”我小声说。

埃迪好奇地看了我一眼，然后终于走进了电梯。门慢慢关上，她抬起手，无名指和中指分开，行了个斯波克先生的瓦肯举手礼[1]。我本能地回了礼。当电梯向下运行时，我站在那里，仍然举着手，好像我是世上最后一个《星际迷航》粉，被遗忘在了银河的迷雾之中——感觉好像过了一千年，我才按下按钮，呼叫另一部电梯。

她坐在那儿，弓着背看书，平静地用钢笔做着笔记。她还没有发现我，我可以从她身边溜走，这可能是最好的办法，但正如斯科特这位“聪明先生”所说：“你不能忽视这样一个事实，你或许能过各种各样的生活，但 30 秒钟的时间里你只能选一个。”

我轻轻地敲了一下护士休息室的窗户，她抬头看了一眼。

1 斯波克先生是电影《星际迷航》中瓦肯人和人类的后代，将无名指与中指分开行礼是他的招牌动作。——译者注

“哦，你好，年轻的陌生人！”

“你好，女士……”我飞快地读着绣在护士制服胸前口袋上的名字，“你好，玛丽安护士。”

她把书签放在正在阅读的东西里，合上。书签上写着玛德琳·泽德勒。“你是哪位呢？”

“塞缪尔·瓦伦丁纳，玛丽安护士。”

“瓦伦丁纳吗？我不觉得这里有你要探望的瓦伦丁纳家人，对吧？”

我摇摇头。

“那么我能为你做些什么呢，塞缪尔？”

“我想问问玛蒂怎么样了，”就在我说出她名字的时候，一股完全陌生的热浪扑面而来，“并且为最近偷听的事道歉，我很抱歉。”

热浪正向四面八方扩散——遍布我的脸颊、头皮、脖子，甚至脚底都能感觉得到。斯科特是怎么说青春期的来着？“它也许是男人一生中最尴尬的阶段，并且会一直持续到你70岁左右。”

玛丽安护士不慌不忙。她靠在带轮子的蓝色办公椅上，环抱双臂，仔细看着我。在这漫长的前奏最后，她问：“你为什么想知道玛蒂怎么样了？”

为什么？为什么连续两天我一直在想我父亲和玛德琳，甚至还梦见了他们？我在脑海中想象她的名字，呼吸着它。

“因为我忍不住想问。”我终于开口。

玛丽安护士又奇怪地看着我，在她的眼睛里，我看到两个女人，一个年轻，一个年老。她笑着说：“生活是一场艰苦的斗争，对吗？”听起来就像是年老的那位在问年轻的那位。

我真的不知道，于是保持沉默。护士突然从椅子上一跃而起："来吧，我们去看看玛蒂是否愿意告诉我们她今天感觉怎么样了。"

这位护士只比我高一点点，当她沿着走廊大步走向最后一个房间时，她姜黄色的头发在我面前来回摆动。"对了，我是这里的护士长。如果我不在这儿，要么是在上夜班，要么就是在下面的重症监护室检查病人。"

没有时间留给我焦虑，玛丽安护士已经在敲最后一扇门了。她推开门，轻声说："嗨，玛蒂，有人来了。两天前来过的那个年轻人又来了，他叫塞缪尔。我们可以进来吗？"

里面回答说："当然了，我们正在热身呢。"

很显然，这不是玛蒂说的，而是一个穿着白裤子和蓝色上衣的女人，衣服上面绣着她的名字——"莉兹"。她正在跟玛德琳做一件很奇怪的事，玛德琳侧身躺在地板上的一张棉垫上，眼睛盯着我。这个女人把女孩的一只脚拿在手里，轻轻地按摩，来回扭动它。房间里放着古典音乐。

"今天又是柴可夫斯基吗，玛蒂？"玛丽安护士问。

"嗨，我是莉兹，玛蒂的理疗师。"这个女人说着，一边伸出一根小指表示问候，一边把女孩的脚转向各个方向，然后开始弯曲她的膝盖。

我想说"你好，玛德琳"，但突然感觉像是有一块巨大的、看不见的饼干卡在喉咙里，让我说不出话来。当我的眼睛掠过她甚是精致美丽的脸庞、双颊和手腕时，我的舌头、嘴巴和声音都弃我而去了。

玛蒂的睡衣和运动裤下藏着一根导管，食指上也连着两根管子。

她旁边的桌子上有一小瓶眼药水。门旁边的桌子上还有一些滴管瓶，里面装着其他药物。她的床边有一些机器，可以持续监测她的血氧浓度和心跳。显然她是通过一根管子进食的，这根管子消失在她锁骨旁边的皮肤里，另一根管子从她的脖子里伸出来，连在呼吸机上。

可是，我感知不到玛蒂，就像任何一个“非联觉怪胎”一样。我看不出她是谁。寂静的河上除了冰什么都没有。她完全被某种东西包围了，后者就像一个冰冷带电的气泡。她正盯着我，却看不见我——至少，我们在这一点上相同。

“莉兹，这是塞缪尔。他想问问玛蒂今天感觉怎么样。”

不，我真正想做的是倒在地上。

“我们在跳舞，但是第一幕就要结束了。之后，她有一节语言训练和运动治疗课。非常忙碌的一天。”

莉兹的动作非常小心，然而我还是担心玛蒂会痛。不过，她表情冷漠，眼睛凝视着远处，远远穿越了这间屋子的墙壁。我试着更加专注于她。

玛丽安护士从窗边的一张小桌上拿起一个带夹子的写字板。今天花瓶里的郁金香是橘黄色的。

莉兹摆弄玛蒂的脚和腿时，她的脸上没有任何表情。红头发的护士跪在地上，轻轻地触摸女孩的手指，把一只训练软球放在她的一只手里，然后又放到另一只手里，每次测试后，在写字板上做些笔记。

不要这么快，我想，你会吓到她的。但现在玛丽安护士又用一根羽毛滑过玛蒂露出的前臂，我看着都觉得痒。

她的手，我想，她需要有人牵她的手。我刚想到这一点，就感到她内心深处有个东西在萌动。

“我等会儿回来再做触觉测试。玛蒂今天跳舞怎么样？”玛丽安问道，好像这个问题隐含了某种暗号。

理疗师正跪在女孩身后，几乎察觉不到地摇摇头。玛蒂看不见，但我看到了。“没有反应。”莉兹说。

我看着玛蒂，她的胳膊和腿被拽来拽去，像木偶一样，但这一次我在她冷漠的表情下没察觉到任何萌动。不过，她的昏迷似乎和我父亲的很不一样。她一动不动，像是不愿意被人发现，却不像他那般疏远和沉浸其中。她躲在某个地方，希望没人会撞见她，就像一个在玩捉迷藏的小女孩。

我不需要问她怎么样了。她不是很好，一点也不好。无论她在哪里，都是孤身一人。我望着她的眼睛，更加努力地去感受更多的东西，或者告诉她我知道她的感受，但我也感到疑惑，或许这一切都只是我想象出来的。

“我明天可以再来吗，玛蒂？”过了一会儿，我问她。因为她没有马上说不，所以我把她的沉默理解为“哦，那好吧”。

“我现在要送你回电梯了，山姆。”玛丽安说，语气平静友好，但是在这甜美之下，我察觉到一阵恼怒。

我做错了什么？我有做错什么吗？

我们刚刚走到护士休息室，玛丽安就恼怒地低声说：“塞缪尔·瓦伦丁纳，如果你觉得偶尔来看望一个昏迷的女孩是一种刺激，甚至还要把这个奇怪的秘密向学校的朋友吹嘘一番，直到最后你觉得厌烦、不想来了，我警告你，我们就永远不会——我再说一遍，永远不会，再让你来这里了。我讲清楚了吗？”

我默默点了点头，觉得脸颊又热了起来。

“好，我很欣慰。以前跑来这里色眯眯盯着植物人看的游客们并不清楚这一点，如果你明白了，那我就不需要和你爸爸说他儿子拿无助孩子取乐的事了，而且——”

“你不用走很远，我爸爸就在二楼。”

玛丽安慢慢呼气，闭上眼睛，好像在让自己冷静下来。她的怒气像水中的药片般消散了。“对不起，塞缪尔。听到这个消息我很难过。”她的蓝眼睛现在很温柔，但充满了疑问。

“我们是不会轻易放弃的，山姆。”她严肃地说。

“我可以再来吗？”我抢在她问出任何关于我父亲的问题前开口，因为回答那些问题就像走钉床一般，“我不介意去征求玛蒂父母的同意。”

玛丽安揉着鼻根。“哦，亲爱的，”她终于开口，声音沮丧，“要是这么容易就好了。”她深吸了一口气，“玛蒂很特别。”

“我知道。”我说。

“不，你不知道。你什么也不知道，琼恩·雪诺[1]。”她笑了笑，翻开她之前在做笔记的书，递给我一张剪报，然后继续说，“玛德琳·泽德勒今年11岁。在过去的7年里，她一直在牛津的伊丽莎白·帕克舞蹈公司学习跳舞。她获得了16个奖项和伦敦皇家舞蹈学院的奖学金，在法国歌手萨兹的两个音乐视频中表演过，每个视频在YouTube上的点击量都超过了100万。她会空翻、旋转，能在水

1　这是美剧《权力的游戏》中的台词。——译者注

下闭气两分钟，但不幸的是……”

剪报中描述的正是这场“不幸”。7 个月前，泽德勒一家去往康沃尔度假时，一个轮胎爆了，他们的房车滑到路的另一边，与一辆载着 4 匹赛马的卡车相撞。3 匹马、卡车司机和房车里几乎所有的人都死了：玛蒂的妈妈帕姆、父亲尼克、哥哥塞巴斯蒂安、祖母凯瑟琳、阿姨索尼娅、叔叔奈杰尔。玛蒂和一匹名叫“梦幻”的母马是仅有的幸存者。

“家人惨遭不幸，玛蒂唯一幸免”，标题这样写道。

“塞缪尔，只有玛德琳一个人了。她没有亲人，甚至没有叔叔、表妹，也没有戴着超大耳环、聒噪的老处女阿姨。她的监护人是国家。”

我想：那么女王会照顾她的，因为任何其他的想法都会让我头疼。

“刚开始，玛蒂以前的舞蹈老师伊丽莎白·帕克从牛津来过几次，教莉兹和其他理疗师如何让玛蒂的身体保持活动。她给我们和玛蒂看了玛蒂跳舞的视频，还写下了玛蒂喜欢和不喜欢的事情。”她举起书，“但后来帕克太太被一块松动的铺路石绊了一下，臀部骨折，所以再也没人来看她了。”

“肯定不是女王。”我咕哝道。

玛丽安脸上露出痛苦的表情：“再过 20 天就是玛德琳的生日了，她就要 12 岁了。第一个没有家人的生日，被陌生人包围在一个不是家的地方。”她的声音充满同情地颤抖着，满是阳光般的金色——当今世上罕有的颜色，“你明白吗，山姆？没人陪她了，如果你和她交朋友——”

“那我就要对她负责。”

玛丽安蓝色的眼睛闪闪发亮:“是的，说得没错，山姆。你能做到吗？你想这样做吗？你真心愿意为一个你不认识的人负责吗？”

“上帝”之前也问过埃迪同样的问题，直到此刻我才明白她的感受。空气变得更加凝重，许多曾经看起来很重要的事情，已经不再重要了。

5分钟以后，我站在C7病床旁边。我不知道自己是怎么来到这里的，或者为什么来，也不知道我期待从父亲这儿得到什么。我想告诉他关于玛蒂、埃迪和其他人的事。告诉他我就像琼恩·雪诺一样，一无所知。

我听到斯科特说:“他昏迷了，瓦伦丁纳，你为什么不能把这件事记在你的榆木脑袋里呢？”但是我还能找谁说话呢？我不想把一个我不认识的女孩独自留在走廊尽头，我想不出还有谁能和我商量这件事，只有他了。

或者埃迪。她对各种“解构现实”了如指掌，但如果我告诉她玛蒂的事，那就得告诉她我妈妈和其他一切事情。所以我来到了这里，穿上沙沙作响的防护罩衣，戴上愚蠢的口罩，它让我说起话来像被堵住鼻子的达斯·维德[1]。我来这里，是因为我父亲曾经看着我，眼里有种东西抓着我，不肯松手。

现在我父亲的脸变成了一片无人区。他的皱纹是沉默的，它们

1　达斯·维德：电影《星球大战》中的反派，常年穿黑色盔甲，脸被遮在金属呼吸面具里。——编者注

不再欢笑、痛苦、思考。他的身体也比以前更加佝偻，像一座废弃的房子。

我在找他。刚才和玛蒂在一起，我感到了一丝遥远的孤独和期待。我想到了“上帝”画的圆圈，我父亲正处在生命的边缘。我试着找到他。“嗨，爸爸。”我轻声说。

当一个人生病，生了重病时，你往往会忘记他或她的所有其他特征。我们班有一个叫蒂莫西的男孩，得了一种罕见的癌症，一年后去世了。所有记得他的人都说他是多么勇敢，就好像与癌症抗争是他的全职工作一样。没有人提到蒂莫西最擅长抱膝跳进游泳池，还曾经从树上救过一只小猫。所以我试着不把父亲只看作一个病人、一个几乎快死了的人。他会知道我该怎么做。

“上帝”走到床前，分散了我的注意力：“塞缪尔。”

我们俩盯着父亲，我伸手抓住爸爸的手，紧紧握住。他没有回握。

“他不在这儿。”我低声说。

“是的，他的灵魂也离开了家。”索尔医生的声音听起来不太一样，好像他自己刚从长眠中醒来。

“它会找到回家的路吗？”

“如果我们好好照顾它的话，会的。”

我身体前倾，隔着口罩轻轻亲了一下父亲呆滞的脸颊，在他耳边悄悄说话，不让“上帝”听到：“我要照顾玛蒂的家，也要照顾你的家。我会找到你的。”

当我走出惠灵顿医院来到外面的世界——这个和医院里的生活

几乎没任何联系的世界，我花了几秒钟，才认出了那个靠在一辆马力强劲的摩托车上的身影，她穿着皮衣，有些担心地盯着我。

“嗨，山姆，”埃迪说，“你妈妈不是真的要来接你吧？因为从一开始，她就不允许你来这里，对吗？”

“是——是的。”我结结巴巴地说。

她递给我一个对我来说有点大的头盔：“你跟我一样都不会撒谎。来吧，我们走。”

埃迪

伦敦灰色的街道像烈日灼热的柏油河一样，从车轮下蜿蜒淌过。我感觉到摩托车加速的引擎在我双腿之间、胃里和肱二头肌上发出的嗡嗡声，我闻到空中飘过一阵阵典型的城市气息。在伦敦，无论你走到哪里，似乎总能闻到食物的味道：甜甜圈、薯条、炒饭、热汤和脆华夫饼。在西方世界，没有哪座城市有如此多的新鲜烹饪的香味。

我把那辆500cc的宝马控制得比平时更谨慎。男孩依偎在我的背后，他是一份珍贵的货物，他父亲曾是我的日与月。他曾陪伴我呼吸、睡眠，是我的欲望和温柔的源泉，是我最深刻的失败，我最深刻的爱。

山姆在车座上表现出天然的平衡，没有害怕。尽管在如此糟糕的情况下相遇，认识这个男孩仍使我充满了一种荒谬的喜悦感。

我父亲常说，巧合是一件令人惊讶的事情，其意义只有在回顾时才会显现出来。它是改变你生活的契机，你可以抓住它，也可以拒绝它。我母亲讨厌这种态度，巧合让她害怕，但对我父亲而言，它是幸福和好奇心的源泉。

山姆在医院楼上时，我顺便去看了亨利。“福兹熊”不情愿地让我进去了:“那好吧，但只能待一分钟。”

一分钟过得好快啊！亨利看上去筋疲力尽，我告诉了他两年前想说但没说出口的话，只不过现在我是对着他沉默的身体低声念着那句古老的祷词。

“别走！”

曾经，我们走路、说话或者吃饭的时候，总是互相牵着手。各自拿着一本书阅读时，也会通过指尖保持联系。我仍然能感觉到他的食指在我的指尖上打转，当他读到紧张的情节时手指会转得更快，轻松时就转得更慢。

他的手抚摸着我。他的手、他的眼睛、他的笑声、他的身体——全都抚摸着我。当他告诉我他不爱我的时候，就好像我们正握着手，他却突然掏出一把枪，击穿了我的心。

我和山姆来到伦敦东区，很快便拐进了哥伦比亚路。我让他在坎帕尼亚咖啡馆前下车，他睁大眼睛四处张望。这里挨着过去装郁金香的仓库，我的出版社和公寓就在旧仓库最顶端的两层，下面是一家广告公司和一家裁缝店。

一路上，他脸红红的，眼睛闪闪发光，比我们出发时看起来更年轻。当他穿着蓝色的校服从惠灵顿医院走出来时，像一个严肃忧郁的小老头——依然决心去忍受生活的恶作剧，甚至是更加残酷的死神诡计。现在，他穿着校服，背着双肩书包，看起来又像个十几岁的孩子了。

“你以前来过东区吗?”

他摇摇头，沉醉在新环境的每一个细节里。在周末，哥伦比亚路会摇身一变成为伦敦的花市。它是这座城市里仅存的几条尚未退化为 Zara、Urban Outfitters、Primark 等服装品牌专属步行区的道路之一。这里有 80 多家私营小商店，每一家都有颜色各异的门面或雨篷。在阳光明媚的日子里，它看起来就像世界上最长的“街头咖啡馆”。我有时会忘记，走在伦敦其他街道上的感觉是单调乏味的，并没那么丰富多彩。

山姆穿着科利特克特的校服，这标志着他作为一位一心向上爬的中产阶级，在这个世界上迈出了试探性的第一步，就像一只极度敏感的猫竖起耳朵，用胡须在空气中试探。

我把头盔夹在手臂下，走进坎帕尼亚咖啡馆，点了两杯现泡乌龙茶和一碟英式松饼。我们解构现实出版社的编辑团队每天都来这里喝咖啡，因为我设立了饮料报销制度，以补偿他们微薄的薪水。

在坎帕尼亚咖啡馆废弃的课桌和厨房餐桌边，我和作家们开过许多的会，贝尼托和艾玛非常喜欢收集翻新这些桌子，并用盆栽植物装饰它们。这些写作者跟我描述他们的异想世界，每个人都希望我能出版他们的书稿，把他们变成作家，以图把一生都投入到故事创作中。

我真想跟他们都签约，因为每一位我读完手稿后邀请面谈的作家，都有一种天赋，能够传达出文字之外的信息。这就是文学的魔力。我们读了一个故事，然后某些事情发生了——我们不知道是什么起了作用、为什么，也不知道是哪一句话造成的，但世界已经变了，而且再也回不到原来的样子了。有时，我们需要几年时间才会意识到，一本书在现实中撕开了一个洞，通过这个洞我们可以逃离周遭的琐碎和沮丧。

艾玛正在往一个小托盘上放东西，山姆害羞地走过去，眼睛一如既往地盯着地面。艾玛和他握手："嗨，我是艾玛。你是谁，我最喜欢的出版人带来的帅气小伙？"

他脸红了，念叨着自己的名字。他站在离桌子几英尺远的地方，桌上有个旧地球仪，每次亨利采访过世界上最有意思的人，回来后我们就会坐在那里，因为公寓里没有足够的东西做早餐。他的飞机经常在清晨很早降落，所以当我还在睡觉时，他会把藏在院墙上某个地方的备用钥匙摸出来，自己开门进来。当我睁开眼睛，他会背靠着墙坐在我床上，看着我。有多少个孤独的夜晚，我希望他会在第二天早上我醒来时出现？

"山姆？"

他向我转过身来，刹那间，我在这张学生气的脸上看到了年轻的亨利。我对亨利的渴望，他温热的身体、他的皮肤、他的气味，还有他的声音，都在撕扯我的心。

我们对坐在桌子的两头。我转动纸做的地球仪，发黄的旧地图上，几块大陆被描画上了各种图案。我的手指停在南苏丹，敲着上面一个小小的蓝色墨水记号。

"你父亲以前在这里，"我平静地说，再次转动地球仪，"还有这里。"我指着加拿大落基山脉，接着又转了几次地球仪，指着喀布尔、哥伦比亚、火地岛、莫斯科、大马士革、西藏和蒙古。亨利会用笔在地球仪上做标记，告诉我他去过哪里。

山姆的手指在地球仪表面滑过。"我家里有他所有的报道和肖像。"他小声说，他的眼睛明亮而敏锐，"他在蒙古学会了骑马。在加拿大，他遇到了一位某天离家出走、跑去野外生活的教授。在大马士革，他一路追访一位曾给阿拉伯王子公主上课的老师。”他又摸了摸那些不同的地方，然后问道：“他是什么样的人？”

他说“是”，而非“曾经是”。

我仔细看着这些钢笔记号，回忆亨利每一次标记地球仪时的情景。他从不小题大做，也从不会炫耀地强调“看看我去过的所有地方”。他认真地、一丝不苟地做着这件事，仿佛这个小小的地球仪就是他探索的唯一记录。直到现在，我才意识到那是什么——一场探索。亨利独自探索着地球。

“他曾经是……”我开口，然后咽下口水，放松发紧的喉咙，更正自己的话，“他是我认识的最好的倾听者。你父亲听别人说话的样子，就好像对方是世界上最重要的人。他能让任何人开口说话。好像只要有他在场，你就能更好地与自己和解。无须开口，他就能鼓励你说出那些对你至关重要的事情，那些你害怕遭人嘲笑而从未说过的事情，或是你从未意识到它们重要性的事情。亨利鼓励人们去展现真实的自我。”

回忆在脑海里一泻而下，比如尽管他把自己的姓氏从“勒戈夫”改成了“斯金纳”，却时常忘记掩饰法国人的轻快语调。

“你父亲来自布列塔尼。事实上，他是逃离了布列塔尼，丢下了一切：他的母语，他去世的父亲、祖父，还有他母亲与祖母的坟墓。遇见亨利之前，我不知道人会有那么孤独——在你认识自己之前，没人认识你，没人因为你是谁而爱你。当只有自己可以依靠的时候，你就与这个世界隔绝了。”

亨利说一口流利的英语，却从不谈论自己，更不用说他的情感了。谁知道呢，也许我们无法用外语表达真实的自己吧。

我想起我们上次的谈话。就在这儿，亨利喝了一杯茶和几杯威士忌，他顶着黑眼圈。他是一个好强的人，既要逃离自己，又要寻找真正的自己。他逃离的速度太慢，始终无法摆脱过去。我注意到，真正特别的人从不认为自己是特别的。

“我在写缅甸的毒枭，他们把世上的人分为穷人、富人和瘾君子。我要去见一个女人，她把子宫借给其他夫妇，她把世上的人分为有罪的和无罪的。没有子女的夫妇是无罪的，但她认为代孕可以为自己的前世赎罪。我和一个11岁的神童杰克交谈过，他在音乐上的造诣已经超过了克特兰[1]和辛寇帝[2]。杰克说当你喜欢某件事的时候，你必须练习，当你擅长某件事的时候，你必须加倍努力地练习，不然我们活这么长是为了什么呢？这是那小家伙的原话，说明他比我们任何人都聪明。”

这就是上次谈话时亨利跟我说的。他来到伦敦时压力很大，是那么绝望，甚至让我想喊出来：“这该死的一切有什么意义？我们在一起吧。我很爱你。我爱你，爱你的一切。让我们今生今世永远在一起。我对你永远爱不够。”

他跟我讲了许许多多的人，却从未提过他的儿子，山姆。

我转着地球仪。它只是短暂地旋转，但那些旋转却把我抛回到两年以前。

“我一边写作，一边旅行，一边喝酒，努力不让夜晚降临。黎明是我的敌人。在冰岛，我遇到了艾蒂安，一位定居在冰岛的加拿大

1 克特兰：美国爵士乐历史上最伟大的萨克斯演奏家之一。——译者注

2 辛寇帝：美国爵士钢琴手兼歌手。——译者注

海洋绘图师，大多数人绝不会像他一样把这个世界看作一颗蓝色星球，主要成分是水而不是陆地。现实千变万化，”亨利说，他的手指沿着宏伟地球上的海岸线滑动，“我们探索过的区域远远小于我们一无所知的区域。换句话说，我们能看到世界，却不了解世界。现实让我们相形见绌。”

我把最后这句话转述给山姆听，他点了点头。我从他脸上看到了疑问：那我呢？他说过我吗？

“你们的茶好了！”艾玛叫道。

山姆端着托盘，我把宝马摩托车推进院子里，我们乘电梯去往出版社。电梯以前是货梯，画着郁金香的叶子、花朵和球茎作为装饰。电梯停在四楼，拉尔夫、安德里亚和波比都在那里工作。有一道旋转楼梯从这儿通向我的公寓。

他们凌乱的办公桌边放着一张沙发（拉尔夫的）、几把椅子（波比的），还有一张零散放着绣花靠垫的农场长凳（安德里亚的）。拉尔夫喜欢用东方家具把自己包围起来。他的小折叠桌旁边是一张设计台，他偶尔会在那里为我们画水彩封面，或者用手动印刷机制作铜版画。波比用哥特风格的物品和徽章装饰工作区，安德里亚则把书稿装在贴有详细标签的树脂玻璃置物箱里，周围是成堆的书。

房间的中心是“心房”，这是我们为大型生产桌起的名字，我们四人在图书正式出版前的关键阶段，会一起在那里工作，比如确定封面，撰写导语，做印刷前的最后调整。这也是我们的校对员布鲁来检查通读稿时所坐的地方。通读稿是排版后的打印件，她必须仔细审阅，检查有没有拼写和语法错误。她戴着一副巨大的耳机，一边埋头苦读，一边开着最大音量听金属乐队或柏辽兹的歌。

山姆在办公室里徘徊，最终来到了“战利品柜”前。在沿着宽敞房间长长侧墙排列的书架上，封面朝外，放着“解构现实”在过去 20 年里出版的所有书籍。首版、翻译版、定制版、再版和平装版。

山姆的脸上闪烁着喜悦和好奇，我发现自己骄傲地脸红了。“我们只出版科幻小说，规模不大，但非常专业。我们最成功的两本书是《薛定谔的猫》和《一千扇门的房子》。我在 24 岁时创办了解构现实出版社，我是迈克尔·穆考克[1]的超级粉丝。”

山姆小声说：“《杰瑞·科尼利厄斯的数度生命和时光》。”

“《时光流转的游牧人》！”我喊道。

山姆显然很享受这场比赛，用穆考克的另一本书《永恒斗士》来反击。

“我喜欢永恒的斗士，因为——”

“他们保持了多元宇宙的平衡，确保平行世界不会合并。”

我们高兴又惊讶地看着对方，有那么一瞬间，我又回到了 13 岁。那时我是个书虫，喜欢读那些在同龄人看来晦涩难懂的东西。他们读言情小说，我读蒸汽朋克；他们读《流行精选》[2]和《十七岁》，而我读的是厄休拉·勒古恩[3]写的关于超光速和时间理论的书。她教给我的人生格言是：“真理是关于想象的问题。”没有人能和我分享这个怪异的爱好，要是有山姆这样的阅读同伴，我会不惜一切代价。

我们从托盘里拿起茶杯，轻轻碰了一下，但山姆听到了漆皮高

1 迈克尔·穆考克：英国科幻作家，后文提到的两本书都是他的作品。——译者注

2 《流行精选》：英国著名流行音乐杂志。——译者注

3 厄休拉·勒古恩：美国科幻大师，女性主义作家。——译者注

跟鞋越来越近的嗒嗒声，转过身来，迎接他的是一幅不可思议的景象。

“温妮，亲爱的，你还没有给我封面设计的反馈。”

波比把她那黑闪闪、精心设计的贝蒂·佩吉[1]式刘海从眼前吹开。我的新闻发言人兼市场总监是一位经验丰富的乡村摇滚女孩，带着点儿性感。今天她穿了件黑色连衣裙，上面有白色波点，红色的下摆垂在拼接长袜和漆皮玛丽珍鞋上。

“波比，我来向你介绍一下山姆。山姆，这是波比。山姆喜欢科幻小说。”

“哦，真是幸运，那是我唯一喜欢的小说类型。”我的“秘密武器”说着，伸出一只精致白皙的手，戴着黑色的半指蕾丝手套。

我没告诉山姆波比无所不能。她可以犒劳作家、维护公关、搞定媒体，甚至在喝了7杯亨利爵士金汤力之后，还能写出令人惊叹的推文。我创办“解构现实”的时候就认识她了，迄今已经20年。我们都喜欢平行宇宙，平面设计师拉尔夫和我的主编安德里亚也是如此。

波比因为背部的文身而闻名业界。文身是一本打开的书，上面收录着她最喜欢的名言，每找到一句她就请一位艺术家用墨水将之刺进皮肤里。相比获得布克奖，有些作家宁愿在波比的皮肤里永垂不朽。

她递给我一份打印件，我们正在出版《一千扇门的房子》10周年纪念版。

1 贝蒂·佩吉：美国著名的海报女郎。——译者注

“它写的是什么？”山姆问。

“关于多重世界。”安德里亚回答，她办公区的角落里都堆满了树脂玻璃盒装的书稿，“有一天，一位年轻而焦虑的刑事律师在他的办公室里发现了一扇从未见过的门。他穿过那道门，发现自己又回到了办公室，只是他生活的‘参数’从此发生了微小的变化，他——”

“跟老板的妻子有了暧昧。”拉尔夫注意到战利品柜旁的人群后，接过话说，“一个喜怒无常的女神，但你能怎么办？”

“他逃走了，但没注意到自己是从第二间办公室的暗门中出去的。”安德里亚解释说，继续讲这个故事。

波比总结道：“他在寻找‘最好’的生活方式，却被无数扇门和成千上万种不同的生活方式搞得一塌糊涂。”

我没有告诉山姆的是，这就是十几年前，我读给死去的父亲听的那部未经编辑的手稿，当时我一直守在他的遗体旁边。我几乎将它烂熟于心，每次看到它，就会想起那个房间里的寂静，想起没有他的生活是多么空虚。花了 4 年时间，我才觉得自己重新学会了笑，不再泪流满面。

“你觉得这个封面怎么样？”我问山姆。

他放下手中的茶杯，极其认真地从我手中接过设计图，研究起来。封面非常普通——一扇蓝色的门漂浮在海面上，但仔细观察就会发现它是由无数扇同样的门组成的。封面就像脸孔一样：没人能取悦所有人，也并不总能传达出背后全部的复杂性。

我希望有一扇门，能让我走进一种新的生活，在那里亨利从未和我相遇；或者我们是一对夫妻，有个小女儿，而他不在昏迷之中。

山姆说：“这个封面是给女孩看的，而故事是给男孩看的，听起来挺有意思，但图片很差劲。”

安德里亚抱怨了一声：“唉！”拉尔夫说：“我早跟你说了！”波比搂着山姆，提出一个建议：“嘿，塞缪尔，从现在起，参加我们所有的封面展示会怎么样？我觉得有你这个天才读者的角度，我们会都打起精神来。你说呢？”

他害羞地看了她一眼，然后直视她的脸，声音小到几乎听不见：“好吧！”他似乎已经准备好欢呼雀跃了。

我说过波比无所不能，甚至能把难过的男孩变成年轻的男人——而且是非常快乐的男人。

“我觉得这是个很不错的主意，山姆，”拉尔夫赞同道，“如果你还认识其他读科幻小说的人——”

“我的朋友斯科特！”

哦，我真喜欢你，小家伙，我想着，你的第一反应是分享你的好运，而不是自己藏起来。我很敬佩他。

男孩的目光落在角落小厨房墙上挂着的大钟上，旁边是《神秘博士》里塔迪斯[1]风格的画。“我得走了，”他没精打采地说，“SIG的会议先在禁忌星球开，然后会转移到吉斯特·琼斯家。”

“SIG？”我问。我们都很熟悉伦敦最大最好的书店“禁忌星球”，它以售卖科幻小说、幻想小说和我们这类小众文学书闻名。

“就是特别兴趣小组。”波比很快回答，又对山姆说：“所以你是门萨会员吗？哇哦。你多大了——15岁？”

“我13岁，嗯，差不多有14岁了。”他回答说，挺直了身子。

1　塔迪斯：英国科幻电视剧《神秘博士》中的时间机器和宇宙飞船。——译者注波比的又一道魔法。

“你要去吉斯特家吗？”拉尔夫说，“好吧，跟他打个招呼，告诉他还欠我一顿酒和一份稿子。”

“我们什么时候开始出版吉斯特·琼斯了？”我大声问道。我们的预算没那么多。

“他赌输了，具体我就不多说了。君子协定。”

“你能不能至少告诉我这本书是关于什么的？还是出版前也要保密？”

“哦，这次的书名是《走绳》，写的是人们被实施诱导性昏迷，这样他们就可以在死者的梦里穿越时间。”

我不用看山姆就知道，拉尔夫的话已经刺伤了那种孩子气的轻松愉悦，这是过去几个小时里在他的举止间慢慢恢复过来的。疼痛就是这样：它对特定词语的反应，就像是马戏团里的动物面对人类的发号施令一样。“昏迷”这个词削弱了我们的勇气，也重新点燃了我们的恐惧。

波比给了拉尔夫的手臂一拳作为警告。“我会把你送到禁忌星球。”我低声对山姆说。安德里亚说：“好吧，我会想出《一千扇门的房子》的备选封面。”

山姆让我送他到地铁站，就到那儿为止，我们脆弱的关系出现了裂痕。我们站在台阶旁边，一股风从地铁里吹上来。车厢里弥漫着典型的柴油味，许多的人混合着列车散发的热气。我们道别时，他扫视了一下我的眼睛。

“我们有一个特别兴趣小组，由门萨组织，每周都会碰面，”他低声说，“我们一直是在禁忌星球见面，然后去吉斯特·琼斯家，我妈妈会在那儿接我。她以为我整天都和斯科特在一起，她不想让我见我父亲，尽管在这一切发生之前，我从未见过他。谢谢你的茶，还有……再见。”

说完这些含糊的话，他留下我站在那儿，自己跑下了台阶。

“嘿！”我在他身后喊道，“下次带斯科特一起来！”

他在楼梯上转过身，行了一个瓦肯举手礼。

我真想和亨利有个孩子。我想和亨利分享一切。

天已经黑了，我累得再也喝不下去泰斯卡威士忌了。它轻微的截肢麻药似的味道，让我的感官变得麻木。我一直在问自己同样的问题，但现在它们在我脑海里旋转得越来越慢。

这是我想要的吗？我能做到吗？我能照索尔医生说的那样照顾亨利吗？我能让怀尔德忍受这个吗？我能让自己离开亨利吗？我能把他找回来吗？如果有一天我突然想报复他或者想让他死呢？还有为什么，天啊，为什么山姆从未见过他的父亲？

索尔医生建议我去咨询其他人，询问我是否背负了太多的责任，“贪多嚼不烂”。没问题，但是唯一一个和我非常亲密、十分了解我的人已经死了。不过我依旧在问他，默默地问：我该怎么办？我能做到吗？我应该这么做吗？

我父亲是灯塔巡视员。他不仅检查散布在康沃尔郡沿岸的灯塔，还要检查英吉利海峡对岸的灯塔，从瑟堡到圣马修，就在布雷斯特锚地以北。那里的海面上到处都是灯塔。他能听出来驱动旋转灯的玻璃管罩内空气是不是太少了。他还能从塔楼和敞开窗户中的风声里，听出是否有暴风雨正在酝酿。他总是在登塔之前充分准备，尤其是在冬季，他就像在一根脆弱的手指上攀爬，手指从汹涌波涛之中恶作剧似的伸出来，海水在他身边来回撞击，在灯塔四周奔涌翻腾，像一圈巨大的水沫和狂怒。

父亲告诉我，进入灯塔时，不要去想楼梯有多高，而是要把注意力集中在第一步上，一步一步走上去。

“面对乍看之下无法招架的挑战，这就是你的应对之法。”把世界缩小，精确行动，不要在意面前的漫漫长夜，只需注意当下，他就是这么跟我说的。“你必须沿着这条路走到尽头，才能看到它的全貌，埃德温娜。”

我伸出双臂搂住枕头，把脸埋进去。好像过了很久我才睡着，然后亨利来了，亲吻我的肚子。我能感觉到他的嘴唇和呼吸。我感觉到他沿着我的胸腔一直亲吻到脖子，他的嘴扫过我的嘴，嘴唇落在我眼皮上，没人能像他那样吻我。

当我睁开眼睛看着亨利，告诉他我做了个梦，一个可怕的梦，梦里我把他赶走，然后他在一次神秘的事故后陷入昏迷时，他已不在那儿了。只有我的眼睑是冰凉的，好像被吻过，真的被吻过，因为风从敞开的窗户中吹进来，把我柔嫩的皮肤上一层薄薄的水分吹干了。

我 44 岁，亨利很久以前就拒绝了我。我不欠他什么，更不必为他去牺牲我的生活！不，我既不感到内疚，也不愿做出任何牺牲。我觉得我做的任何决定都会是错误的。

我可以否决怀尔德，或者亨利，或者我自己。

山姆

我妈妈每晚睡觉前都会洗澡，擦上她从巴黎买的一种闻起来像点心的身体乳液，然后穿着短裤和内衣坐在厨房里，直到皮肤吸收了乳液。与此同时，她会读一本超市特价出售的浅色封皮小说。

她会先把每本新书翻到最后一页，确定它有一个美好的结局。如果没有的话，她从一开始就不会去做这件“蠢事”。她一边读，一边轻抿一小杯起泡酒。在这个仪式里，任何人都不能和玛丽-弗朗斯说话，包括史蒂夫和我，甚至我弟弟马尔科姆也不能打扰她。马尔科姆小时候常常能打断她。

我现在知道她为什么这么做了——这是她唯一感到安全的时候，知道一切都会好起来的时候。在永无宁日之地生活了太久之后，我母亲最为迫切的需要就是一切安好。她见过每一扇通往地狱的门。

我走进后院花园，坐在黑暗中，盯着这座房子、我们居住的立方体。这是一座位于帕特尼的带露台的小房子，有一间需要拉绳子关灯的浴室。我母亲之所以买下这栋砖面砂岩的房子，就是因为这座所谓的“花园”，它包括一小块草坪和一排常绿藩篱。透过明亮的窗户，我看到妈妈在厨房里，史蒂夫坐在电视机前，电视上正播放着一场足球比赛。

生活在小而安全的立方体中。

我在玩一个叫“如果爸爸在这儿”的游戏，规则是这样的：我闭上眼睛，想象有爸爸的生活可能是什么样子，想象等我睁开眼时，所有的想法就都会变成现实。会有一个巨大的书柜，里面塞满了小说；我们会养一只叫临冬城[1]或洛桑的狗；我会像特里·普拉切特爵士[2]那样戴一顶尖尖的黑色帽子，在毛巾节那天，父亲会念叨着道格拉斯·亚当斯的名言，整天穿着条纹睡衣[3]，教我如何利用筷子和涂鸦罐独自穿过雷区，埃迪会骑着她的摩托车过来，玛蒂也会来的。

我闭上眼睛，想象埃迪从她的宝马摩托车上下来，走进房子里。我父亲会亲吻她。

但是玛蒂呢？她会向我走来，双手蒙住眼睛，就像玩捉迷藏一样，但她清楚地知道我在哪儿。她会突然转向我，离得非常近，然后放下双手，看着我。

当我睁开眼睛时，除了妈妈从超市买的低俗小说以外，家里仅有的书都在我的房间里。史蒂夫在看足球，马尔科姆在玩他的游戏机。

斯科特曾经形容史蒂夫是一台“超级砂磨机”。史蒂夫是个铺地板工，在一家DIY超市工作。他不是坏人，即使他一直叫我“风机工”，好像不记得我的名字一样。斯科特给我继父起了个外号“风机工史蒂夫”。

---

1 临冬城：《冰与火之歌》及其改编剧集《权力的游戏》中的城堡名。——译者注

2 特里·普拉切特：英国著名幻想小说家，代表作有《碟形世界》系列。——编者注

3 在道格拉斯·亚当斯的小说《银河系漫游指南》中，主人公是在早晨匆忙离开地球的，始终穿着条纹睡衣。在书中，毛巾对星球漫游者来说是最有用的东西。亚当斯去世后，书迷为了纪念他，将每年的5月25日定为毛巾节。——编者注

我数到5，使劲吞了两下口水，继续数，然后拖着脚步走进屋。

“你作业做完了吗，山姆？”我母亲叫道，她的酒杯已经空了。

我哪有时间？我很想吼回去，哪有空？但我没有作声，进了自己的房间。

几分钟后，她站在我门口，身上裹着一条睡裙。她闻起来有一股松饼的味道，伴着一阵酒气。“你有没有做法语单词练习？”

“嗯。”

“三个星期后就考试了。”

“是的。”

“你知道这意味着什么吗，山姆？”

“我知道，妈妈。”

这是每天的例行对话，那次她来吉斯特·琼斯家接我的时候，我们就在车里聊过这个。我母亲很怕我过上懒散的生活。

“山姆，如果你想有所成就、做出一番事业的话，那些考试就真的很重要。”

“所以，史蒂夫以前就是没有通过考试吗？”

母亲猛吸了一口气，我也不知道自己为什么要那样说。这不公平，我宁愿待在别的地方，任何地方，除了这儿——而她对这个事实也无能为力。我愿意待在任何一个地方，除了这个史蒂夫叫我“风机工”的立方体。

“我知道你今天下午逃课了，塞缪尔。”

“不，我没有。”

“你去哪里了？”母亲向我靠近。

“随便走走，”我嗫嚅着，“我去了禁忌星球，普拉切特的新书刚上市。”

“塞缪尔，”她说，“你逃课了，你也没有去禁忌星球，因为我给他们打过电话，他们都认识你。所以……你去了哪儿？”

如果我告诉她真相，说我去了医院里，在过去的两周半里每天都去了，她肯定会觉得我背叛了她。向来如此，只要我表现出对父亲的丝毫爱意，母亲就会觉得受伤，一整天都不说话。这就是我一直跟她撒谎的原因。“斯科特和我在抽烟。”

斯科特肯定会笑掉大牙，因为我唯一一次吸了一口他的好彩烟，就感到头晕，不得不躺了半个小时。

但现在我遭受的这一连串劈头盖脸的谩骂，肯定比我坦白去医院看望父亲后面对她那种不可避免的沮丧、大失所望的沉默好得多。她在长篇大论之后，又严厉禁止我再去买那些可怕的幻想小说，并且宣布暂时不再给我零用钱，也不会让我看电视。

我母亲走出房间之前，又四下看了一眼：“你是在毁掉你的生活，山姆！”

她关上身后的门，我坐在那儿，很想对她大喊：事情根本不是你想的那样！我父亲救了一个小孩，他戴着那条编织手环，还死过一次，现在处于昏迷之中。医院里还有个女孩叫玛蒂，我想和她永远在一起。我的生活永远不会像她那样被毁掉，她永远也无法坐着考试，永远没有机会了。但我只是静静地坐在书桌前，拳头按在桌面上。

我母亲是一个伤痕累累的女人，自打我出生起，我就察觉到有一块阴影笼罩着她的灵魂。没必要去伤害她，有时候，我想保护她不受任何伤害。我想告诉她，我爱她，但不知如何开口。

我听到史蒂夫正在快速换台，然后我母亲叫他上床睡觉了。过了一小会儿，我听到他们的卧室里传来一阵有节奏的刮擦声，是史蒂夫和我母亲做爱时床头摩擦墙纸的声音。每次持续9分钟，接着是厕所冲水的声音。

马尔科姆来到我的房间，他还不明白发出这些声音的缘由。他爬上我的床，仔细看着我的脸，悄悄地说："你闻起来一点烟味都没有，塞米。"

我没有马上回答他。马尔科姆是"他们那边的"，是这个幸福家庭中的一员。当然，这是胡说八道，但每次看到他，我都会把自己当作这个家庭的闯入者，一个令人讨厌的人。不过我也知道，我会为我弟弟做任何事情，他是那种从来不明白为什么其他人会说谎或使坏的人。

马尔科姆坐在我床上："你不是在抽烟，塞米。你去哪儿了？"

我去哪儿了？问得真好。我的生活被黑客入侵，重新格式化了，变成了我"真正"应该过的生活，还有一个失去了所有亲人的父亲。

或者说当一切都改变了之后，又会发生什么呢？如果你的生活不是被入侵，但世界却已面目全非？也许我就像那位律师，走进办公室的一扇暗门，在不同的生活中游荡，最终不能确定哪一种才是真正的生活。

我不再在这个迷宫里冥思苦想，而是数到了500。我弟弟已经睡着了，我努力弄清自己是否还在现实世界里。

我轻轻地从衣柜里拿出了两个装滑雪靴的鞋盒，来帮助自己做决定。它们装着两份沉重的档案。我打开第一个，快速浏览里面报纸文章的标题。

《迷失欧洲：巴尔干战争中被遗忘的孩子》

《背包里有炸弹的女孩》

《虚假战争：美国军队如何审查记者》

《被叛军绑架：记者变成谈判筹码》

凡此种种。前线报道、文章、照片。直到13年前我出生，父亲一直是一名战地记者，我几乎拥有他发表过的每一篇文章。我把它们从网上打印出来，或者从跳蚤市场和易贝网上找到的旧杂志上剪下来。我还从学校给报社寄信，索要过期刊物。

第二个鞋盒里是2002年《时代》周刊上的一幅肖像画。杂志封面上是我父亲的脸，被著名的红色边框环绕着。照片下面的文字是“无畏先生”。我父亲盯着镜头后面，那双蓝眼睛表明他可能正在盯着远处的某样东西。他的皮肤晒得黝黑，沟壑纵横，方形下巴上布满了银色的胡茬儿。他左边的眉毛上有一道伤疤，那里没长毛发。他在采访中说，他在武科瓦尔[1]被一名醉酒的士兵用刀刺伤。在被放行之前，父亲不得不在那个士兵面前跪了两个小时，对方尿在他身上、毒打他。他把一个塞尔维亚孤儿藏在车里，偷偷带过了边境。

我曾经给斯科特讲过这个故事。他沉默了很久，然后发生了一件不寻常的事：他的眼里涌起了泪。

“你父亲是个真正的男子汉，我的朋友。他不炫耀，不说那些‘我有这个’‘我做了那个’‘我能买得起这样那样的手表’之类的屁

1　武科瓦尔：克罗地亚东部边境城市。——译者注

话。我聪明的小伙伴，你爸爸才是一个活得充实的人。”

《时代》周刊将亨利·斯金纳评为“年度人物”，代表全世界所有冒着生命危险报道残酷事件的战地记者。

当我出生时，父亲就停止了在战区的报道。我妈妈说那和我没关系，但也许有关系。她没有看过《时代》周刊的专访，我看了。我能把它背下来，包括我父亲说的那句话：“战地记者都不应该有家庭。”

我翻了几页关于南苏丹儿童兵的报道。有一张照片是一个男人俯身坐在吉普车里。背景中，我父亲蹲在一个手拿来复枪的男孩旁边，前景是一条破碎的贝壳项链。那时母亲尚不顾自己的生命安危，拍下了这张照片。

我计算过时间，可能就是这样子，这事应该发生在非洲。我母亲从来不谈论她是什么时候遇见我父亲的，以及后来发生了什么。她也没说为什么我 4 岁时她会从巴黎来到这里。

马尔科姆睡眼惺忪地在床上问：“你在看什么？”

我拿起文件，坐在床边，给他看这本《时代》周刊的封面，上面有我父亲的脸。

“是丹尼尔·克雷格[1]吗？”他问道。

“差不多。”我回答。我父亲确实有点像丹尼尔·克雷格，一个严肃的独行侠，给人的印象是他不知道该怎样笑，但头发比克雷格的要黑一些。

“他在干什么？”

---

1 丹尼尔·克雷格：英国男演员，曾主演《007》系列电影。——译者注

“他在睡觉，像你一样。”马尔科姆听话地闭上眼睛，几秒钟就睡着了。

半睡半醒的时候，这些文字开始在我眼前模糊，我小心翼翼地把它们放回盒子里，推到衣柜的最里面。

记录这个世界，去理解它；记录人物，让他们为人所知；记录我的想法，以免自己发疯。去年我给自己买了一个笔记本来做这些事情，但它就躺在那里，没被打开过，好像在说，你到底有什么要说的？

我轻轻地把马尔科姆推到了床上更靠墙的地方，然后在他身边窄窄的地方躺了下来。

如果我爸爸和妈妈还在一起会怎样呢？我想他现在就不会陷入昏迷了。我不知道埃迪该如何融入这幅画面，但也许，不管怎样，她都会在这里。

睡着之前，我仍然在试图把我的父亲、母亲、马尔科姆、玛蒂和埃迪塞进一幅画面里。我梦见了那个昏迷的小女孩。她的脸漂浮在厚厚的河流冰层下面，背后是漆黑的大海，她抬头看着我。大海分开了，我陷入一个早在上学之前就经常做的梦里——儿科医生说这是一种夜惊症、一种夜间的恐惧，儿童心理学家说这是对创伤经历的应激反应。

但我从未经历过梦里发生的事情：一辆火车从一条长长的黑色隧道中驶来，我非常害怕，因为有人躺在铁轨上，火车就要从他身上辗过去了。我一遍又一遍地做着这个梦，然后当火车驶来、车头灯照在我脸上时，我醒了，躺在黑暗中，血液在耳中突突跳动。

第20天

亨利

我从正在行驶的吉普车里滚了出来，用身体挡住玛丽-弗朗斯，手护着她的头。她在我身下尖叫，沙子很烫，透过裤子灼烧着我的膝盖。

吉普车又向前开了几码，撞上一堵墙。我们的司机尼尔森瘫倒在方向盘上。在加扎勒河地区通往瓦乌的公路旁，两名蓝盔士兵[1]已经死了，仰面躺在烧焦的草地上。

拿着机关枪的男孩踉踉跄跄地从洞里走出来，他当时正蹲在一个用硬纸板做掩护的洞里朝尼尔森开枪。

玛丽-弗朗斯正呜咽着。

这个枪手很年轻，大概 13 岁，但他的眼睛却苍老得像死人一样。他和我一样害怕。男孩蹲下来，无力地将步枪抱在胸前，闭上了眼睛。

“不要走！不要走！”玛丽-弗朗斯注意到我正从她身上起来，大叫道。

我站起来，慢慢走向那个男孩，露出手掌。他甚至没有看我一眼，当我把枪从他身上拿下来时，他也没有反抗。我清空了弹夹，

1　这里指联合国维和部队戴蓝色头盔的士兵。——译者注

把它扔到尽可能远的地方，然后蹲在他身旁。他上半身前后摇晃着，周围一片寂静。苏丹因恐怖和高温陷入了瘫痪，而我今年 31 岁，已经在战区待了太长时间。我也见过太多这样苍老的儿童。联合国儿童基金会上周将 2500 名儿童送上飞机离开了这里，其他人则聚集在草原上匆忙搭建的 SOS 儿童村里，目的是为了解除他们的武装，并向他们提供新的证件和身份。新身份会让他们变成完全不同的人，但是，名字究竟意味着什么呢？没有自己的群体，你什么都不是。

在 SOS 儿童村，我们想和被遣散的儿童兵谈谈，他们既不会阅读也不会写字，却能瞄准枪支、扣动扳机、定位地雷。我们知道的法律没有一条适用于这里，这里唯一的法则就是枪的法则。

玛丽-弗朗斯在吉普车后面，将身体环抱成一团，听到第一声枪响后，我推了她一下。我们供职的伦敦和巴黎的报社把我俩组成一队，但我们合不来。

在某一刻，我看到她抓住了绿色相机包的带子，从遍布沙尘的地上将相机拉近。她侧身躺着，端着相机，将自己和眼前的恐怖稍稍隔开。她给尼尔森和蓝盔士兵的尸体拍了一张照片，我蹲在那个儿童杀手旁边，一只手搭在他颤抖的肩膀上。

我记得自己见过这个场景，就好像我看见过玛丽-弗朗斯正在拍摄的这张照片中的自己：尼尔森的贝壳项链血淋淋地躺在前面，我和那个儿童兵在后面。

热气在我眼前闪烁，瞬间的似曾相识——我确信自己曾经经历过这几秒钟，并且确切地知道这张照片会变成什么样子——它褪色了。

“你叫什么名字？”我问。

他看着我，平静地说：“童兵。”然后又移开了目光。

阴影移动，我蹲在他旁边，玛丽-弗朗斯在拍照，除此以外，这条街上的一切都纹丝不动，就好像我们是非洲这个角落里，甚至整个世界上最后活着的几个人。苍蝇和山羊，被毁坏的汽车，塑料瓶，垃圾，再无他物。

过了一会儿，童兵告诉我，他父亲曾经叫他阿科尔。他的父亲死了，母亲和妹妹也死了，但他的姐姐还活着，她为长官们做饭。晚上，她被允许睡在长官们的棚屋里，而他则蜷缩在两棵死树间挂着的塑料布下。

我问他是否知道联合国儿童基金会可以帮助像他这样的男孩。

“可她会怎么样？”他问道，“她会怎么样？”他害怕如果他不参加战斗，训练他的民兵就会把他姐姐卖去意大利。

我想我不能再这样下去了。我一次又一次试图把这样的“真相”带回家，将之暴露在那些只从电视上看到过战争之人的眼前。然而看到生活中的暴行时，他们总会把目光移开。

我知道为什么。

我放走了阿科尔，现在距离营地有两个小时的路程，我身边只有一支没装子弹的步枪和玛丽-弗朗斯——她心中的某些地方已刀枪不入。玛丽-弗朗斯拒绝脱下印有“记者”字样的厚重防弹背心，但当我扛起她绿色的相机包时，她很感激。

恐惧笼罩着我们，把我们从这个过于真实的世界中赶出来。在这个无视法律的战地，我们唯一的共同点就是我们的恐惧，它就像一种可怕的疾病，使我们都无法痊愈。

那天晚上，玛丽-弗朗斯不想独自睡在驼绒毯子下，不想睡在只点着两根细蜡烛的通讯社帐篷里的行军床上。

“我想在死前最后做一次爱。”她说。

“你不会死在这里的。”我回答。

“所以你不想要我吗，你这个傲慢的浑蛋？”

“我不知道为什么爱对人如此重要，甚至当他们处于致命的恐惧中时，就会想到爱。我宁愿要一件防弹背心和一瓶威士忌。”我刚说完，玛丽-弗朗斯就打了我。她扇了我一巴掌，捶在我胸口，直到我抓住她的手腕，紧紧抱着她的身体。玛丽-弗朗斯哭了起来，她看我的眼神里充满了痛苦和仇恨，最后我吻了她。

这就是其中一个瞬间。什么瞬间？

当玛丽-弗朗斯的嘴唇回应着我的嘴唇时，这种想法逐渐消失了。她亲吻我，似乎每一次亲吻都让她更容易呼吸。我迎着她的吻，把她抱在怀里。我抚摸着她的背，在我的触摸下她开始放松。我把嘴凑到她耳朵边哼着歌，吻了吻她的脖子。她不哭了，我正准备停下来时，她抓住我，把我拉得更近。

“跟我做爱。”她低声说。

因为她的爱抚撕开了我的孤独，向我倾诉了她的孤独，因为我不想再伤害她、羞辱她，因为我也有同样强烈的求生欲望，所以我服从了。

我感觉她的身体放松了，感觉她温和了，在欲望中忘记了自己。我用吻抹去她的恐惧，我轻轻地在她体内移动，我与她脸对脸，哼唱着《飞越彩虹》给她听。她听着。我感觉到她的温柔、她两腿间诱惑迷人的欲望，我瞥见了玛丽-弗朗斯的灵魂。有那么一瞬间，我和她莫名地亲密。

“不要走！”感觉到我的身体在不到一分钟后就离开了她时，她说。她滚烫的手推着我背部下方，让我们的身体重新贴到一起。在她身体里这样停留是一种安慰，但我还是有一种冲动，想在完全失去自我之前离开。这是一种条件反射，从三重意义上来说，我们都没有丝毫保护措施：我们赤身裸体，我们年轻，以及……

“来吧，”她低声说，“进入我吧！”

这比我们计划的更进一步，只有一步。这一次，我想，我要做点不一样的事情。然后我停止了思考。高潮的时候，我停留在她的身体里，这就像一次漫长、深刻、宣泄般的呼气。

“我还是恨你。”玛丽-弗朗斯绝望地呻吟着，紧紧抱住我，我知道我们从未爱过彼此，也永远不会。

有那么一会儿，我依偎在玛丽-弗朗斯背上，在营地的酷热和持续难熬的警戒下，我沉沉地睡着了，梦见我们有了一个儿子，他问我要不要去他的学校参加父子节，因为他从未见过我。我答应了，然后我就死了，淹死在一条味道尝起来像大海的河里。

我没有告诉玛丽-弗朗斯这个荒谬的梦，也没有告诉她那种似曾相识的既视感，那种好似走到了岔路口的奇怪感觉。仿佛我曾经躺在过这张行军床上，可以选择是否要亲吻玛丽-弗朗斯，也可以选择是否要进入玛丽-弗朗斯。

两天后我们经开罗飞往巴黎，驶过地中海时，玛丽-弗朗斯靠在我的肩膀上打盹儿。醒来时，她感到很尴尬，接下来的一路上都蜷缩在雾气朦胧的窗户旁。

在戴高乐机场蓝灰色的灯光下，我们面对面站着，周围是度假者、西装革履的乘客、行李箱以及身着铅笔裙的法航空姐们，我问她:“你还想见我吗?”

她耸了耸肩，这可能表示“我不知道”或者“再问我一次”——我对她了解得不多。她27岁，不喜欢孩子，喜欢画画，不喝玫瑰酒。

“你不必这样。”玛丽-弗朗斯慢吞吞地说。她能用一种特别的方式把头发塞到耳后，同时用那双大而没有安全感的少女般的眼睛盯着我。

我想起了那个曾经叫阿科尔的杀手，后来他失去了自己的身份，变成了“童兵”。

我想，有些女人说“不”是因为她们希望被说服，也是因为她们不想做那个说“是”的人，那是她们失败的象征。

我想到了一条只有当你走过时才会显现出来的路，就像电影《夺宝奇兵》里的那种路。

我把沉重的背包换到另一边的肩上。我感到逃跑的本能正在驱使我转身快速离开。在内心深处，一部分的我并不想去探索这条路，这条出现在长长的机场大厅出入口之间的路。这一部分的我只是想回到伦敦，清洗干净自己，去酒吧，喝得酩酊大醉，直到感觉困倦，然后大睡一个月，再动身前往新的地方——任何地方，除了家。

这是常有的事。我刚和一个女人上了床，就已经在出门的路上了。

我想象着我们再也见不到彼此的感觉，最初的几小时将交织着解脱和羞愧。这是情有可原的：大多数记者在海外出差途中都会和同伴上床，但玛丽-弗朗斯可能会怀上我们的儿子。她可能会流产，因为我带着充足的杜松子酒登上了英国航空的下一趟航班，而没有同意留下来，组建一个家庭。

我一定是疯了。

“那好吧。”玛丽-弗朗斯说，俯身拿起她的相机包和背包。

就现在，我想，说吧，亨利！这次做点不一样的事情。

说了多少遍的“这次”！

“保重。”她喃喃地说，身体向前靠近，对着我两边的脸颊礼节性地吻了一下。左边隔空一吻，右边隔空一吻。

离开？还是留下？

和玛丽-弗朗斯待在巴黎，而不是回伦敦或飞往喀布尔，可能会令我发现全新的可能性，对此我极为好奇。内心一阵颤动：*来吧！就做一次成年人吧！*

然而……我不知道这种矛盾感从何而来，它伴随着一种“这次就这么办”的感觉。

当我们轻抚脸颊再次亲吻时，我低声说“我愿意和你在一起”，但即便是自己说出的话，我也知道这不是真的。我不以为意，心想这一定很正常，每个男人第一次留下来的时候都会有这种感觉。

她紧紧拥抱着我，尔后小声说：“我仍旧恨你，但没以前那么恨了。”然后紧贴着我。

我没有坐接下来飞往伦敦的航班，也没坐另一班飞往喀布尔的航班，而是待在了巴黎。三个月后，玛丽-弗朗斯给我看了超声波扫描。“我想要这个孩子，但我不想要你。”她说。

“你当然不想要我，你总是这么说，但我不相信你，所以无论如何我都要留下来。”

她搂着我的脖子说：“你说得对。”但她从未说过“我爱你”，因为她说不出口，我也是。不过，我对玛丽-弗朗斯很了解，知道她一直在考验着我对她的爱。她在寻找我爱她的证据。她总是把我打发走，这样我才能再次回到她身边。这几乎是爱的唯一方式，因为我们都知道那不是真的爱。

这就是那一晚的奇迹。我们的儿子，塞缪尔·诺姆，一个恐惧的孩子。我无法想象，如果我们不在一起，将如何面对这个奇迹。玛丽-弗朗斯只提了一个条件："如果孩子出生，就不要再去战区了。我不想让他为你担心。"

我信守承诺。

我花了三年半的时间向玛丽-弗朗斯保证我会和她在一起，即使她说她不想那样。她拍的那张尼尔森的贝壳项链的照片获了奖，我在《世界报》找到了一份兼职工作，我不会再去战区了。

塞缪尔是个娇弱的孩子。当我们的小宝贝突然拒绝继续往前走或因为被迫进入一个陌生房间而大哭起来时，玛丽-弗朗斯常常感到绝望。当小家伙被梦魇所扰时，她从不厌倦在夜里起来，看他指着一处阴影，蜷缩在婴儿床最边上的角落里。她抱着他，安慰他，但她不知道我对那些梦有多了解。我很快搬进了塞缪尔的房间，玛丽-弗朗斯很嫉妒，见我发现了照顾儿子是如此容易，她同时也很感激。她的感激是真诚而温柔的，我们一起度过了一段美好的时光。我从不觉得山姆难缠——一秒钟也没有。多年来他都不能正常说话，当他终于开口的时候，幼儿园的老师说他会说一些奇怪的事情。语言治疗师也很担心，唯独我不觉得他说的话很奇怪。这些词听起来有点像藏语，或者他是在梦中学会了一些词，可能是对他在夜间冒险中看到事物的合理描述，只是现实世界中没人理解他的语言罢了。

玛丽-弗朗斯和她的老板上床了。有一天，她老板的妻子告诉了我这件事，甚至建议我们也应该来场外遇——“为了公平，亲爱的”。然而，我想到了山姆，想到他已经对母亲竭力隐瞒外遇的事情反应激烈——这对她来说既是好事，又是件令人担忧的事。是的，山姆能感知并理解他的妈妈，这可能是我不与玛丽-弗朗斯计较的另一个原因，因为儿子学会了感受我的感受。当玛丽-弗朗斯冷漠待他时，他并不怀恨在心，而是充满爱意。他踩着胖嘟嘟的小脚朝她跑过去，爬上她的椅子抚摸她的脸颊。我有时觉得他能像感染感冒一样感染到她的情绪。

我拒绝了玛丽-弗朗斯老板妻子的提议。

我看了一会儿玛丽-弗朗斯，听着她编造的理由，以及关于她什么时候去了哪里的谎言。像许多女人一样，她犯了一个根本性的错误，那就是变得比以往任何时候都更想和我做爱，好像和我在一起的每一个正当时刻，都能抵消掉和那个人在一起的禁忌时刻。我被她的内心混乱所触动。有些时候我也想让她感到羞耻，但最终，为了我们所有人，我希望我们能坦诚相待。

我通常拒绝和她做爱，她感觉如释重负，同时又疑心不安。“除了我，你还和谁上床？”当我们已有三四个月没赤裸相拥时，她有一天问道。

“你呢？”我反问道，“还在跟克劳德上床吗？”

“我恨你。”她低声说，我明白为什么。我们讨厌那些被欺骗时没有表现出任何受伤迹象的人，可我真的不觉得委屈。我一点都不在乎。我甚至希望她爱他——爱一个人，对她有很多好处。

她痛苦地意识到我不爱她，但我们生命中出现的奇迹仍然强大到足以把我们紧紧绑在一起——我们奇迹般出世的孩子，即使对她来说山姆比我更加陌生。

我想，要是她的老板克劳德明天早上和妻子尚塔尔分居，玛丽-弗朗斯晚上就会搬去和他一起住。然而，尚塔尔对丈夫可不像我对妻子那么轻易放手。

我深深地爱着山姆，他是玛丽-弗朗斯和我匮乏爱情之下的奇迹。有时候，她幽会归来，疲惫而放松，浑身散发着白葡萄酒、克劳德的须后水和刚洗过的酒店床单的气味，我静静地从床上起来，看着山姆睡觉。

所以，这就是生活的意义。

我第一次理解了那些已经不爱妻子，却也不会离家出走的男人。就是因为这些小人儿，这些纯洁的小人儿。爱他们是如此简单，无可救药。

山姆对外部世界极其敏感，他唯一的抵御方式就是哭泣、睡觉或爬到一边。当他听到愉悦的声音或响动时，我看到他的小脑袋会转过来，但听到不喜欢的声音时，他就会背过脸去。比如，他能听懂谎言、夸大其词和悲伤。当他发现这些近乎难以忍受时，就会哭起来。

和山姆在一起，似乎加深了我对世界的理解。他也会对空间和地点做出反应，我们不能在某些街道上行走，有一次他就在一栋楼的入口处大哭起来，后来我才知道有人在那里被抢劫和杀害了。

他是我隐形世界的小地震仪。他观察着我和周围的一切，带着一种古怪的、几近原始的敏感。他能感知现实的第五维度，这是很多现代人在数字时代看不到的。

“第五维度”是一位精神研究者取出的名字，他的正职是物理学家和生物学家，副职则是研究非理性。“天地之间的球体，你知道的，充满了奇怪的巧合。有人死去，然后有孩子降生。你正在想着一个30年前见过的朋友，这时电话铃响了，他就在电话那端。当你置身一幢被毁掉的建筑，或者驱车穿过曾饱受战争蹂躏的乡间时，那种奇怪的感觉会把你紧紧抓住。诺曼底海岸仍然笼罩着一层血腥的阴影，你去过那儿吗？”

我去过，跟马洛和伊凡去过一次，他说得没错，那里的天空更加灰暗，草地更加疲倦，那些古老而历史悠久的房子，也比别处的房子更加低矮悲伤。那片土地四面受挫。当时，我认为那是我的错——是因为我知道有成千上万的人在那里死去，而不是因为那片土地有它自己的记忆，一层血色笼罩。

那位精神研究者解释说，很多事情是人们无法通过理性或者被文明驯服过的有限感官来感知的，要么是他们的身体或精神无法做到，要么是因为他们不想再继续那样做了。

“孩子、狗和猫能看到和感觉到我们否认其存在的东西。成长并不总是让你变得更加聪明，它通常会让你变得更加愚蠢。”

换句话说，我的儿子仍能看见所有这些东西。他的感官比我和其他任何人多了千万只眼睛和耳朵。有一天发生了一件有意思的事情，他指着一个角落说：“爷爷！爷爷！”他可能指的是马洛或者伊凡。我什么也看不见，但山姆开始咯咯大笑。他能看见我的父亲和祖父吗？孩子能看见死去的人吗？

5月的一天，我试着教山姆数数，一次次尝试教给他数字4的含义——4根手指、4只鞋、4根草。他清晰洪亮地大叫道："黄色。"

"不是的，山姆。是4——不是黄色。"

他摇着他的小脑袋，拍着我的手指，用力重复道："黄色。"他指着维莱特低地岸边沙滩上我用一根长树枝写下的一排数字，不远处还有一些老人正在玩掷球。山姆指着8说，"录色"，他是说绿色，然后指着5说，"南色"。6是红色，7是浅绿色，3是青黄色，2是灰红色。他一点也不喜欢数字1。

"啊哈，那么黄色加黄色是什么呢？"

"录色。"他立刻回答道，指着数字8。他很喜欢各种8，他很喜欢深绿色。

那一整天我们都在玩"数字是颜色"的游戏，到了晚上，我意识到，我的儿子不仅能看到数字里的颜色，他还能赋予颜色和数字声音或性格，比如友好、强壮或卑鄙，地铁列车进站的声音（"喂——呜"，意思是"白色的11"），或者当你用手捂着耳朵，血液在大脑里涌动（"南色的弄，爸爸！"意思是一个蓝色的梦）。我还知道，山姆也给他在别人身上觉察到的情绪赋予了颜色。还有物体的情绪，虽然他不能告诉我是哪些物体。他指着阴影和水坑，我知道我乐意穷尽一生去学习他的语言。

当我们走过巴士底广场时，他脸色苍白，非常安静，紧握着我的手，用他胖乎乎的小脚艰难地走着。我能感觉到太阳的温暖照在我背上。

"这里是红色和白色的。"山姆说，他不只是这么说着，还指着已经屹立了100年或更久的墙壁和柱子。"哦，大声点！"他说，智慧苍老的眼睛里充满了泪水[1]。

就在那天，我终于开始真正了解他了。我的儿子比其他人有更多的感官接收体，因此他遭受着一连串的“印象轰炸”，而正常人即便跃出了感官的界限边缘也没能注意到那些。他是一个联觉者，我决定尽可能委婉地把这个消息告诉给玛丽-弗朗斯，然而，山姆需要很大的勇气和决心来面对这份礼物和这个“额外的世界”。

我在寻找一条回家的路，我非常确定，这条路不会带我们走过太多的街角、广场和窗台，那些发生过袭击、谋杀、暴乱、自杀或私刑的地方。路上，我给山姆买了一个大大的海盐黄油焦糖冰激凌，就是我们常在布列塔尼半岛的菲尼斯泰尔冷饮店吃的那种。在他舔着冰激凌的时候，我向他和我自己保证，我会尽我所能去帮助他在这个“额外的世界”里生存下去。

我突然对儿子充满了柔情，甚至不得不咬住了自己的脸颊内侧。虽然很疼，但至少我没有哭出来。

忽然之间，山姆看着我说：“爸爸疼吗？”

我点点头。爸爸疼，但这是一种可爱的疼。

我还没有找到时间告诉玛丽-弗朗斯。我和山姆正在等地铁，随着“喂——呜”的声音越来越近，那个悲伤醉酒的手风琴演奏者也在靠近。他被悬在乐器上的皮带绊了一下，肩膀撞到了我，让我失去平衡，手也从山姆身上甩开。我掉到铁轨上，火车从前方迎面驶来。

不是现在！拜托！这太……

1　巴士底广场原为巴士底狱，是法国大革命的发源地。——译者注

第25天

亨利

我从正在行驶的吉普车里滚了出来，用身体挡住玛丽-弗朗斯，手护着她的头。吉普车又向前开了几码，撞上一堵墙。我们的司机尼尔森瘫倒在方向盘上。他死在了加扎勒河地区通往瓦乌的公路旁。

拿着机关枪的男孩很年轻，大概13岁，但他的眼睛却苍老得像死人一样。我见过许多这样苍老、疲惫的孩子，太多了。我们注视着对方，直到他垂下目光，任步枪从纤瘦的手指间滑落，仿佛他已很厌倦总是在做同样的事情——杀戮，再杀戮，更多的杀戮，一遍又一遍地过着同样的生活，重复每一个小时、每一个错误、每一个徒劳无功的时刻，这一定痛苦不堪。

玛丽-弗朗斯在吉普车后面，将身体环抱成一团，我看到她抓住了绿色的相机包。永远这么专业，我想，即便在此刻。

热气在眼前闪烁，一时间，我想我知道这张照片会是什么样子。接下来，我还知道玛丽-弗朗斯将和主编一起坐在看版台旁边，浏览幻灯片和小样。他们的身体会触碰、越界，经过几周的眉目传情，在这些越界的末尾，两人将赤身裸体，在对方体内呻吟、扭动。多年以后，会有更多的眼泪。

我在眨眼之间看到了这一切。眼睛在流泪，头一阵阵地痛，我感到一种无法被满足的渴。

我的主编格雷戈里为我派来一位公司的专职医生。他告诉我，我的大脑里已经没有空间了，我就像是一张吸墨纸，大脑里面塞满了多年以来积累的图像、超写实镜头和多发性情感创伤。它们从未被处理过，“比如被治疗，斯金纳先生”。但是，心理治疗能把战争从你的脑海中赶走吗？

当阴影移动、玛丽-弗朗斯拍照时，我蹲在男孩身边。这个残忍的男孩告诉我，他父亲以前叫他阿科尔。他父亲死了，母亲和妹妹也死了，但他的姐姐还活着，为长官们做饭。

“纳希亚。”我低声说，他点点头，我这才意识到阿科尔并没有提过他姐姐的名字。那我是怎么知道的呢？这是怎么回事？发生了什么？我得了疟疾，我想，产生了幻觉，我要死了。我会死吗？

现实已到了崩溃的边缘。童兵、纳希亚，尼尔森的血滴落在汽车座椅上，滴落在他破碎的贝壳项链上，还有玛丽-弗朗斯，总有一天，她会和她的老板上床。

我快要死了，我感到一种痛苦，因为我还有如此、如此多的事情没有做完。

阿科尔跳起来逃跑了，那把步枪躺在它掉落的地方。

我们走回营地。玛丽-弗朗斯交给了我她的防弹背心，上面印着“记者”字样，但她自己背着包。

“我不能再这样下去了，”她一度说，“我想我再也无法给任何人拍照了。”

那天晚上，在两根细蜡烛照亮的行军床上，我喝了一大口威士忌，然后把酒瓶递给玛丽-弗朗斯。我一次次地把酒递给她，好像这是助她入眠的牛奶。

“我想在死前最后做一次爱。”她说，吐字含糊不清。

“你会的。”我回答道，心里想着她的老板克劳德，这个我从未见过的人。

“所以你不想要我吗，你这个傲慢的浑蛋？”

她等着我回答。如果我的四肢不是因为喝了威士忌而变得如此沉重，我早就抱着玛丽-弗朗斯了。我能听见她的孤独正在呼唤、乞求着我。我能从她的愤怒中看到温柔和善良。我抑制住了安慰她的冲动，因为我不想安慰她，那只是怜悯。

“我不知道为什么爱对人如此重要，甚至当他们处于致命的恐惧中时，就会想到爱。我宁愿要一件防弹背心和一瓶威士忌。”

玛丽-弗朗斯的手向前一扬，像是要扇我耳光，可她太累了，没有在冰冷的空气中做出轻率的举动，而是倒回床上，几乎睡着了。

“至少吻吻我吧。”她含糊不清地咕哝着。

我俯身看着她，她的嘴巴像一个水果。她是个美丽的女人，她渴望着我也深深渴望着的——生命。对生命的渴望，我可以直接从她的嘴唇上尝到生命！

这就是其中一个瞬间。什么瞬间？

当我把驼绒毯子拉高了一点，盖在玛丽-弗朗斯身上时，这种想法就消失了。瓦乌的夜晚非常寒冷。我不想再吻她了，我有点后悔没有和她做爱，但也感到如释重负。

两天后，我们飞往巴黎，在那里中转，然后分道扬镳。当我看着玛丽-弗朗斯快步穿过航站楼宽阔明亮的大理石地板，在行李领取处停下来时，感到一阵思念之情涌起。她陷入沉思，用手抚摸着平坦的肚子。

我感到不满、空虚，像是被一些美好和光明的东西给欺骗了。我不明白自己为什么会有这种情绪，但把它归结为这里与瓦乌的温度差异。

我想到了尼尔森。蓝盔部队修复了他的遗体，将之交送回他家人身边。生命结束得如此之快，通往生与死的道路又如此诡谲。很多微小选择的累积，一些微小的举动之后，生活将会走向一条与此前一小时或一天完全不同的道路。

那么我呢？我应该亲吻玛丽-弗朗斯吗？跟她睡觉？这个决定会让我离死亡更近还是更远？我试图摆脱自己脑海里的这些想法，但它们像吮吸恐惧的水蛭一样纠缠着我。

活下去，从这一刻到下一刻，做一切正确的事情。可是，你怎么知道什么是正确的呢？

我又一次四处寻找玛丽-弗朗斯，我该拿她怎么办？我并不是特别喜欢她和她的冷酷无情，以及她脆弱的自我释放出来的咄咄逼人的欲望。我也不喜欢不得不去安慰她的感觉，仿佛安慰会让她变好似的。

然而……我更强烈地感觉到，我们的短暂相遇也许打开了一扇门，我本可以走进那扇门，砰地关上它，但这样一来我就错过了什么。

我去了希尔顿酒店的酒吧间，喝得酩酊大醉，出于愤怒和怨恨，我带着一种恶心的感觉登上了下一班飞往喀布尔的飞机，感觉自己在毫无理由地浪费生命。

我睡着了，梦境来势汹汹、令人迷惑。我梦见自己安静麻木地躺在医院的病床上，没人和我对视。我想尖叫，却发现自己没有舌头。

我从睡梦中短暂地醒来，把额头贴在冰凉的机窗上，很渴，头在痛，喉咙也痛。我又开始打盹，在正要醒来的关头，我发现自己回到了医院，一张张陌生的脸俯在我面前，却没有看我。其中一张脸属于一个目光锐利的女人，她看着有点眼熟，但接着又消失了。我有一种清晰的感觉：自己快要疯了。

10 年前，我的主编格雷戈里给了我一条建议，就像在抛给我一件心理救生衣："你必须知道你是谁，否则你就会在行动中迷失。你知道你是谁吗？你有原则吗？你的人生标题是什么，亨利？哪件事物会让你想起你是谁？"

我一直在考虑这个问题。

我认识格雷格[1]的妻子莫妮卡。每年他生日那天，她都会带着一个饰有草莓的纽约芝士蛋糕来到编辑部，格雷戈里会非常认真地切开蛋糕，分享给大家。所有那些愤世嫉俗、自作聪明的老家伙，对任何情感流露都不屑一顾，他们对这种仪式出言不逊，而格雷格总会平静而冷酷地盯着他们说："是家庭拯救了你，每个男人都需要有个家庭来拯救他的灵魂。"

我没有家庭，就好像是祖先的伤痛也留在了我的血液里，决定着我的人生方向。

我失去了母亲。我出生后不久，她就去世了。我也失去了祖母：在一次暴风雨中，她独自外出后就失踪了，而多年以后，马洛还会站在悬崖上，等待她回来。

1　格雷格：格雷戈里的昵称。——编者注

格雷格还对我说："亨利，趁早放弃这份工作吧。你应该在结束这场战争后成家，而不是往返于战场之间。你绝不能让妻子和孩子看着你戴上头盔、拿起防弹背心和护照走出家门，绝不能让他们因为觉得你可能永远回不来了而木然绝望。等到你厌倦了战争，真的相信自己能好好生活，就找一个爱你并且能够应付你被心中所有的战争搅得夜不能寐的人。但不要等到35岁才放弃战争，这是你获得自由的唯一机会。"

飞机着陆时我头很疼。从德军机场到喀布尔美军营地的路上，我大口喝着壶里的水。我来过这座城市很多次，阿富汗人说它是"被摧毁之城"。有人说，如果你太常来这里，总有一天会不想再来。

我想起了上次来这里时，一个茶商来到荷兰营地，他带我去了喀布尔的一个鸦片馆，把我介绍给了一个所谓的圣战分子，后者正在接受改造。我们喝酒，我们吸鸦片。阿富汗的土坯房里也许没有厕所和窗户，但橱柜里总有一把卡拉什尼科夫冲锋枪，屋后也总有一块罂粟地。

也许我应该去那儿吸点鸦片，得到片刻安宁。再也不要做梦了，我真是受够做梦了。我一生都在做梦，我觉得很累，太累了。

"你来早了，"美军营地的指挥官厉声说道，"我们以为你三天后才到。"

"这就是自有媒体的麻烦。"我回答。我能理解他的恼怒。军方只能照顾得到（无论是照顾还是监视）少数一些记者，美国人希望把更多的记者纳入自己的军队，以此约束他们，因为这样一来，记者们就没办法发表公正无偏见的报道了。

为了摆脱指挥官的束缚，我搭了一辆骡车去喀布尔。格雷格给我留了一条语音信息：等我从阿富汗回来后，《时代》周刊想采访我，问我几个问题。

这里的酷热与南苏丹不同。空气很干燥，闻起来有焚烧、废气、甜茶和咖喱的味道。我走在尘土飞扬的小路上，路过一些售卖鹰嘴豆的货摊，鹰嘴豆装在灰色麻袋里，其中多数都是标有“德国邮政”字样的废弃德军邮袋。

羊肉串上撒了波斯香料，放在火上现烤，香味四溢。小贩们大声叫卖着驴背上挂篮里的货物——无花果、枣子和甜瓜。商人们坐在敞开的店铺里，周围是成堆的丝绸婚纱、欧式二手服装和电子垃圾，他们相互讲着黄色笑话和《阿尼斯日报》上的头条新闻。一些穿着浅蓝色及地罩袍的妇女在市场里闲逛，一些戴着只露出眼睛的黑色面纱，但许多妇女都戴着时尚的杜帕塔丝巾，没有遮住脸，它让人想到格蕾丝·凯利的头巾，而非包办婚姻。

我很口渴。

我看到拿着机关枪的士兵和低矮推车上的无腿乞丐。在宣礼塔旁，纸风筝在一闪而过的蓝天中翱翔。风筝线上的玻璃碎片在阳光下闪闪发光，那是为了在半空中割断对手的风筝线而设计的。远处是兴都库什山脉皑皑白雪下的山峰，洁白如佩拉罕衬衫和汤班系带裤——飘逸的长裤和及膝的衬衫，正是两个路过的男人身上穿的。我在寻找上次来时的秘密线人。我在人群中穿行，经过了肥胖的货币兑换商和推着车兜售骆驼头的小贩，经过了阳光下慢慢变灰的羊肠，周围是成群嗡嗡作响的黑苍蝇。

我买了一些新鲜的薄荷茶，贪婪地小口啜饮着。它舒缓了我干渴的口腔和喉咙。

我不知道那个小男孩是怎么突然出现在我面前的。他挡住我的去路，摇头，挥手，一直对着我喋喋不休。

什么？我绞尽脑汁地搜索着波斯语单词，然后用从士兵那儿学来的达里方言向他提问。那也是士兵问我的问题：“你想要什么？”

他指着他的水瓶。是的，我也很口渴，我总是口渴，因为我的口渴只能短暂地缓解。但这个男孩一直盯着我，他的眼神是不安、犹豫、催眠，就像我跟玛丽-弗朗斯在瓦乌睡觉那晚床边地上的烛火一样。

我回头看了一眼。有人在跟踪我吗？

我从未和玛丽-弗朗斯睡过。在飞机上昏昏欲睡之际，我确实想象过这样的场景，但从未这么做过。

热气、酒精和干渴让我头晕目眩。

男孩拉着我的袖子。他大约12岁，看起来就像喀布尔统治阶级家中的茶童。茶童就是仆人和跑腿——他们让男孩去做所有事情。如果这是我的孩子，我会一枪毙了他的主人，我这样想着，内心翻腾出一股暴力、不理智的愤怒。

这个男孩不像宗教学校的学生那样把头发剪得很短。他红褐色的头发有点长，从一顶紫色的绣花帽子下面露了出来。他的双眼是两颗闪亮的绿色弹珠，嵌在瘦弱而美丽的脸上。男孩抓住我的手。

“易卜拉欣，”他说，“我叫易卜拉欣。他们让我带你过去。”

我任由他拉着我走。被拉着走还容易些，我感到每走一步都愈加轻松。我不该让这孩子带我去任何地方，我应该牵着他的手，但我总觉得其他方式都行不通，至少现在不行，因为我没有吻她。这就是另一种生活的开端。如果我吻了她，我现在就在巴黎了。

我把这个荒谬的想法大声说了出来。我一定是在非洲感染了什么病。登革热吗？我产生了幻觉。稍后我必须说服军医给我开点药。

我们路过集市上的货摊、店铺、手推车和鸟笼，穿梭在氤氲的色彩和香味缭绕之中。我们就像是从一根永无尽头的管道中滑落。一个粉红色的背包从我的视线中一闪而过。

一个低沉的女声在我脑海里喊道："别走！"

但我别无选择。我和自己失去了联系，我别无选择。

在那个荒谬的想法出现后不久，空气中有烧焦的电线和头发的味道，有人尖叫道："肾上腺素！"我的心脏收缩成了一块石头，疼痛使我无法呼吸。然后发生了巨大的爆炸，一枚巨大的炸弹在几码远的地方被引爆了。全是粉红色的碎片。我被甩了回来，撞在一堵石墙上，心中一片疼痛和黑暗。易卜拉欣的手从我手中被甩开。

世界变暗了，黑夜从四面八方、天上地下渐渐袭来，在这黑暗之外，阴影推撞我、摸索我、刺穿我，用它们的手抓住我的心。

一个男孩在尖叫，我听到他在喊："爸爸！爸爸！"他的声音因为恐慌而沙哑。然后黑暗退去，是易卜拉欣正在尖叫，不停地叫，直到叫声突然停止。

卖骆驼头的人无助地盯着自己失去的小腿。一顶紫色的绣花帽子被扔在地上，旁边有几片丝绸和几块甜瓜。

我父亲从血色与尘土的迷雾中浮现，平静地走向我。他穿着褪色的牛仔裤和一件带条纹的布列塔尼渔夫毛衣，就跟我们一起出海但最终只有我回到了家的那天穿得一样。他跪在我身边低语："哦，亨利。你仍然困在一切中间，在不同的时间和道路中间。”

一张报纸飘过，我瞥见了标题:《背包里有炸弹的女孩》。我的名字就印在标题下面。我不明白。

易卜拉欣躺在那里，一动不动，鲜血从他的眼睛里流出来。

对不起，我很想告诉父亲，对不起，我不知道哪条路才是正确的，可我没有勇气，也没有力气离开。

现实中有一滴泪。透过泪珠，我看见女人和男人们穿着蓝色罩衣，俯身对着我，人群后面，我看到一个男孩正在盯着我。我经历过这个。我经历过，但它太大了，我抓不住。

“中间”的区域。医院，河里的女孩，还有这个女人。对她，总是对她，我会说出一些非常非常重要的事情。

世界正在消逝，我正跌落在空虚之外的寂静里。我正在坠落……

第27天

山姆

“你看的是芭蕾舞吗，我的朋友？”斯科特问。

我没来得及暂停 YouTube 视频，不得不关掉智能手机的屏幕。“可能吧。”我撒谎说。

“可能？还是那种我父亲总会在母亲敲他书房门时关掉的视频？”

“我不知道你父亲关掉的是什么。”

“你也不想知道。”斯科特的声音变成了明黄色，这跟他的样子不匹配。他此刻正摆出一副操场硬汉的模样，好像正要往校服上系铆钉皮带之类的东西。极客身份消失了。

斯科特坐在曲棍球场另一边精心修剪的草坪上，掏出一盒好彩烟。抽烟是他沉迷的习惯之一，纯粹是为了惹他父亲生气。上个月，他打算成为一名花样游泳运动员，而更早之前他在学习编织和钩针。他爸爸恨死他了。

他点燃一支烟，吸了一口，但很快烟雾又从口中吐了出来。他躺在草地上，慢悠悠地又抽了几口。他尝试着吐烟圈，我知道这让他头晕，也知道他从不承认。

“今天下午来禁忌星球吗，我的朋友？有一个特别兴趣小组的活动。”

我摇头。

斯科特吐了个不成形的烟圈:“还要去植物人病房?”

“嗯哼。”

将近4周，为了去医院，我不仅逃课，还逃掉了大部分门萨特别兴趣小组的活动。

“你妈妈真的一点也没发觉吗?”

我耸肩。

“所以，那个视频是什么?”

“我觉得你可以告诉你爸爸，你要成为第二个比利·艾略特[1]，只穿芭蕾舞裙。”

“就我这抽烟的肺?谁想看一只抽烟的天鹅?”

我没有告诉斯科特，在我看的舞蹈视频里，有一个可以睁眼看到这个世界以外所有世界的女孩。她在视频里跳舞、大笑、嬉戏，她是世界上最美丽动人的女孩。她用身体讲故事，她的眼睛和动作在空中描绘着情感、森林和笑声。当镜头对准她的脸时，她蓝色的眼睛凝视着我。它们像海面上的阳光般闪亮，像灿烂的夏日。

YouTube上还有对她的采访。我肯定已经看了这个视频100多遍，看到它，我的胸膛会先扩张，然后收缩。

“嘿!你是怎么打算的，我的朋友?”

我甚至没听到斯科特的问题。

“你一会儿至少会去吉斯特·琼斯家吧?”他又问了一遍，“他今天想在家里办一场朗读会。他邀请了几位作家同行——乔安妮、戴夫和其他一些人，他准备读几段他那本还未出版的小说《走绳》。”

1　比利·艾略特：电影《跳出我天地》的主人公，是一个热爱芭蕾的小男孩。——编者注我没有回答，而是拿起手机，让斯科特看到视频。

“哇，”过了一会儿他说，“所以这就是她。”他看着我，嘴角叼着烟头，眉毛夸张地耸起来，“早猜到了，嗯？你以为聪明先生不知道是怎么回事，没注意到你连上文学课都在看舞蹈视频吗？唔，她是谁？你们什么时候再见面？怎么还不把我介绍给她？怕她一下子迷上我聪明先生？”

我告诉了他关于玛蒂的所有事情，几乎所有事情。除了每次我在离开她房间时所做的事情。我会回过头，看自己能否捕捉到她的眼睛变亮、聚焦，她是否会对我的背影露出一个神秘的笑容，但我的动作总是不够快。

“你注意到没有，瓦伦丁纳？”过了一会儿，斯科特问。

“什么？”

“这样的生活挺适合你。”

“适合？你说这样适合？”

“是啊，你这个笨蛋，就是适合。你听我说，你现在的生活，可能是这所学校所有的学生里最有趣的。我知道你的生活可能并不轻松舒适——轻松舒适的生活里唯一重要的事情就是吃饱睡足，确保你的手机充满了电，但你这才是真实的生活，你可以做自己。除了在面对危险时，一个人还有什么机会来展示他的勇气呢？”他眯着眼睛看我，说，“上帝啊，我的口才是从哪儿来的？”然后朝我苦笑了一下。我知道斯科特是对的，他总是对的。我也知道其实他才是我们俩中更聪明的那个。他有真正的天分，更高的天赋，更敏捷的智慧，以及更多的勇气。

“你看起来好像很想给我个拥抱，或者做其他恶心的事情。我警告你，我可受不了那些。”他粗鲁地说。

我点点头，好像在说：“拥抱你？做梦吧！”我转而告诉了他解构现实出版社的事，并坚持让他见见波比。

学校的上课铃声响了，我们站起身来。我们经常会有这样的对话，但这次有些不同。我们不同了，似乎从在曲棍球场另一边的草地上坐下来的那一刻起，到再次站起来的那一刻为止，我们永远地改变了。感觉像是发生了什么事，仿佛我们不再是小孩了，第一次知晓自己将会成为什么样子的人。

“总有一天，我的朋友，”斯科特说，“我们会回首往事，想知道这两个男孩的生活中究竟发生了什么。我们来发个誓吧：如果我们中的任何一个变成浑蛋，像仓鼠一样被困在自己牢笼般的生活中，另一个就必须要救他。好吗？如果我变得像我父亲一样，就来拯救我；如果我娶错了人，或者不再是聪明先生了，就来拯救我。”

我点点头。他说：“不要拥抱我，拜托。”我在他肩上捶了一拳，然后我们还是拥抱了。

接着，斯科特把一包字条塞到我手里，是仿照我母亲签名的新请假条。我跑到主楼，把其中一张塞进秘书的信箱里，离开了。

45分钟后，我乘电梯去往惠灵顿医院五楼。经过护士休息室时，我听到一个我从未见过的女人在说玛德琳的事。我停下来，假装在系鞋带。

“善良的玛德琳表现出的一切心理性不顺从，都是一种抗议。它们只是想找到能够被传递、被接受的感官通道。如果有人爱它们，事情就容易多了。与恐惧和仇恨一样，爱和被爱也是最强烈的刺激。”“上帝”望着这个女人，然后转过身来，好像他感觉到了我的存在。我觉得“上帝”也是个联觉者。

“塞缪尔，”他说，“让我来介绍一下安吉拉。她是一位……移情治疗师。”其实她看起来很友好，但我猜“上帝”还是很想把她赶出去。

每个星期都有新的“朝圣者”来到玛德琳床边——全国各地的医生，甚至是从美国和法国远道而来的。她被描述为一个“迷人的病例”，因为她的大脑损伤并不一定是她成为植物人的原因，或者像一些人所说的那样，是她“意识微弱”的原因。“上帝”又一次用那张圆环图向我解释，在“清醒”的周围，有一些地方就在生命的表面之下，像一张碟片或一张无法穿透的胶片，横亘在人与外部世界之间。他们能听到一切，偶尔也能感觉到事物，但他们不能理解信息，无法表达自己。

然后他剪下这些圆环，把它们叠放在一起。玛蒂同时处于“麻木”和“昏迷”状态，尽管这实际上是不可能的。她在两个圆环之间上下起伏，没有触及“睡着”或“无意识”。她睁开的眼睛证明了她的一部分自我在“这里”，但更重要的一部分在别处。我们之间隔着的不是一片玻璃或一张胶片，而是一层冰和孤独。

玛丽安护士说，她更愿意看到我，而不是那些“砖家”——她是指那些专家，他们轮流检查这个“特别的病例”，让她从“病情”中解脱。

玛丽安相信，那些把玛蒂的状态称为“生病”的专家毫无用处。“山姆，亲爱的，每当医生认为没人在听他说话的时候，就会把人当作汽车来谈论。但玛蒂需要的，不是一些高明的‘砖家’在《高级脑科医学杂志》上用她的照片发表一些自以为是的文章。”她给我看了她的剪贴簿，“玛蒂需要的，是让她快乐的东西，都是一些小事情。正是那些珍贵的小事，让昏迷中的人们更接近‘清醒’。”

不幸的是，没人告诉我们玛蒂喜欢什么。她喜欢《吉尔莫女孩》吗？还是《小屁孩日记》？她喜欢泰勒·斯威夫特还是巴托克？她更喜欢文学还是绘画，大海还是高山？猫还是狗？意大利面还是寿司？喜欢人话多还是话少？

玛丽安护士管昏迷治疗室叫“天堂阶梯的底层”，那就是“上帝”和移情治疗师现在正坐着的地方。她正告诉“上帝”一些关于“器官生物钟”和“日常循环”的事情，“上帝”打断了她，告诉我：“你现在不能去看玛蒂，安吉拉想先见她。”

“那我可以拿她的日志本吗？”我问。

索尔医生将日志翻出来交给我。

玛丽安为所有那些“坐在阶梯底层”的人做记录。她把日志本拿给我看，这些日志是她在患者的亲戚、照护者和医生的帮助下写成的，里面记录了病人最喜欢的食物、爱好、日常作息和最喜欢的词语。护士们在重症监护室做记录，然后在整个住院期间跟踪病人的情况。

有关玛蒂的日志本里没有多少东西。她以前的舞蹈老师帕克夫人对她知之甚少，不是因为她对任何事都不感兴趣，而是因为她太专注于舞蹈，再加上帕克夫人年龄太大有些健忘。

玛蒂不喜欢：

- 莫扎特

玛蒂喜欢：

• 俄国作曲家

• 所有蓝色带圆点的东西

• 灯光点亮前，空旷舞台上的气味（这是某天她告诉帕克夫人的）

以及：

• 简·奥斯汀（很有可能）

事故发生后，他们在玛蒂的背包里发现了《傲慢与偏见》。在等待移情专家离开的时候，我沉浸在这本书中。我真的不明白书里讲的是什么，不过，我想他们最后都会结婚的。

附在封面内侧口袋里的卡片表明，这本小说是她从牛津当地的图书馆借来的，已经逾期了。

我感到血液猛地涌向双颊。也许我可以把它还回去，图书管理员可能会告诉我一些关于她的事情？但我不知道该怎么去牛津。坐火车？是的，坐火车。但是我怎么能消失一整天而不被我妈发现呢？我讨厌自己只有13岁，在这个年龄，你谁也不是。

我把书放进包里，然后开始翻阅玛蒂的日志。玛丽安护士、莉兹和医生们每天都在里面记录一些事情，要么是对她的检查，要么是当天新闻，要么是天气——很正常，如果没有一点气象方面的讨论，英国人就该憋坏了。偶尔也会有一些人情味十足的故事，比如“凯特王妃对马过敏”或“唐纳德·特朗普想当总统”，日志记录了病房里的噪声、玛蒂病床升高的角度、呼吸机的节奏——一切她离世时可以解释发生过什么的东西。

我从书包里拿出一支笔，在今天的日期下面写道：“塞缪尔·诺姆·瓦伦丁纳（13岁）又来了。”我想不出还有什么可说的，我想象着有一天她读到这里，问我：“你为什么那样写？为什么说‘又来了’？你可以在日志上写一些更有原创性的东西！”

我试着再写。“在古埃及，猫的主人在猫死后剃掉它的眉毛是很正常的。猫和被做成木乃伊的老鼠埋在一起，没有记录显示老鼠也被剃了眉毛。”

很好——至少好些了。现在，也许该写些关于她的事情。“你的眼睛大部分时间都睁着，有时闭着，但没人知道你是睡还是醒。你在一个没人能找到你的地方。如果你永远不再醒来，我会在余生里把自己的眉毛都剃掉。”

我想写“如果你死了”，但最终没有这样做，因为你不能确定宇宙是否在偷听，从而引发误解。画完句号时，我感到心悸。我能听到斯科特在说：“你的一生很长，我的朋友，这是你的新计划吗？为了素不相识的女孩，承诺永远毁容？”

那个能阅读情感的女人是不会离开的。我悻悻地从五楼悄悄溜走，从紧急通道下至二楼找我父亲。

埃迪会在那儿吗？埃迪总是给我带书或者把书留在那儿。她有时穿着紧身皮衣，有时穿的是鸡尾酒会礼服，前几天我在网上看到她和著名作家怀尔德·格拉斯在一起。他们手挽手走在某个地方的红地毯上，他穿着礼服，而她则穿着那天下午在医院给我父亲洗脚时穿的裙子。

不过爸爸现在只有一个人，人工心肺机正在帮他呼吸，他面无表情。我向每 15 分钟查看他一次的护士点点头，他叫德米特里，是个俄罗斯人。给我父亲翻身时，他显得似乎很轻松。德米特里向我解释过装在我父亲床边所有不同的设备，我的父亲被导管架、记录仪器和其他机器包围着，几乎像是在给他“施肥”。

德米特里还向我介绍了各种各样的医生。有些只检查我父亲诱导性昏迷的深度，那是麻醉师，他称他们为“煤气工”。通常，他管那些负责检查尿液、血液之类的人叫“水管工”。有一些监控大脑的人，比如“上帝”和福斯医生，还有一些监控我父亲血液循环的医生。

我不必问有谁在照顾他的情绪，因为我知道，没有人。没有人在意他的担忧、意志或寂寞。

我试着不去想我现今所知的任何关于昏迷的事情。有些病人很幸运，两周就可以康复，不用待在植物人病房了。7%，或者说是 100 个里面有 7 个。

15% 的人会直接进入“冷冻室”，这是病理科的别名。剩下的人继续昏迷，用数字表示，英国每年有 4 万人都是如此。

那些醒来的人，还记得自己昏迷时别人对他们说过的话。

“你好，爸爸。”我说。自从得知他来自布列塔尼，也就是说我的父母都是法国人后，我就尽量不逃法语课了。我从背包里翻出我准备给他读的那本书，然后滑动了一下旋转凳，弯下身贴着他的耳朵，小声说话，这样我的声音就不会太刺耳。“你好 ，今天是 2016 年 6 月 13 日，说话的是你的儿子，山姆。我 13 岁，马上就要 14 岁了。你是亨利 · M. 斯金纳。M 代表马洛，而斯金纳是……不知道。我对你了解不多。你以前姓勒戈夫。你 45 岁，是战地记者——曾经是，在我出生之前。大约 4 周前你遭遇了一场车祸，在过去的 12 天里，你一直处于昏迷状态，还经历了一次心脏骤停。你在惠灵顿医院，这里很贵，主任医生叫‘上帝’。外面很暖和，女孩们的头发上别着红色的羽毛。斯科特正处于他叛逆期的第二阶段，他还没有戒烟，但还想学心理学。我刚和埃迪去了她的出版社。今天，作为开场，我要为你读一段《冰与火之歌》，第一卷。”

我父亲在很远的地方，我能感觉到痛苦的黑色气息，像一层薄雾一直笼罩着他。尽管如此，我还是继续说了下去。

“一定快到喝茶的时间了。通过导管，你会被喂食一些美味的东西，可能是打碎的黄瓜三明治和一点混合了电解质的牛奶。我准备吃我学校的三明治了。是的，我又逃课了，如果你不同意，我建议你醒来以后亲自告诉我。”

我看着父亲。我感觉到了他的紧张吗？他精疲力竭，看起来有点模糊，就是这样。

“好吧，如果你乐意的话。妈妈可能不会同意。她叫玛丽-弗朗斯。她是摄影师，你们曾经睡过一次，但后来发生了一些事情，你们没有在一起。我想就连我出生的时候你都不在。我上学前不久，她告诉我，史蒂夫不是我的亲生父亲，不过，他还不算太差，是个铺地板的工人，在一家 DIY 超市工作。不管怎样，如果你没意见的话，我现在就念书给你听。”

我打开书，开始大声朗读。

第30天

亨利

我坠落着，直到撞到地面。地面冰冷而坚硬，蜡烛已燃尽而熄。

玛丽-弗朗斯把我从我们一起躺着的行军床上推了下来。我怀抱着她赤裸的身体，她在睡梦中把我推开。

袭击的画面仍然在我的脑海里盘旋，我的心脏在跳动。战地记者的头脑就像一台机器，总是温度过高，需要维修。

我看着玛丽-弗朗斯。这并非相互吸引——我们只是在对生活的渴望中相互吞噬。我应该去见见格雷格经常谈起的那位公司医生。我始终不愿那么做，但现在我几乎整晚都睡不着觉。白天，我被模糊不清的回忆轮番轰炸，无法分辨它们是浮云往事，还是幻觉假象。这就好像打瞌睡的时候，我徘徊在清醒的边缘，在半明半暗的思绪和影像中迷失了方向。

当我递给玛丽-弗朗斯装在金属杯里冒着热气的咖啡时，她没有看我的眼睛。

我们乘飞机去瓦乌，然后从那里经开罗回到巴黎。驶过地中海时，玛丽-弗朗斯靠在我的肩膀上打盹儿。醒来时，她感到很尴尬，接下来的一路上都蜷缩在雾气朦胧的窗户旁。

在戴高乐机场，我们面对面站着。我问她："你还想见我吗？"

她耸了耸肩。她的肩膀瘦削纤弱，却能承受许多——也许，除了我已洞悉到她的灵魂这件事。

“你不必这样。”玛丽-弗朗斯慢吞吞地说。

我还没开口，她就故意若无其事地补充道：“那好吧。”然后俯身拿起她的绿色相机包。

左边隔空一吻，右边隔空一吻 。我从她乌黑的眼眸中最后一次迅速、透彻地看了她一遍。因为我没有坚持要留下来，所以我瞥到了她一丝受伤的虚荣心，但我也能察觉到一丝意外——她并没有说服我留下来。

离开？还是留下？

当我们触碰脸颊想要再次贴面吻时，我低声说：“谢谢。”即便只是说了这两个字，我还是感到了莫大的欣慰，欣慰她真的不想让我留下来，而我也不必撒谎说愿意。

“我觉得这样更好。”玛丽-弗朗斯回答道，然后又摇摇头，仿佛这些话让她手足无措。

我沿着她身旁的行李传送带走了几步，她心不在焉地用一只手摸着肚子，喊道：“亨利！”当我转身时，她问：“你有时会不会觉得，自己以前有过这样的经历，或者曾经就站在这个地方？”

“会的。”我说。

“就像现在？”她问。

“不。”我撒谎了，尽管的确如此。我有一种强烈的感觉，我来过这里。

她又耸了耸肩，走开了。

我飞回伦敦。《时代》周刊要从全世界挑选 12 位战地记者采访，主编格雷戈里希望我能成为其中之一。我认识另外 11 个人，我们大家都熟悉身为“恐怖使者”要遵循的职业规则：

1. 不偏袒任何一方，只是观察。
2. 你救不了任何人。
3. 趁早离开这行。

在克拉里奇酒店专门预订的套房中，采访一个接一个地进行着。我觉得这个过程既吸引人又令人厌恶，因为我眼前所见，全是阿科尔抓着滚烫枪管的孱弱双手。

《时代》周刊让我们每个人谈谈其他受访者。《华盛顿邮报》的西亚称我为“无畏先生”，她并不知道我从一个战区飞到另一个战区的原因只是逃避。我宁愿遭遇不幸，这就是我对自己如此残忍的原因。假使她知道，她会怎么叫我？“送命先生”？

一天之后，一枚炸弹在喀布尔街头爆炸，一个7岁的女孩疑似携带了这枚炸弹。格雷格立刻派我去调查。我试图查证事实，在这个过程中，我认识了一个叫易卜拉欣的茶童，他是个孤儿，爆炸发生时正在寻找他的妹妹。易卜拉欣12岁，他的妹妹被绑架了。

塔利班禁止这个女孩上学，却让她用装在凯蒂猫书包里的炸弹引爆了自己，炸死了24个人。

易卜拉欣不像宗教学校的学生那样把头发剪得很短。他红褐色的头发有点长，从一顶紫色的绣花帽子下面露了出来。他的双眼是两颗闪亮的绿色弹珠，嵌在瘦弱而美丽的脸上。

他想给我看所有的东西。他想背叛塔利班。他想要报复，因为对他来说，没什么比他的小妹妹更珍贵——宗教、恐惧、金钱都没有。塔利班的指挥官是他主人家里的常客。我打破了每个战地记者的第一规则：我偏袒了一方。我想救易卜拉欣，如果单独行动，他会死的。

我在喀布尔待了几周，其间格雷格给我寄来了《时代》周刊，封面上有我的照片，而玛丽-弗朗斯给我寄来了一张她在药房里做的验孕阳性结果的拍立得照片。“我想要这个孩子，但我不想要你。”她写道。

我请求她让我见见我们的孩子，但她说：“孩子出生后，请不要再去战区了。我不想让他为你担心。”她没有回应我要见孩子的请求。就是那一刻，我决定辞职。我即将32岁。

我信守诺言，不再去战区报道。然而，玛丽-弗朗斯只在我们的孩子出生后不久，让我见过他一次。她发来了一张他的照片（是个男孩），睡觉时他把小小的拇指紧紧握在拳里。她叫他塞缪尔·诺姆，意思是“上帝听到了”和“喜悦、欢喜”，我回信说我想不出比这更好的名字了。

玛丽-弗朗斯再也没给我寄过照片。每个月我都会寄去一张她从不兑现的支票，一开始一个月一次，然后一年两次，问她我能否去巴黎。她不让我去。我没有在机场问她我们要不要在一起，看来玛丽-弗朗斯仍然对此事耿耿于怀。

易卜拉欣妹妹的故事，是我作为一名非战地记者职业生涯中的第一篇报道。从那以后，我只写人，写他们要做什么、他们是谁。

一个不停地阅读故事以保全自己人性的男人。

一个决定在树上度过余生的女演员。

一个宁愿去见上帝也不愿做心脏移植手术的18岁男孩。

我周游世界，倾听人们的声音，渐渐地，我那种“不允许一场战争在没有人见证的情况下进行”的执念消失了。

应我的请求，格雷格设法把易卜拉欣带到了伦敦。格雷格和他的妻子莫妮卡收留了这个男孩，几年后，他们问易卜拉欣是否愿意被他们收养。

有一天，我从一位女同事那里听说，玛丽-弗朗斯与她的报社主编克劳德有过几年的婚外情，但他不愿为她与妻子离婚。

山姆的母亲搬到伦敦时，他才4岁，她仍然拒绝我和这个男孩有任何联系。格雷格和莫妮卡说我可以为探视权的事起诉她，但这真的是处理此类问题的最佳途径吗？相互起诉？在那个女人迷茫而惊恐时，我和她睡过，我绝不能把她告上法庭。再说，也许是我太容易放弃了。也许我应该一遍又一遍地请求玛丽-弗朗斯。得知我的儿子就在这座城市，我却对他的样子一无所知，这让我感到一种木然的痛苦。在街头上千个男孩的脸上，我用目光搜寻着我的儿子。

当我成功入睡时，我梦见了没有海岸线的大海，梦见了长长的、黑暗的地铁车厢从我身上飞驰而过。我一次又一次地梦见战争。

完全是习惯使然，我继续与公司的医生克里斯特森见面。除了格雷格、莫妮卡和易卜拉欣，他是我生命中唯一不变的人。他给我开了药，但他宁愿开给我的是一种全新的生活。“斯金纳先生，你的失眠是深度创伤的表现。你的大脑太满了。你会感到迷失，是因为你的脑子里已经没有你自己的空间了。”

易卜拉欣现在16岁，马上就要17岁了。绿色的眼睛和红褐色的头发让他看起来更像一个爱尔兰人，而不是那个曾经的阿富汗难民。他跟我讲，对于男人来说，父亲是一生中最重要的人。对他来说，我就像一个“小爸爸”，而格雷格是他的“第二个爸爸”。

“小爸爸，你也需要一个对你很重要的人。”

“就是你，易卜拉欣。我有你了。”

“我不是你的亲生骨肉。”

他仍然保留着当年在喀布尔当茶童时戴的那顶紫色帽子，莫妮卡把它放在某个柜子里了。它可以追溯到另一个时代和另一种生活，要是生活像丢弃一顶帽子一样容易就好了。

易卜拉欣花了三年时间打听我父亲的情况。我们动身去听他的期末演讲时，他向我询问了我父亲。每年，班上最好的学生才有荣幸在学校的小教堂做期末演讲。我告诉他，我为他感到无比骄傲。当出租车驶过伦敦，经过早春阳光下熠熠生辉的房屋时，他问我，我的父亲是否也曾告诉过我，为我感到骄傲。

“是的，易卜拉欣，在我很小的时候。”

“后来呢？”

“后来，变成我的祖父马洛说这句话了。”

易卜拉欣其实意识到了他真的不该再追问这件事，但他很兴奋，所以继续说了下去。

“可是你父亲为什么不——”

“因为我像你这么大的时候，他已经不在人世了，易卜拉欣。”

这个年轻的阿富汗小伙子沉默了一分钟。他低下头，说：“请原谅我！”

我想说，我没有资格宽恕，但我保持了沉默。我只告诉过一个人，父亲的死该由我负责。只有马洛知道我 13 岁时布列塔尼海岸之外发生的事情：为什么我会独自回家，而没有和父亲——爷爷马洛唯一的儿子一起回来？马洛看我的样子夹杂着厌恶、同情、悲伤和恐惧。我不知道爷爷是怎么克服那些情绪来安慰我的。我，偏偏是我。这就是我憎恨大海、布列塔尼和我自己的原因。

第31天

埃迪

自从我被要求签署协议，宣布“是的，我愿意”以来，已经过去了 14 天。我已经习惯了每次和亨利约会前先去医院的小教堂。这并非因为我突然信教了。不是的，而是因为从病理科和冷冻室的三条走廊走过来，这间地下小教堂是迷宫般的惠灵顿医院里最清静的地方。

我坐在地板上，像戴上面具一样鼓足勇气。我剖析着自己竞相挣扎、相互阻碍的本能，直到只剩下三个最基本的。我把它们全然保存在脑海里，防止任何其他情绪接近。自怜？怀疑？放弃？远离你！走开！当我想起亨利时，就会泛起全部的柔情，忘却对怀尔德的愧疚，因为我宣称去见新作者的时候，他并不知道我在做什么。

我吸气，呼气，思考：爱意。

我深吸一口气，祈祷：勇气。

我吸气，乞求：像山姆一样。

山姆凭直觉对待亨利，他和亨利说话——亨利也听他说话。而我呢，我在努力摆脱自己毫不动摇的理性头脑强加的自我审查。不像山姆，我看不见亨利。我听不见他。那就像是在试图与一具被遗弃的尸体交流，但我绝不能表现出绝望，因为没有什么比亲人的放弃更像毒药。

我闭上眼睛，整理思绪。勇气，爱意，像山姆一样。

去听，去看，去感受。不要怀疑，该死的！

要做到不去怀疑很困难。31天无意识。15天深度麻醉，然后临床死亡。8分钟的两世相隔，然后是16天的昏迷。

随着时间的流逝，亨利离希望越来越远，离我讨厌的数字越来越近。一个人昏迷的时间越长，他变得和以前一样的可能性，就越小。

医生们花费了很大的精力来测量亨利的清醒程度，让他体内的灵魂回声探测仪在遥远的黑暗中倾听，探寻可能将他和我们隔绝的东西。他们使用扫描仪和测量设备，敲打他的膝盖和肘部，用手电筒照射他的眼睛，进行嗅觉和听力测试，调节灯光、温度和躯体的角度。他们一小时也不让他安静，然而，生命之湖的水面还是纹丝不动。

我父亲曾说，当你坐在一座灯塔里时，暴风雨不会让你感到恐惧，但当一种奇怪的寂静笼罩海面时，恐惧就会袭来。

下一缕希望的曙光在三个月后。索尔医生向我解释，如果到那个时候，一个游离的灵魂仍然没有任何生命迹象，那意味着漫长的斗争可能才刚刚开始。对我，他不会漏掉任何一条坏消息。

“你和医保公司的矛盾将会激化，汤姆林女士，对于他们办事机构毫无同情心的状况，你会得到一个难以置信的初步印象。两年以后，保险公司将拒绝付款，并试图说服你抵押所有的东西。在你遭受打击之后，充满善意的专家会通过各种报告，用安慰的口气建议你让你的朋友平静地死去——也就是说，让他饿死或渴死，或是停掉他的供氧。如果你对提前结束他生命这种事无动于衷，他们就会把器官捐献协议推到你眼皮底下——自然是捐给那些指望着斯金纳先生尽快死去的最令人心碎的病人。当然，还有你，因为种种担心，晚上睡不着，就会在网上搜索有关昏迷病人的所有信息。”

我已经在这么做了，每日每夜。

他继续说：“你会批评我们，对我们严加指责，理直气壮地指出医院护理的失败和人手不足的事实。是的，理所应当！最后，你会带着坚定的决心四处寻找答案和外界帮助。顺便说一句，我尊重你每周带着不同的专家来这里的权利——每周来位新的‘脑语者’，只是请不要在他的床边生火。”

在这一点上，他也是对的，我讨厌他这样子。我打算去见一位“身体解读者”——一位专门研究疼痛治疗和替代疗法的神经学家。如果症状是昏迷，那原因是什么呢？我想如果我能找到亨利不愿重回人世的原因，也许就能救他。我在哪里读到过，在一个个希望之间辗转是正常的，从远程治疗到移情疗法，不断地寻找出路，努力抑制着希望或许并不存在的念头。我知道的事情太少了。

时日流逝，我渐渐习惯了和一个昏迷的男人约会。我很想摸他一下，又很害怕做错事。

“你不用去学着成为他身边至关重要的人。你有两条腿、两只手，还有一颗勇敢的心，你拥有成为那个人所需要的一切。”福斯医生告诉我。

“把‘探视’这个词换成‘约会’。”这是玛丽安护士截然不同的忠告，“探视是一种责任，而约会是令人愉快的。试着少把他看成病人，多把他看成一个和你有约的人，即使这是一次不寻常的约会。”是她教会我使用我的腿、我的手、我的心，她还教我把绝望分成好几份。“不要一次把泪流干。你经常会绝望得想哭，但眼泪却流干了。这是最糟糕的，你无法再表达悲伤，因为你已用尽了所有的绝望。”

“我那些‘漂泊者’晚上回来的次数比白天多。”护士确定地说。她用“漂泊”指代“昏迷”。漂泊的灵魂。

玛丽安教我护理亨利的皮肤，它正变得越来越娇嫩，“脸皮薄”并不只是一个比喻。她还教会我用水擦拭他的嘴巴。在与数千名深度睡眠者和“迷路综合征”的患者一起度过了数千个夜晚后，她知道，口渴是昏迷之中最无法忍受的情况。患有“迷路综合征”的人处于这边和另一边之间，醒着却毫无反应。当病人能够再次说话时，他们都说最难以忍受的就是口渴和噪声。因此，玛丽安教我用含有薄荷或橙汁的冰块制作“鸡尾酒棒冰”。

我学会了反复呼唤亨利的名字，因为就像玛丽安护士说的那样，一个人的名字是“最长的钓鱼线”，无论他们游到了多深的地方，这根线都能把他们拉回来。我喊着亨利的名字，想象自己正在扔给他一条由 5 个字母组成的绳梯[1]。

在小教堂里，我低声叫着:“亨利。”勇气，爱意，像山姆一样。

我还涂了一点香奈儿 5 号身体乳。我拧开瓶盖，在脖子和手腕上擦了一些乳液，小教堂里立刻充满了茉莉、肉桂、酥饼、鲜花和我肌肤的气味。

对于漂泊在苍茫之间的灵魂，香气是最有影响力的声音。香味显然可以进入昏迷深处。所有的感官印象在被处理之前都要经过丘

1 “亨利”（Henri）由 5 个字母组成。——编者注

脑——那是通往自我的入口。如果丘脑受损，那么昏迷的病人既听不见，也感觉不到。然而，香味却能通过一条秘密而直接的通道进入大脑边缘系统——这就是它与情感的共通之处。香味会触发记忆，而记忆就是身份。

所以我给亨利带来了气味，那是我们曾经吃过、喝过的东西的气味。过去的物品：报纸、湿润的沙土、迷迭香和刚出炉的煎饼。有一次，在惠灵顿医院外面，我还挖出了一小块被雨水浸透、带有夏日气息的泥土。我给他拿来新的床单。我努力在记忆中搜索着他的日常乐趣。

今天我带来的，是曾经我们做爱时、我身体逐渐温热时的味道。是女人、爱情和我们的味道。

也许有人此前提醒过我，但走到亨利的床边时，我还是被他憔悴的样子吓到了。10天前感染的肺炎拖垮了他的身体。他最终退烧了，但黑夜已经把他掏空了。我注意到，他们在他锁骨下方的导管里添加了更多的电解液。

福斯医生正在测试亨利的反应。他点了点头，从他的表情中，我可以看出他并不满意。静默的海面，船只杳无音信，“福兹熊”在亨利的档案里这样写道。

山姆靠墙站着，面带羞涩的微笑。他在收拾东西——逃的那节课快要结束了。我从包里拿出一本小说。每隔三四天，我就会给他带来一本新书，这次是《梦境之眼》。

“我就读到这里，爸爸，”他用一种十分自然的语调轻声说着，就好像亨利今天晚上还想再听他读几页书一样。我羡慕山姆。他的眼睛并没有看向我，平静地说："假如我要你和我一起去一趟牛津，你会问为什么吗？"

"试试看吧。"

这次他没有转移视线："我们可以去一趟牛津吗？"

我点头，没有问他原因，这显然让他松了一口气。

我越来越多地在他身上看到了亨利的影子，他父亲也总是不愿解释自己的动机，把生活紧紧密封起来。我很想见见山姆的母亲，尽管我知道还为时尚早。

"我能再待一会儿吗？"山姆问。

我点头。

亨利今天侧身躺着，背部露在外面。

你可以从一个人背部的姿态来判断他的自信程度。如果背是弯曲的，说明他不愿意承担责任，无法忍受自己，知道自己有缺点，也察觉到别人在注意自己。焦虑和愤怒影响着颈部和背部下方之间的放松和僵硬程度，这是我与那位"身体解读者"沟通时得知的。我不知道可以期待些什么。

"你好，亨利。"我说着，慢慢靠近他，揉搓双手，呵出热气，让手心温暖起来。我把手掌放在他的肩胛骨之间。手指之下，我能感觉到他的肌肉，以及在我的触碰下微微加速的脉搏。

"我在这儿，亨利。"我轻声说着，全神贯注地把呼吸调整得与他一致，或者更确切地说，与呼吸机设定的节奏一致。每分钟 8 次吸气、8 次呼气。我闭眼、呼吸，希望我的些许勇气、爱意和温暖能被传递给他。

然后，我拾起亨利的手，沿着指缝轻轻抚摸，这里的皮肤格外敏感。“我在这儿。”我喃喃自语，一遍又一遍地想着：勇气，该死的！请给我勇气！

我一直等到福兹走了以后才向亨利俯身，进行我们通常的开场仪式——我们每日的例行仪式。我把苹果音乐播放器和那个方形无线音箱放在桌子上，选了一份我知道亨利会喜欢的歌单，其中包括这首我教他如何挪步、如何拥抱我的探戈曲子，卡洛斯·里贝丁斯基的“Sólo por hoy”——《只为今朝》。

那时我留着短发，从不穿裙子，每天晚上都和成百上千个男人一起跳探戈。日复一日，天天如此，但亨利出现时，我停了下来。

音乐在房间里流淌，我们沉浸在幻想之中。我把嘴唇凑近他的耳朵，轻轻地说：“你好，亨利。我是埃德温娜·汤姆林，埃迪。我们一起跳过舞。我们一起度过了两年半的美好时光。我是应你的……以及我自己的要求来的。我就在你身边。你是亨利·马洛·斯金纳。你在昏迷中，我恳求你醒过来。”

我能闻到香奈儿身体乳的香味从我胸前散发出来。“我在这儿。”我低声重复道。

探戈音乐声淹没了我们。我不想出声，就像我们初次面对面时一样，整个晚上和第二天早上都沉默不语。我们互相凝视，用眼神和手势温柔地爱抚对方。在第一天晚上，我们只牵过手。

他如此离开，又如此归来。

亨利是探戈的化身：亲密、冷淡、激情、温柔、信任、疏远。他从不停留，但总会归来。那时我就知道，而现在这个想法给了我鼓励。

他仅仅是今天昏迷不醒。只是今朝。

他可能无法听见或理解我们的话，这就是索尔医生、福斯医生以及那些愚蠢的脑部扫描告诉我的。我想爱抚他的脸、胳膊、肚子，尽我所能地用双手告诉他，他并不孤单。这是我所拥有的最清晰的语言，试着用手指倾听亨利，听他是否还在这个以他的名字命名的奇怪的人体模型里。

我抚摸他，但亨利的脸依然蜡黄，嘴唇沉默，手指也没扣上我的手。也许这次不行，现在还不行。我从未在忐忑不安中得到过如此大的安慰——只要没什么是确定的，也就没什么是可失去的。

下一首歌：约翰·鲍威尔的《杀手探戈》。我们以前经常随着这首曲子跳舞，也伴着它做爱。有时我们一边跳舞一边做爱。有时我们只是躺在屋顶上听这首歌，我的手触摸着他的手，什么也不说。我从未对哪个男人说这么少的话，却也从未与他们如此亲密过。

我的手指慢慢滑过他的背部，顺着他的双腿滑到他的脚。我能感觉到他的脉搏、他的温度，还有藏在他肌肉里的紧张。他是在奔跑还是在飞行，是在跳舞还是在潜水？他在做爱吗？

"和我跳舞吧。"我低声说。你在哪儿，亨利？哦，你在哪儿？

山姆在我俩脸上来回扫视，这是他第一次目睹我的"每日仪式"。我仔细地清洗着亨利的脚底，用温热的油按摩。我就像一个女仆，忠诚的玛格达莱娜。我为他清洗，念着他的名字，和他跳舞。我摆弄着他的腿、手臂和双手。希望有一天，他能重新站起来——即便只是为了离开我。我必须考虑到这一点，因为按他的本性是不会留下的。

我全神贯注地放松着他伤痕累累的身体。每天头几分钟的尴尬很快就会过去，我的手放在他胸前，他的手放在我手上，我们闭着眼睛，就像曾经跳舞时那样将手牵在一起。我觉得我从未像现在这样热切地生活过。每次抚摸亨利的身体时，我的生命都在延伸。我在感受，在爱，在战斗。生活中一切美好之事都比以前更美好了，一切琐碎之事也从未如此远离过我。我觉得，自己像是来对了地方。

第33天

亨利

我只在伦敦待了几天，去看望了易卜拉欣、格雷格和莫妮卡。我不能在这里待太久，我需要继续前进，因为只有在机场的中转休息室、火车站附近的酒店，以及码头旁边的宾馆里，我才能入睡。我可以睡在那些熙熙攘攘、人来人往的地方，除此之外，别无他处。

如果不睡觉，我就会被一种说不出的死亡恐惧俘获。那时令我感到安慰的，是有关玛丽-弗朗斯以及我们是如何孕育了山姆的记忆。孕育：两个不靠谱的人创造了新的生命——证明了造物主有时是多么难以置信的仁慈和慷慨。就像是沙漠中开出了玫瑰，孤独中萌发了爱情，或是死亡中孕育了新生。

每当我不得不在伦敦，或一个大城市待上三天以上时，我就会靠散步和喝酒来熬过黑夜。我偶尔会开车去机场，看着人潮起落，因为众生在那里汇聚、接触，然后各奔东西。随后，我会在街上走几个小时，穿过陌生或熟悉、肮脏或昏暗的街道，透过灯火通明的窗户，看里面的生生不息。然而我自己的生活，却从小时候我撇下父亲、驾着那艘蓝色小船回家时起，就一直处于停顿状态。时间屏住了呼吸，我被困在无始无终之间。

在伦敦的一个不眠之夜，心烦意乱把我带进了东区哈克尼和哥伦比亚路之间的一个混凝土废墟里。外面的气温仍然高达90多度[1]，但里面很凉爽，是一个夏日洞穴。角落里和柱子后是像黑水般深邃的影子，仅有的光亮来自灯笼、蜡烛和火把。

几把腿脚弯折、靠背破烂的旧木椅被码放在没有粉刷过的墙边，中间是可能从酒店储物室偷来的沙发和扶手椅。一些木板、旧黑板和门板横放在倒扣的水果箱和木条箱上，当作桌子，上面散落着酒瓶、玻璃杯、烟灰缸。桌上有几双叠放在一起的手套，就像是空虚的被遗弃的手一般。每张桌子上还放有插着一枝红玫瑰的水晶花瓶。每个女人都独自靠在沙发或柱子上，男人——也各自单独地——在昏暗中漫步。蝙蝠飞快地穿过尚未完工的高大厅堂，像下面男男女女的眼睛一样，好奇又躲闪。

一道长长的砖墙中间，站着两个手风琴演奏者，一个人拿着贝斯，还有一名小提琴手拿着吉他，靠在身旁一个合着的手提箱上。男人们的白衬衫在火光中闪烁。在这里，在这个地方，每个人似乎都是孤独的。慢慢地，不知不觉地，时间再次开始呼吸。

这两个手风琴演奏者相互对视。其中一个有一头闪亮的黑发，白色的紧身T恤下，手臂上的肌肉若隐若现。另一个留着小胡子，紧密注视着他的同伴，仿佛要潜入他眼睛中似的。他们强烈地、暧昧地、几乎是猛烈地散发着男人气息。贝斯手和小提琴手则闭着双眼，他们已经投降了，他们的放纵让整个房间充满了情色气息。

第一个手风琴演奏者的脚踏着节奏，第二个人也加入了进来，很快仍然闭着眼睛的贝斯手和小提琴手也用脚打起了拍子。他们是

1　90华氏度约为32.222摄氏度。——编者注

音乐的化身。从第一个音符开始，我就听入迷了。

一个穿西装的男人走出阴影，走进闪烁的光亮里。他的眼睛也闭着，双臂拥抱着一个看不见的女人。他就这样独自跳着，但并不孤单。

女人们从散乱的沙发中起身，或是离开了倚着的柱子和墙壁。男人们骚动起来，他们就像在笼子里绕着对方旋转，或是在空旷的天空下觅食的野兽，虽然我不知道是怎么回事，但第一对男女走到了一起，他们立刻抓住对方，跳舞，然后又放开彼此。这些变化似乎象征着我近年来的不安，我从一场战争赶到另一场战争，从一个人身边赶到另一个人身边，然后又孑然一身，就像那个还闭着眼睛独自跳舞的男人，仿佛这是他想象中拥抱女人的唯一方式。我紧抱着空无一物的空气，不知道谁在那儿。

那对跳舞的男女没有大幅度的动作，只是静默地在水泥地板上旋转。他们跨步，贴在一起，继续扭动着前行，眼中闪现着威胁与渴望。*再走一步，你就是我的了！*拘束，隐藏在克制的外衣下。

那个女人从黑暗深处钻出来，好像是从暗夜的水中浮现。我不认识她，却仿佛见过她千百次似的。我不知道她是谁，却一直在叫她的名字。

起初，我看不出她是怎么做到了这些。她是抓住了每个经过的男人吗？她的手是不是在说“带我走”？她的身体是在发送你只能近距离感应到的秘密信号吗？

然后我意识到了，她用的是眼神。它不请求，也不邀约，只是简单地说，来吧！男人们就服从了。只有和男人融为一体时，她才会闭上眼睛。

她身材纤瘦，没有曲线，不丰满。她是个雌雄同体的人，有着亚马孙女战士的体格，但大多数人并不能马上发觉她的美丽。当她移动战士般的四肢时，我看到了自己。她的舞蹈表达出了我的不安和焦虑，她跳舞的样子好像她不想继续活下去——不想如此活着，她还在为生存而战。她的舞蹈表达了我的情感和生命中的每一片阴影，灰色的、白色的，燃烧的火焰和无尽的孤独旋律，吞噬了所有的色彩。

她在舞动。我久久地注视着她，梦想着千万种不同的生活。她的一举一动都是港湾，而我是个漂泊者。跟这个我不甚了解的女人在一起，会发生些什么呢？

我看着这个素不相识的女人跳舞，与此同时，我还看到我们的女儿踩着妈妈的脚学跳华尔兹，和她手拉着手。

我仿佛看到，我带着这个陌生人去了泰·科克，打开蓝色的门，把我隐藏许久的东西都拿了出来。她将栖息于那些房间中，明亮的眼睛会驱散所有的阴影。事情就是这样。

我看见自己在亲吻这个陌生人柔嫩而骄傲的脖子。

我看到她穿着白色的裙子，站在海边有着800年历史的小教堂里，手臂上起了鸡皮疙瘩，因为她感觉到这里时间流转的速度并不连贯。有些地方的时间更加稀薄，昨天、今天和明天汇聚在一起，我们可以感受到逝者的存在和未来的回响。

就在这时，陌生人发现了我，她的眼睛只说了句：来吧！

我点头。

过了好几个钟头，她向我走来，锐利的蓝色眼眸，像洒满阳光的伊鲁瓦斯海水般清澈深邃。她的目光如海水般涌来，这是我第一次不讨厌海。

我想回家。

带我一起走。她一言不发，也没碰我。她走到离我很近的地方，我能看到她胸部的起伏。她离我很近，口鼻与我的锁骨齐平。我能感觉到，我们之间的空气因为她身体散发的热量变暖了。她抬头看我，我呼了口气，仿佛这是我此生第一次呼气，仿佛时间终于又回到了原点。

那天晚上，在伦敦东区的一座旧郁金香仓库里，在她公寓低矮宽敞的床上，我们面对面躺在崭新洁白的床单上。阁楼正上方是个屋顶花园，我舞动的亚马孙女战士就住在摇曳于晚风中的银色草丛里，三角梅的花朵伸向星空，花坛里繁花似锦，像夏日里布雷顿的草地一般。

在无数烛光下，我们默默地注视着对方，用眼神探索对方的身体。我们都渴望爱，却无法跨越我们之间的距离，因为爱也伴随着焦虑，那是对距离的渴望，一种不想成为“我们”的共识。然而，这种无解的渴望把我们彼此联系得比任何人更紧密。

在某一刻，她闭上眼睛，微笑着，把手放在我们中间的床单上。我把手放在她手上。那天晚上我安然入睡，因为我知道，自己在世界上最安全的地方。

第34天

亨利

从温哥华起飞的飞机提前5分钟降落在了希斯罗机场，我醒了，手麻了，还能感觉到针刺一般的疼痛。飞机向前滑行时，引擎仿佛在喘息。我很渴，但没有看到空乘人员。

伦敦笼罩在晨雾中，雾气将世界划分为夜猫子们（我曾经就是其中一员，不停穿梭在黑暗的街道里）的和那些早起上班族的。两个平行世界的人在公交车上、地铁里、清晨热气升腾的面包房里擦肩而过，互不理睬。

夜猫子们不敢想象生命中的又一天已经结束，所以将它延长至黑夜时刻，这样他们就可以永不停歇。然而，早起的人则想要充分地利用即将到来的一天。

我知道哪儿能找到埃迪公寓的钥匙，就是可以打开货梯和她办公室大门的那把钥匙。它藏在院墙上半块砖后面的洞里，就在兔八哥涂鸦的左脸颊上。

我总担心钥匙已不在那里等我了，这就意味着我已不再受欢迎。我不知道自己为什么这么害怕，埃迪可永远不会做这样的事——至少不会以这种方式。她会看着我的眼睛告诉我。她是我认识的最可靠、最坦率的人。

我认识很多人，她在很多方面都与众不同。她的字典里没有

“也许”，“是”就是“是”，“不是”就是“不是”，两者是绝对的、毫不含糊的。也许这就是我担心的：如果埃德温娜·汤姆林对我说不，那我就再也无法回到她的生活中了。

但自从相识以来，我始终保守着一个秘密：山姆。我一直没告诉她我有个儿子。

易卜拉欣知道我们的事，我们与格雷格和莫妮卡一起送他去了机场。他在华盛顿学习法律，专门研究人权。

刚过7点，出租车司机在哥伦比亚路放下了我。她还在睡觉吗？埃迪通常会审读书稿直至凌晨三四点。

我走进院子，小心翼翼地拿出那半块砖头，我的手指在洞里摸索。钥匙在哪儿？恐慌袭来，但随后我找到了它。打开门，我蹑手蹑脚地穿过办公室，爬上旋转楼梯，坐在卧室的地板上，靠着墙壁——这面墙把卧室和阁楼的其他区域分隔开来。埃迪熟睡的样子像个稚嫩的小姑娘，噘着嘴，好像刚和谁说完话。

我坐在那儿看着她睡觉，感到很平静。她的公寓是唯一能让我安定下来、抵御逃离冲动的地方。

原谅我，我想。我现在该怎么跟你解释事情的由头呢？山姆是怎么出生的，为什么我不能见他，我怎么能当着你的面说这些话，又不让你对我失望呢？我知道我对她隐瞒得越久，她就会越震惊。

她醒了，生命如洪流般涌入身体，就像夏天一样，所有的欢笑、欲望和芳香都涌进了一座整个冬天无人造访的房子。她的眼睛清醒了，在对我说：“过来吧！”

我在这双眼睛和这具身体前脱掉衣服，像被夏季的海滩诱惑了一般。我不知道埃迪是怎么做到的，但她迷恋的眼神让我觉得自己很帅气。我存在，就是因为那双眼睛看着我。

“慢慢来，”她低声说。“我不想错过任何一个细节。”

我解开衬衫扣子，解开腰带，脱掉裤子。我从来不穿袜子，就像我父亲一样，和埃迪在一起时，我对他的记忆也产生了变化。

事实上，我只有和埃迪在一起的时候才会想起他，我已经40多岁了，直到现在，我才意识到我从他那里继承的一切：我手指的形状，我喜欢光脚——能够用双脚感知世界，而不是简单地踩在地上。

我躺在埃迪旁边。她闻起来有煎饼、糖、盐和自由的味道，就像一只美丽成熟的水果（一颗杏子）、一朵花——我觉得是茉莉。她就是整个世界。

我用双手捧着她的脸，用手指把它框起来。她微笑着，睁大眼睛看着我探索她双腿间的温暖，直到我们亲密无间地栖息在对方的身体里。我们之间的界线消失了。

亲爱的，我想，亲爱的，亲爱的埃迪，没有你，我要怎么呼吸？

第一个夏天，我们经常在“世界之巅”做爱——这是我为埃迪那座位于伦敦屋顶的神秘花园起的名字。一天晚上，尽管空气有轻微污染，星星却似乎呼吸得更自由，她告诉我为什么要种那片草地。她躺在花坛里和我的臂弯中，蝙蝠在头上盘旋，一轮蓝色的月亮——本月的第二个满月——高高地挂在黯淡的天空中。

“我小的时候，总是希望房子后面的草长得足够高，这样独角兽就能够躲在里面。黎明时分，它会从昏暗的地方钻出来，朝我的房间抬起鼻子，嗅着空气，等待我来到窗边。在它躺进草丛、慢慢低下头休息前，我们会相互看一眼，它将自己心中所想传递给我——‘我知道和你在一起是安全的’。它将远离这个世界的危险，远离被捕捉、被杀戮、被折磨的命运。因为人类总是破坏那些神奇的东西，独特的东西让人心有不安。”

我抚摸着她的头，形状是那么熟悉，与我手臂的曲线完美贴合。她的皮肤纹理已经变成了我的一部分。我的手、手指、嘴唇、胸口和大腿都很熟悉她触碰的感觉。

“我父亲会先用镰刀割草，再用电动割草机清理草坪。5岁时，有天我站在割草机前，想要阻止他。”

我被一个小女孩挡在旋转刀片前拯救独角兽的画面感动了。

“他问我原因时，我告诉了他独角兽的事。我父亲再也没有割过那块草地，我母亲请了一个园丁用镰刀割草时，父亲付钱让他别割了。为此母亲好几个星期都不跟我们说话，但草坪还是完好如初，就是因为我和独角兽。”

她停顿了一下，继续平静地讲下去：“独角兽从未来过，从那时起，我就不再相信那些无法解释的奇迹了，而更愿意相信那些可以解释的奇迹。我父亲死的时候，独角兽也跟他一起死了。”

我意识到，被爱着的父亲才能更多地去爱，我父亲是多么爱我，而我又是多么想念他。

我的心羞愧得碎了一地。

山姆。有人爱他吗？我不在的时候，有父亲来爱他吗？单是这个想法就让我抓狂——因为内疚和羞愧。我抱紧埃迪，一动不动。她能读懂我的心思吗？

我从没骗过她，我们之间唯有坦诚，但我还是什么都没说。

“你父亲叫什么名字？”我问道，我的声音没有嘶哑，尽管它应该破碎，我的沉默和我的心也应该破碎。

“爱德华。”她回答，“实际上，别人一直叫他埃德，叫我埃迪。我是他的迷你版，有时我仍然有这种感觉：好像更大范围的自我——更聪明、更有爱心的那一部分——已经死了。”她握住我的手，放在她胸前，那是她跳动的心脏。她心地善良、充满爱心、心胸宽广，像她这样的人，怎么能忍受和我这种人在一起？

“有时候，我想给他打电话，告诉他一些事情。这是一种痛苦的反射，就像移动一条没有夹板固定的断腿。有时，我会闭上双眼，尝试着去倾听他的建议。”

她在我怀里转过身，面向我。整个过程只持续了几秒钟，但她代表了我曾经需要拥抱的一切。

“你呢，陌生人？你梦见过你父亲吗？”她问，脱口而出，没有顾虑，没有羞耻，也不怕牵动痛苦。这就是彻头彻尾的埃迪。

我想说，从来没有，请不要再问我这个问题了。

我一边呼气一边点头。逃跑的冲动总是跟随着我，只需要一点点鼓动就能付诸行动。“是的。在我梦里，我父亲常常不知道他已经死了，”我坦言，“我也没有告诉他。我很享受和他在一起的时光，也尽情享受着和他聊天、同住一个房间，或者一起开车兜风的机会。”

或者驶向大海，驶向那仅存的自由，但我无法让自己回想那一幕。我经常做这样的梦！一次又一次，每次父亲都不知道海浪就要拍击到我们了，而我也总是来不及——来不及看到它，来不及抓住父亲。

我告诉埃迪他是出海捕鱼时淹死的，但从来没提起我就在他身边的事实。我也没告诉她，我对事情真伪的感觉正在消失。是他放开了我，还是我放开了他？

第一个夏天变成了第一个秋天、冬天和春天，变成了第一年，接着是第二年，然后是最后一个夏天。

埃迪从来没说过“留下来！”或者“别走！”于是我还是继续过来。刚开始的几天几夜，我经常在她那里睡得半死，因为我在机场、休息室、火车和长途汽车上小睡的时间总是不够，而且无论如何，我从未在任何地方睡上很长时间或睡得很沉。我有时会想象和埃迪共度余生的情景。有一件事可以肯定：我再也不会睡不好了。那是爱，还是感激？

我完全不相信自己有爱的能力。我的爱软弱、怯懦。

有时候，我结束采访行程后，到了伦敦也没告诉埃迪。她不该只被我当作陪睡的枕头。在那些不想回家的夜晚，我就像以前一样，躲避着家里的灯光和回荡的空旷。只有当我疲惫得几乎受不了，当日子和事物的轮廓变得模糊时，我才会屈服，去她那里。钥匙一直都在洞里。

最后一天以稀薄的阳光开始。那是10月的一天。

我看着埃迪把食指伸进炉子上的锅里，看看牛奶够不够热来配她的咖啡。长久以来她都这样做，现在完全变成了一种不自觉的行为，她会测试一下牛奶的温度，哪怕它已经沸腾了。

她转过身来，我赶紧闭上眼睛。我不知道为什么要这样做，我可以盯着她衬衫下裸露的双腿、紧皱的眉头、吹牛奶时的嘴巴一直看。我们经常隔着老远看对方，用眼神对话，但这次，我隐藏了自己一直在观察她的事实。

我害怕她今天的表情，以及它可能意味的事。今天。

当她走到床边时，我察觉到她的影子，以及落在我脸上的一丝凉意。我能感觉到自己正滑入困境，就好像那张床是长满草的斜坡一样。在这种日子里，生活可能走向任何地方。我想掀开被子，让她躺在我身边，靠着我的肚子，这样她就不会看我，也不会说话。

然而，埃迪还是开口了。“我爱你，”她说，“我想跟你在一起，永永远远，今生来世。”

我睁开眼睛，回答：“我不想跟你在一起。”

埃迪怒视着我，好像我平白无故地打了她一巴掌。那一刻，我知道这是个谎言，但在羞愧和混乱中，我固执地保持沉默，没有立即收回所说的话。我应该大声喊出来：*我爱你！我只是太慌张了。对不起。这是有原因的，也许并非实情，但……*

机会一去不复返了，我看到那扇埃迪为我敞开了三个夏天的大门，现在砰的一声关上了，我原本可能开启的生活从我身上一扫而过，就像急流冲刷过树干。

“不。”我请求道，眼看未来的图景渐渐远去，但她的声音颤抖着，带着竭力遏制的怒气，厉声说：“出去！收拾东西出去！滚出去！”

我说不出话来，也知道刚才伤了埃迪的心。我能听到它在尖叫，尽管她用微弱但克制的声音命令道：“出去，亨利。收拾东西出去！”

我起床穿衣，她不看我。我能感觉到自己正在消退变小，因为那双眼睛不再注视我了，但我还是什么都没说，也没走向三步之外我听到她呼吸声所在的地方。她没哭。我的天啊，我干了什么？我拿起包走到门口。我在干什么？我转过身，直视她冰冷的眼睛，渴望——不，是恳求她说点什么，诸如“留下吧！”“别走！”或者“你刚才在说谎，对吗？”

我是在说谎。

我能感觉到不断滋生的痛苦，直到如今我才意识到这种感觉的意义。这就是爱情吗？

我什么也说不出来。我的生命悄然萎缩，好像我拒绝了一生中所有的机会。爱情，孩子，还有那些我终于可以安眠的夜晚。让我不再惧怕死亡的夜晚。

7 天后，我去洞里拿钥匙，钥匙没了。

山姆

“天哪！”斯科特喊道，我们正过桥去哈默史密斯车站，他无法掩饰自己的兴奋之情，因为我们实际上是要去埃迪的解构现实出版社。他想方设法地扮酷，手里捻着一支没点燃的烟，戴着墨镜，穿着黑色翻领毛衣和灰色裤子，把夹克领子竖起来，就像你在照片中看到的那些20世纪70年代的法国存在主义哲学家。

“天哪！”斯科特又喊了起来，“我们真是对现实生活毫无准备，我的朋友。我是说，房租、保险、死亡等等，我们毫无概念。”他用拇指和食指捏着香烟，在空中比画着各种形状，“相反，他们让我们参加有关矢量几何和氨基酸的考试。而你，这个意外叛变者，是唯一一个他们没法强迫的人。你是打算尽快参加考试，还是在不久的将来吹着口哨消失？”

我没有回答。我并没错过圣保罗公学所有的入学考试，只是错过了那些我认为无关紧要的——尽管我母亲可能会有不同看法，但我一点也不在乎。当我父亲正在努力求生、玛蒂或许正等着有人来发现她喜欢什么时，我没法待在学校里。

“等一下。”我咕哝着。我们在哈默史密斯大桥上停了下来，我正站在父亲被车撞到的地方。不远处，一个穿着破旧礼服的男人正靠着栏杆，坐在一块硬纸板上。他就是视频里的那个乞丐。

世界上有成千上万个跟这条柏油路一样的地方，成千上万个事物终结的地方——生命、信仰、情感在这里终结，其中没有一个看起来像墓地。

穿礼服的那个人正紧盯着我们。

斯科特斜靠在我旁边的绿色铸铁栏杆上，在太阳的持续照射下，栏杆变得很温暖。我的思绪转向了玛蒂，萌生了一种正如此地一般的感觉：温暖和恐惧并存。

我向栏杆外眺望。这里距离水面很远。

斯科特还在说话："他们教给我们的每件事，都是个巨大的错误。二项展开式、三羧酸循环、法语语法、透视图、排卵期、三级跳、大陆漂移、单倍型分析……于是我们没人会想到这样的问题：'那么，死亡是什么样子的？''怎样找到一间公寓？''怎样找到合适的女人？''生命的意义是什么？'或者，'如果真到了紧急关头，你会从这里跳下去吗，而我们又怎么知道什么时候才真正到了紧急关头？'"斯科特摘下墨镜，认真地看着我，"你知道吗，我的朋友，生活中最重要的事，他们却从来不提。"

"那是什么？"我问。

"如何快乐。"

我面向太阳闭着双眼，感到栏杆压在我背上，同时整个世界都在抽搐。我认真地看着泰晤士河，它并不是大西洋和北海水流的混合，就像我也看不清大多数事物和人是由什么组成的。忧虑、怀旧、悲伤、欲望、童心或者温柔。

学校也不会教你这些。这些不同的世界怎么会同时存在呢？学校。城市。我父亲在昏迷之中。这座桥，就在这儿，我父亲为了救一个女孩跳了下去。这条街，就在这里，一辆车撞到了他。世界上的每个角落，都有人的生活被撕碎。

“该责怪这些地方吗？如果你碰巧经过这些地方，它们会把你扔进不同的维度吗？或者有一天，你读到或想到了一些词语，然后就突然脱离了自己原本的生活，就像在一个错误的车站下了车？”

“哇，”斯科特说，“我完全不知道，但还是谢谢你的回答。也许下次你的答案可以与我的问题和存在主义反思有关。”

我们俩都默默注视着河水。

我没有父亲的任何东西。没有咖啡杯，没有手表，甚至没有任何记忆。我不知道该依靠什么。

13 岁是不公平的，是没必要的。在这个年纪，生活揭示了它的第五个和第六个要点——错误和绝望。我怎么知道什么是对的，什么是重要的？

我不再是一个男孩，但也还不是一个男人，我处于两者之间。我不知道为什么在某天早上醒来，看到一些女孩，就突然发现她们并没有那么糟糕。嗯，反正总会有那样一个女孩。我不知道我为什么开始担心自己的外表，思考应该如何面对我的生活。我敢肯定，我无法在亲吻另一个女孩时不想到玛蒂。我紧闭双唇，我知道这看起来很傻，但却是一直以来我阻止自己哭泣的方法。

痛苦、快乐、跳动的心脏。想念一个女孩的快乐，一个你思念却没有真正了解过的女孩。那种不知道她是否注意到了我的痛苦。一想到她，快乐就开始撩拨我的心。所有这些事情，都同时发生。

“不，”我说，终于回应了斯科特关于老师、成年人和整个世界为何要在最重要的问题（如何快乐）上保持沉默的言论，“不，不是这样的。他们从来不说的是，我们该如何发觉自己是快乐的。”

此时此地，我很快乐，但同时我又不快乐。恐惧和温暖，幸福与绝望。

我们来到这座桥上时，是问问题的人，但当我们离开时，又变成了其他的人，迈出了寻找答案的第一步，心里清楚我们将不再像以前那样接受别人的话。我们现在必须学会自己辨别事物。

一个小时后，我们来到了东区。斯科特努力装出一副没有被解构现实出版社震惊到的样子。埃迪在等我们，我看得出她是多么紧张和疲惫。她带我们来到书架前，上面放着他们曾经出版过的所有书籍，这时，斯科特酷炫的伪装终于崩塌了。

“雷·布拉德伯里！”他脱口而出，像个糖果店里的5岁孩子般心神不安，“艾萨克·阿西莫夫！库尔特·冯内古特！”

“嗯，我们确实有过平装本的版权。”波比站在我们后面说。斯科特转过身，我目睹了一个奇怪的场景：我能感觉到斯科特的心开始膨胀，就像纸风筝一样展开，然后摔在了地板上。他变了——永远地。他看着波比，世界从此不一样了，我看到了这一切，但我不知道为什么，也不知道它会带来什么。

安德里亚端来了几杯热气腾腾的茶、一碟烤饼、一些黄瓜开胃小点心，还有一袋香气扑鼻的康沃尔馅饼，但是斯科特一口也吃不下。在内心世界的一砖一瓦都被推倒重建时，谁又能吃得下去呢？

我们学习了有关封面文案和设计的知识。“我们争论封面和封底的时间，比讨论书中400页的时间还长。”波比解释说，她说话时，我注意到斯科特欣喜若狂地盯着她涂成黑色的嘴唇，“大多数人拿起一本书，是因为书的封面或封底特定的文案。”

“比如哪些？”斯科特问。

“很不幸，我们对此几乎一无所知，斯科特大师，”拉尔夫简短地说，“事实是，没人知道读者为什么要买下那本书。”

波比问斯科特现在在读什么，他的回答（罗伯特·西尔弗伯格的《梦之王》）自然给人留下了深刻的印象。当波比问我同样的问题时，斯科特替我回答道：“他总是随身带着简·奥斯汀。”然后他从我的包里拿出了《傲慢与偏见》。

“手拿开！”我生气地说。

“哦，”埃迪说，“是图书馆藏书。很不错。我可以看看吗？”

看到别人拿着玛德琳触碰过，包含着她的经历、思想和梦想的东西，我心里很难受。然而，埃迪小心翼翼地拿着玛德琳的书，如同它是一只小动物。她打开书，看到了夹在封面内侧的卡片，研究着各种条目、日期和最近借书人的名字。

她平静地对我说：“玛德琳·泽德勒，冰雪少女。”

我疑惑地看着她。为什么她称玛德琳“冰雪少女”？不过，玛德琳确实被困在一堵由凝固的记忆和冰封的希望组成的透明高墙后。

其他人还在继续讨论封面设计和文案。

“是五楼的那个女孩。”埃迪说。

我点点头。我心里的压力不断升腾，直到马上就要翻涌出来。我非常愿意告诉埃迪一切，但当我试着用言语表达自己想起玛蒂的感觉时，却什么也说不出来。这是一个折磨我的伤口，就像那些正等着我的嘲笑声。这是我想要和她在一起的强烈希望，也是害怕无法和她共度一生的可怕恐惧。

“不好意思，我想上厕所。”我嗫嚅道。

过了很久很久，我才回来，埃迪站在小厨房里，仍然握着那本书。

“再过三天就是玛蒂的生日了，”我说，“没有人知道她喜欢什么。知道这一点很重要，就像知道爸爸喜欢什么一样重要。”

她顿了一会儿，点了点头，回答说：“我了解他喜欢什么——我希望他为此开心，这会让他回来。”

“没有人了解玛蒂，也许除了——”

“图书管理员。”

我耸耸肩，突然觉得这是个愚蠢的想法。“也许我们应该去趟牛津，”埃迪建议，“然后把书还了。”

“是的，也许吧。我可以放假时去，如果——”

“不，山姆，我不是说放假，我是说现在。我们现在就开车去牛津，去看看玛德琳借书的图书馆，看看她还喜欢读些什么吧。”

我看着她，嘴巴一定张得像牛一样大，但她很严肃。我想起了三天后就是玛蒂的生日，意识到她的“昏迷日志”里几乎一片空白，我同样意识到，我的心还在试图翻腾出来，高声叫着，把我想念她的情感高歌出来。

“马上去？真的吗？”我问。也许她只是在跟我开玩笑，也许这是个残忍的玩笑。

埃迪双手叉腰。“是啊，马上去，”她回答说，“我们去吧，去寻找玛蒂。”

她说这句话的时候，好像我生命中的一扇门被打开了，阳光倾泻而入。

我叫斯科特："埃迪和我要去牛津。晚上见，好吗？"

斯科特偷偷看了一眼波比，耸了耸肩，带着一个年近14岁的孩子全部的自信说："没问题。这里还需要我呢。"

阳光从我生活中的每扇窗户里照了进来。

20分钟后，埃迪开上了去往牛津的大路。英格兰的天气像老生常谈的那样：下着毛毛雨。

"你父亲从来就不像英国的暴雨。"埃迪没头没尾地说了一句，她方向盘上的手很放松，眼睛却坚定地注视着前方道路，"如果将人比作天气的话，你父亲就是大西洋的风暴。"

我突然觉得肚子很热，胸口裂开了一个深深的、欲求不满的洞。继续说下去，我默默恳求，请多告诉我一些关于他的事情。

她的嘴角抽动了一下："我们刚见面的时候不怎么说话，好像言语会破坏掉一切。言语就像砂纸，会刮擦感觉，直到它所剩无几。我第一次见到你父亲，是在附近一座巨大的建筑废墟里。直到现在，那里还会举行'探戈之夜'，那时候我几乎每晚都去跳探戈。"她笑了，脸上呈现出一种无拘无束的美丽光彩，"看到他站在那个近乎黑暗的地方，眼睛里充满了孤独和渴望，十分专注地看着我，仿佛我能看到他过去的一切，也能看到他将来的一切。他盯着我，仿佛看见了什么能彻底动摇他生命的东西——那就是我。"

她摇了摇头，似乎无法理解这件事，眼睛注视着前方的街道，拒绝回头看我，以免那脆弱的泡沫破碎。

"我很激动，仿佛这是一场演出，我感到不舒服，就像飞机起飞前一样。我渴望靠近他，感觉他的眼睛在盯着我，这让我眩晕。即使我想说，也说不出口。我被欢乐和焦虑麻痹了。”

她超过了一辆从希思罗机场开往牛津的班车。

“亨利总是坐在我公寓里那张旧伊姆斯椅上，那是20年前一位出版商朋友送给我的乔迁礼物。有时，我会盯着那把椅子，跟你父亲聊天，就好像他还坐在上面一样，但这一切都是很久以前的事情了，尽管感觉宛如昨日。”她的眼睛正在闪烁，与迎面而来的车灯无关。

“发生了什么事?”我问。我想知道的太多了。为什么他们没有在一起?我不了解我的父亲，也不了解埃迪，但听起来，好像他们只是同一个单词的两个变体而已。

“他并不像我爱他一样爱我，就这么简单。”眼泪从她脸颊滑落，“事情就是这样，山姆。这会在你心里引发一场战争。你跟自己斗争，但十有八九都是输。”她看了我一眼，“有时情况却正好相反，对方想你的次数比你想他的次数多，或者说对方更爱你。爱情真是头蠢牛！”

我不由得笑出声来。

“这是真的！”她加了一句，把挡风玻璃上的雨刷拨到最快。

我们默默地开了几英里，我想到了玛蒂。如果她是一种天气，那就是夏日的微风。我还想到，我们可能会无功而返。也许我们应该去见见玛蒂的朋友或老师，但怎样才能找到他们呢?我的思绪飘向了父亲。他有朋友吗?他们喜欢他吗?他跟他们提过我吗?

“我父亲擅长什么?”我问。

她毫不犹豫地回答:“他毫无偏见，山姆，这是他最大的优点之一。他从不认为任何人是‘异类’。他对世界和他人的态度非常坦诚，只有少数人才能够做到这一点，或者说希望能做到，但他仍然有一些盲点。你听说过灵魂的盲点吗？你会有意无意忽视自己的一些特性。它们可能是你拒绝接受的弱点，也可能是令你不快或者觉得异样的优点。你父亲不知道他对自己的看法是错误的。他以为自己没能力去爱。山姆，随着时间的推移，我会发现在面对爱情时，即使最聪明的人也是傻瓜。”

我深吸一口气，决定经受一场情感的猛击。“他跟你提过我吗？”我的声音游走在一条黄色和恐惧织成的细线上。声音卡住了，但只是略微有点沙哑。

埃迪摇头。

我早就知道，但不相信那是真的。

我们沉默了，一个小时之后，到了牛津。

牛津有点像索尔医生笔下的圆环世界。在乡村与郊区接壤的城市外部边缘，这个小城给人的印象是清爽而沉闷的，但随后它浓缩成某种更为实在的东西。我们驶过了废墟和整洁的小房子，经过了张贴着《摩斯探长》剧集海报的酒吧，沿着如同电影《跳出我天地》取景地的街道行驶。市中心是完全“清醒”的，牛津大学的38所学院就像是哈利·波特的霍格沃茨和植物园的混合体。我看到平底船在泰晤士河慵懒的两岸漂流。

市中心的街道上挤满了游客和街头艺人，他们沉浸在故事中，发出一阵我只能在脑海中听到的柔和嗡鸣。这是思想和知识的嗡鸣吗？

我从未在哪个地方见过如此多的教堂尖塔和垛墙，也从未见过这么多的色彩——古铜色、石板灰、白色和砂石金。

“梦幻尖塔之城，”埃迪说，好像读懂了我的心思，“那是牛津的通称，但对我来说，它是一个沉睡的故事。这里每平方米内的作家数量，比地球上其他任何地方都多——唔，也许除了爱尔兰。小说就诞生在这里，山姆，有些人甚至说故事就潜伏在公园、房子和街道的阴影里，直到有人走过，故事们相信他会把它们讲得恰到好处，就追随着那个人，直到他把它们写下来才罢休。只有在这座城市里，许多人才发现他们可以——或者说一定要——成为作家。你无法决定自己要不要成为一名作家，你要么是，要么不是，而那些没有当成作家的人要么发疯了，要么过着不幸或不安的生活。”

她的话以一种奇怪而熟悉的方式牵动着我的情感，就像是我研究剪报或阅读我父亲其他文章时的感觉。与此同时，我被一股越来越强烈的情感旋风困扰：这座城市的街道上充满了疑问、答案和永无止息的能量。

我打算写一些关于父亲的东西，或是其他大多数人发觉不到的东西——这些东西处于他们感觉光谱的边缘。

埃迪熟练地驾驶着汽车穿过狭窄的小巷，这些小巷环绕着众多学院的高墙。她把车停在博德利图书馆后面的一条街上，离自然历史博物馆不远。

玛蒂的图书馆就在牛津基督堂学院和贝利奥尔学院附近的一条小巷里。大多数人其实都对这些学院建筑很眼熟，却不知其名：《哈利·波特》电影中的宴会场景，就是在这些学院的正厅里拍摄的。

我想象着玛蒂可能会在这个城市中留下怎样的印记。她一定路过了室内市场里的“本家饼店”，闻到了焦糖的迷人香味。她一定抬头看了看高高的学院外墙，发现那些雕像也在看着她。她一定沿着这些街道蹦蹦跳跳。

我们到达了那座小型图书馆。

“你想让我和你一起进去吗？”埃迪问。

图书馆挤在两座住宅楼之间，它可能已经伫立在这里800年了。窗户嵌在尖尖的拱门里，门口的地板吱吱作响。当然，外墙的顶部砌着用来守御的雉堞。

前台坐着一个身材娇小的女人，她身穿一件白紫相间的条纹夹克，留着深色的内扣短发，戴着一副大大的眼镜，表情和蔼可亲。

“你好，亲爱的，我能为你做点什么吗？”她语气友好地问我。木桌的牌子上写着她的名字：米梵妮·库克。

“我想归还一本书，是一个……朋友借的。”

我很想永远保存这本书，却还是把它推到了木桌的另一边。图书管理员仔细地看了看借阅信息卡，然后看了看我，惊讶地睁大了眼睛。

“哦，是玛蒂的。”

“你认识她？”

米梵妮点点头。“当然，玛德琳有……”她说着，轻轻地抚摸着书，“有很久没来图书馆了。我的确很好奇，因为她通常每两个星期就会来借一次书。她在哪里？在巡回演出吗？她又和著名歌手跳舞了吗？”

她可以从我的脸上看出，事情远非如此。

“也许我们可以找个地方谈谈玛德琳？”不知道从哪儿冒出来的埃迪建议说，而库克太太脸色苍白，“你也许能帮助我们。”

“我？要做什么？”

“唤醒玛德琳。”我说。

米梵妮两小时后才能下班，她匆匆写下了两个地址交给我们。第一个是玛蒂家的地址（“我想你们都了解客户信息保密的规定，所以就当我从没给过你们这个地址吧”），第二个是牛津大学新学院（“玛蒂总是坐在学院回廊的大橡树下，她曾说那棵树是她最好的朋友，还有音乐”）。

玛蒂家住在市郊。这里看起来并不富裕，让我想起了帕特尼。

“你能找到她家是哪一栋吗？”我们靠近房舍时，埃迪问道。

车子沿路行驶时，我立刻认出了玛蒂家的房子，仔细核对了门牌号。它是整个区域内最荒凉的房子。我们把车停在路边。

窗户看起来好像已经很久没有打开过了，屋前的草坪上杂草丛生，前庭给人一种凄凉的感觉。没人居住的房子就会萎缩。当我们站在房子前面凝视着它，不知道接下来要做什么时，有人从隔壁的房子里走了出来。

“需要帮忙吗？”那个女人问。她系着围裙，正用茶巾擦着手。

“肯定需要了。”埃迪说，顺着花园小径朝她走去。我听不见她对那位女士说了些什么，但她指着玛蒂的家，又指了指我。那位女士用手捂住嘴，点点头，然后消失在自家的房子里。

30 秒后她又出来了，解开围裙，手里拿着一把钥匙。“跟我来吧，”她说，“很快，房子里的东西就要一件不剩了。房主把房子卖了，房屋清理员下星期会带回收箱过来。”

我感到一阵轻微的反胃。如果我们今天不来，他们就要把玛德琳的家清空了，就像那样。

这位名叫琳达的邻居打开前门，说：“请进吧。”

玛蒂，我在心中默念，这是我最后的思绪，因为很快我就无法想象，只能感觉了——整个房子里都有她的身影。屋里光线很好，有很多浅色家具。墙上贴满了玛蒂跳舞、微笑和读书的照片，有些是她自己，有些是和父母在一起。她的父母总是相互搂抱着、依偎着。

如此残酷，这就是命运打击人的方式吗？这栋房子曾经充满了笑声，充满了亲密、信任，充满了无数对未来的期许和爱。遗失的爱像哀伤的回声，萦绕在房间里。

“我在厨房等你，好吗？慢慢来，别着急。”埃迪让我独自探索玛蒂的世界。我感觉自己既像个小偷，又像个考古学家。

楼梯上方的墙上挂着一些舞者的照片。他们在舞台、钢索、街道和所有地方旋转。

我听到楼下一阵很大的哗啦声。“你在做什么？”我问。

“我在帮玛蒂装一些照片——照片和其他一些她肯定想留下来的东西。我们会告知琳达拿走了什么，好吗？”

我不知道这样好不好，或者会不会让我们进监狱，但即便真的违法，我也全然不在乎。

房间里一片寂静，这种寂静只在人们不再睡觉、不再欢笑、不再牵手的地方才会出现。我妈妈和史蒂夫的卧室有时就这么安静。

她的床边有一堆书。一面巨大的镜子占据了整面墙，前面是一根舞蹈把杆，旁边有一张精心卷起的瑜伽垫。一只金属海鸥贴在她床上方的墙纸上，它有一只微微弯曲的黄色的喙，张开银灰色带黑尖的翅膀，在它的腹部可以看到精致的骨架结构。布列塔尼常见的银鸥，一只强壮的鸟。你想不到能在一个女孩的卧室里发现这样的东西，但这就是玛蒂的典型作风。

我的心像悬在线上一样。我轻轻坐在床上，掀开被子，把脸埋在她的枕头里，哭了起来。我想念她，想念自己，想念父亲。枕头闻起来有椰子洗发水和洗衣粉的味道，还有一丝淡淡的、从前的温暖。

我躺在床边。玛蒂从这个位置能看到什么？雪莉·麦克雷恩[1]的照片、《五伙伴历险记》全集、她的芭蕾舞鞋、钢琴家克拉拉·舒曼的画像、滚石乐队的海报，还有几个装着沙子和泥土的瓶子。我走过去仔细看，每个瓶子下面都有一张字条，标记着这些沙土来自她去过的各个地方。

我从玛蒂的书桌上拿了一张浅蓝色的信纸，匆忙地记下我在她房间里看到的一切。我听到脚步声，埃迪来到门口，手里拿着一个空水果箱。

"你觉得怎么样？我们要给她带点她自己的东西吗？"

我们把书，还有那些来自苏格兰、澳大利亚、纽约中央公园和巴黎的沙土装进箱子里。我小心翼翼地撕下雪莉·麦克雷恩的海报。我把CD和芭蕾舞鞋放进箱子里，又在上面放了她挂在窗边的，由贝壳、树叶、木片和玻璃碎片做成的悬挂装饰物。最后，我带上了她的枕头。

"显然她喜欢钢琴曲和大自然中美丽的小物件，也喜欢蓝色。"

1　雪莉·麦克雷恩：好莱坞老牌女演员，1955年首次出演电影，活跃至今。——编者注埃迪靠在门框上说。

“她也很看重友谊，无论朋友多少。”我回答。我和玛蒂既亲密又疏远，但现在我知道她喜欢椰子，常读约翰·欧文的作品，喜欢俄罗斯作曲家，不喜欢意大利作曲家，喜欢蓝色，喜欢整理她的书，不喜欢整理从外面捡回来的东西。她喜欢树的每一个部分：树叶、树皮、树枝和木节。有一张她照镜子的照片，我从中看到了她将来可能会成为的那个女人。我希望陪着玛蒂成为任何一个她可能会成为的人。我想看到她在人生各个阶段变成的每一位女人，直到我生命终结。

在她身边，我会成为最好的人。没有她，我什么都不是。

“祝贺你，我的朋友！”我想斯科特会说，“愿意用生命换取爱的男人有一大串，如今你也加入了他们的阵营。”

埃迪和我搬了7个箱子出去，塞满了车厢。琳达握了握埃迪的手，给了我一个拥抱。“他们正并肩作战，塞缪尔。他们各不相同，却相处融洽、互相关照。有些人在家庭中得到了最好的保护，而有些人……”她没有说完想说的话。

我们从玛蒂家开车离去。

只剩下15分钟的时间去探索牛津新学院了。回廊很阴凉，那棵大橡树在午后的阳光下闪着银光。我想象玛蒂和它说话，或者坐在树根上思考的景象。我也坐在那里。

“玛蒂？”我问，“你在寻找什么？”我闭上眼睛，把手放在树干上。

她在找什么吗？是的。寻找退路吗？要退去哪里？从她孤独的生活中退到她期盼生活应有的孤独中？还是她想离开这个世界，与她的家人团聚在那个我们都希望真的存在但不知虚实的地方？

我收集了一些散落在地上的宽大橡树叶。为了玛蒂，我要把它们带走，也许这棵树能把她唤回来。

我们去了“老鹰与孩子”酒吧，它坐落在圣吉尔斯街上的一栋白色建筑里，有着洞穴似的卡座和一个小得出奇的吧台。米梵妮·库克已经到了，点了三杯茶。我告诉了她玛蒂的事情——车祸、昏迷，以及假如人们被自己喜欢的东西所包围，会更容易醒来的想法。

图书管理员呷了一口茶，然后向酒保挥挥手。“奥利弗，请给我一杯杜松子酒，”她说，“不，两杯。”她搓着双手，然后开始讲玛蒂的故事：“玛德琳来图书馆的时候还是个小女孩。她喜欢读故事，尤其是《饥饿游戏》和《长袜子皮皮》这样的书，讲的是女孩们摆脱困境，而不是公主之类的故事。”

库克太太告诉我们，玛蒂喜欢猫胜过狗，喜欢蓝色胜过绿色，还说玛蒂的父母非常爱她——“是曾经非常爱”，她纠正自己，然后哭了起来——默默地流泪。表面上看，她没有哭，只是轻拭双眼，然后将两杯杜松子酒一饮而尽。

库克夫人还提到玛蒂喜欢吃法式苹果馅饼。“她曾经在一本法国烹饪书中读到过，那是用焦糖、肉桂和布列塔尼海盐黄油做成的，脸朝下翻转过来烤的馅饼。”玛蒂的原话如此，就在那一刻，我决定这辈子再也不要失去她了。

“我能到伦敦去看看她吗？”库克太太问。

我点点头，看着埃迪，没有她，这一切都不可能发生。“可以，”

我说，“请尽快来，玛蒂太孤独了。”

“不，亲爱的，她有你！”她说。

我不知道该如何来看待自己的幸福和脆弱。不过，我还有最后一个问题：“你能否告诉我，有什么特别的东西是玛蒂真正喜欢或想要的吗？”

她思考了片刻，然后说：“睡衣派对。”

第35天

亨利

我曾经站在生活的伊始。我曾经是不会死的，但现在我死了，或者说，等同于死了。是的，这是事实，我几乎与死了无异。

我躺在路灯下，心脏在体内大量出血。

我在柏油路上摸索着，请那个年轻人把我的手表摘下来，他难以置信地看着我，把手表拿到我面前。我想看看自己最后的时刻。在这灰暗的一天结束之际，我想知道我的死亡时间。

没有了埃迪，所有的色彩都从生命中淡出，连脉搏也消失了，就好像 10 月最后一个明媚的日子过后，生命变成了灰暗而永无止境的一天。我用这灰暗而无止境的一天寻找什么是真实的。很多时候，这个世界似乎摇摇欲坠、忽隐忽现，而背后还有别的东西。请注意，这有可能是酒精引发的幻觉。

当我身处伦敦又没有新的采访任务救我于水火之中时，就觉得自己好像在一个巨大的城市牢笼里。我喝得酩酊大醉，如果在那些朦胧的夜晚遇到一个女人，而她或直接或委婉地邀请我和她共度一夜振作起来，我是不会接受的。我该怎么亲吻她、拥抱她、给她脱衣服？如果她想让我看着她该怎么办？我，一个永远无法抓住自己所爱的人。

我总是在流浪，一直用酒来麻痹痛苦，但又没有醉到能不受梦境的困扰入睡。然后，当我走到一条路上时，路灯坏了，卡尔在黑暗中等着我。

“嘿，伙计，我需要帮助。”他说，“我叫卡尔，你叫什么？”

“亨利。”

“瞧，我有两个孩子，但妻子说不想再看我吸毒了，所以我被赶了出来。你能帮帮我吗？”

我意识到，他并不是在请求我送他去戒毒所。我把身上所有的钱都给了他。

“你没有手机吗，伙计？”

我把手机给了他。

“该死，型号也太老了。”他把我的摩托罗拉扔进了灌木丛。他看起来的确精疲力竭，像是两个孩子的父亲，但在昏暗的夜色中，他的脸扭曲成了瘾君子的模样。

“我吸毒，也嗑药，只要是能让我嗨起来的东西，我什么都愿意尝试。顺便问一下，现在几点了？”他不怀好意地问。

我看了一眼表：“快三点了。”

“把你的手表给我。”

“我们可以找台提款机。”

“算了吧，那儿太多人了。”他在身上挠了几下，眼睛通红，“来吧，手表给我。快点！”

“现在有可以缓解戒断症状的产品，而且——”

“闭嘴，把表给我！”

“不行，那是我父亲的。”

“那又怎样？他挂了还是怎么的，你他妈的把表给我，不然我就把你胳膊砍下来！”

我拒绝交出那块表，对着下巴给了他一拳，但卡尔在我的左腋窝和胸部之间迅速地捅了一刀。刀锋冰冷，他拔出刀刃时，我才感到疼痛。

我踉跄地走了一小段路，来到一盏路灯下的光亮处，就在那里，一对来自萨塞克斯的年轻情侣发现了我，叫了一辆救护车。

那个小伙子给我看了一眼手表的表盘，这样我就可以记下自己的死亡时间了。在我的心脏流尽血液之前，我看到的最后一样东西是我父亲的手表，它停在差 5 分钟 3 点的时刻。然后，我的心脏因为失血而衰竭。

第36天

亨利

我用左手在柏油马路上摸索着，请求那个年轻人把我扶起来，叫救护车。他难以置信地看着我。

像往常一样，我走出家门，在夜里游荡，就像遇到埃迪之前那段漂泊的日子里一样。在这些朦胧、醉酒、漫无目的的夜晚，当我遇到一个女人时，我会让她自己走开。如果我进入了她生活中的未知领地，却找不到和埃迪一样的宝藏，我该怎么办？她的善良和慷慨。

我走到一条路上，那里有些路灯坏了，卡尔在黑暗中等着我。

“嘿，伙计，我需要帮助，”他说，“我叫卡尔。你叫什么？”

“亨利。”

“好吧，亨利，我有两个孩子，但是——”

“无须解释，我猜你是要钱吧？”

“你猜对了，伙计。”

他看起来的确精疲力竭，像是两个孩子的父亲，但他的脸已经扭曲成了瘾君子的模样。我把口袋里所有的钱都给了他。

“我吸毒，也嗑药，只要是能让我嗨起来的东西，我什么都愿意尝试。顺便问一下，现在几点了？”他不怀好意地问。

我看了一眼表：“快三点了。”

“把你的手表给我。”

“我们可以找台提款机。”

“算了吧，那儿太多人了。”他在身上挠了几下，眼睛通红，“来吧，手表给我。快点！”

“现在有可以缓解戒断症状的产品，而且——”

“闭嘴，把表给我！”

“不行，这是我父亲的。”

“那又怎样？他挂了还是怎么的，你他妈的把表给我，不然我就把你胳膊砍下来！”

我拒绝交出手表，尽管他的刀正对着我的肚子。

“我父亲和我出海了。”我说，盯着卡尔红肿的眼睛。

“那又怎样？”

“请给我一分钟跟它道个别，可以吗？我讲个故事，就给你手表？”

他焦急地点头：“好吧，但是搞快点。”

我一边说着，一边慢慢地把手表从手腕上取下来。

“那是一个多云的早晨，海面平静如油，正是捕小虾和龙虾的季节，贻贝还没长成。我父亲总是把他的手表拿下来，放在他夹克的口袋里，那件夹克就放在板条凳上当垫子。然后海浪就来了，在平静的海面下越积越高，直到碰到海底的暗礁，开始升腾。又经过一排岩石，海浪高出海平面 12 英尺，向我们袭来，然后迅速地砸在船上，我父亲正从船边伸手去拉龙虾网，结果被掀到海里去了。”

卡尔把刀放低了一两厘米。我手里还拿着表，他的眼睛在手表和我的脸之间来回扫视。

“他的头撞在船身上。我抓住他的手，紧紧握了几个小时。我父亲漂浮在海浪中，时而清醒，时而昏迷。他的耳朵里流出血来，另一只胳膊断了。那时我 13 岁。潮水又开始上涨，日落前的一小时，我累得再也抓不住他了。”我停顿了一下，记忆像秃鹫一样盘旋着。

我手指冰冷，开始发紫，脖子僵得像硬木一般。

那种可怕的感觉，父亲那慈爱而有力的手指开始从我手中滑落。

我看着他沉入大海，睁开眼睛盯着我，黑暗的深渊吞没了他。

我想跟着他跳进水里。

但我无法跳下去救他，我不会在海里潜水。

父亲的眼睛仍在黑暗中看着我。

我呢，坐在那儿，吓得屏住呼吸——然后放开了他。

我失去了他，也失去了自己。我变成了一只快要喘不过气来的、被动的动物，没有足够的力气去救他，也没有足够快的速度，把他从深水中拉起来。

当我的声音恢复平静，我对卡尔说：“这只手表是那天我带回家的唯一一样属于他的东西，这只手表……还有他的夹克。”说完这些话，我把手表递给卡尔，末了又加了一句：“记着调时间之前，先给手表上发条。”

卡尔热泪盈眶地看着我，把我的手甩开。“你这个白痴！”他吼道，跌跌撞撞地跑进了黑暗里，留下手表在我指间晃动。

当他在黑暗中走了一段距离后，他最后的话又穿过夜色浮现在我耳边。“也许是他放手了，伙计，不是你。父亲们有时不得不放开自己的孩子，是为了救他们。”

我把表带系在手腕上，手指在颤抖。我看了一眼表盘，刚过凌晨三点。我的双腿摇摇晃晃，但还是勉强走到了路灯下。在那里，我吐了起来，突然头晕目眩，不得不蹲下来，直到一对来自萨塞克斯的小情侣在我身上绊了一下，为我叫了救护车。

几小时后，医生建议我起草一份未来的遗嘱。

“未来？以防我再次被抢劫，被那个男人捅了？你认为真有必要？”

“当然，以防你下次不能这么轻易脱身，或者受了重伤——”

“或者万一有人在地铁上向我开枪。”

她没有听懂我的讽刺：“是的，也许，如果你受伤严重，需要连接一台呼吸机，或者陷入深度昏迷，无法表达你是想死还是想继续活下去。每个人都有权放弃生命，如果他不想再继续的话。你不应该把这个决定权留给劳累过度的实习医生，特别是如果你愿意捐赠器官的话。”

就在那天晚上，我把埃迪的名字写进了遗嘱，以防万一。我再也想不出有谁能更让我信任，她知道该怎么做。

她只需要签个字。只需要。

我考虑把那份遗嘱寄给她，问她……问她什么？你愿意做我的看护人，决定我的生死吗？多么浪漫，多么病态的浪漫。

相反，我离开伦敦，逃跑了。我从未把遗嘱交给埃迪，虽然我总是把它带在身边。她的拒绝在我们之间竖起了一道屏障。

我每隔几个月才去一次伦敦，从一个人身边逃到另一个人身边。

但后来，我收到了一封改变一切的电子邮件。

亲爱的爸爸，

我们互不相识，我想我们应该为此做点什么。如果你同意，5月18日来科利特克特预备学校参加父子节吧。它是巴恩斯的圣保罗公学男校的预备部，就在泰晤士河畔。我会在外面等你。

塞缪尔·诺姆·瓦伦丁纳

我的儿子想见我。

5月18日是一个温暖的日子，所以我决定步行。山姆的学校位于泰晤士河的一个拐角，在市中心以西5英里处。四条地铁线路在哈默史密斯汇合，从那里，我经过了狄更斯小说中提到的一些地方，尽管它们现在已被办公楼和老旧的砖房占领。

前一晚我彻夜未眠，恳求时间快点过去，因为我发誓要过一种不同的生活。我要告诉埃迪，自从我第一次看到她跳舞，就一直爱着她，今天跟儿子的约会我不会迟到。我再也不会让那两个人等我了，再也不会。

我很想跑起来！

当我穿过雄伟的拱门，走上哈默史密斯大桥时，一切都变得更加清晰了：阳光和煦，波光粼粼，仿佛夏天已经在向我们微笑了，还有树木的柔美芬芳。

我深深地吸了一口气。埃迪会跟我复合吗？山姆会喜欢我吗？

我已经可以看到日本樱花树上的粉红色花朵伸向了圣保罗公学河边蜜色的太阳。

看到那对年轻的情侣接吻时，我笑了。在几码远的地方，一个乞丐倚在绿色的栏杆上。他穿着一件破旧的礼服，在阳光处摆弄着几张硬纸板，像是在竖起商店招牌。

快到哈默史密斯大桥的另一边时，我停顿了一下，细细品味着温暖柔滑的空气。我就要见到我的儿子了。生活如此美好，为什么我没有早些意识到这一点呢?

一艘游船在泰晤士河上朝我匀速驶来。一个女孩站在船的第二根栏杆上，斜着脸迎接5月的阳光，这时突然一个波浪拍打船身，掀起船尾，把她向前抛了出去。她没有出声，眼睛里却充满了无限的好奇。

我们看着她掉了下去——亲吻的情侣、穿着破旧礼服的乞丐，还有我。“哦，天啊!”那对情侣盯着我。女孩顺着河流漂走，即将远离桥身和四座桥塔时，他们都毫无动作。

这是关乎生死的事情，我爬过绿色的铸铁栏杆，等那个小小的身影出现在我下方的水面时，我跳了下去。

第37天

山姆

今天是玛蒂的生日，我在学校厨房为她烤了一个蛋糕。我的法语老师卢平夫人给了我法式苹果馅饼的食谱，还从家里带了个专用的平底锅给我。我先把一大块海盐黄油放进锅里，加入一些糖，等锅变热，直到混合物变成流动的焦糖。然后我把切成片的苹果铺在上面，让它们冷却下来——卢平夫人说这一步“很重要”，要是把切好的苹果放在冰箱里冷冻几分钟，再稍微加热一下更好。我在上面铺了一层酥皮，把馅饼放在烤箱里烤了 20 分钟，等它变凉之后，再将它“脸朝下翻转过来”——现在我知道米梵妮·库克是什么意思了。最后，我用杏色的纸把馅饼包起来，藏在学校走廊中我的储物柜里。

不过，最难的还是问卢平夫人女孩子的睡衣派对是什么样子的。

“什么年龄的女孩？ 18 岁？ 14 岁？还是 12 岁？”看我无法立即回答，她又说:“这之间的区别很大。她们 12 岁的时候还要吃蛋糕，但到了 16 岁就想要素食奶昔，18 岁的时候会喝许多百加得酒、可乐或者其他一些‘叛逆’的饮料。”

我告诉她，我那个（不存在的）表妹要满 12 岁了。

“哦！我女儿 12 岁的时候会和朋友们跟着一部浪漫的歌舞电影唱歌。她们把粉红色的蜡烛插在生日蛋糕上，然后吹灭。有些女孩还会开化妆派对。”

“嗯。”对话开始变得有点奇怪了。

“你为什么想知道这些呢，塞缪尔？”

“哦，没什么。”我撒谎，“只是想确定我给了她合适的礼物。”

“你真是个聪明的孩子。”

幸运的是，在哈默史密斯地铁站旁的杂货店里，店员没有询问我为什么要买蓝色的眼影、草莓味的唇彩、粉色的蜡烛和一个玩具麦克风。

在 iTunes 线上商店的“浪漫爱情片”门类里，我搜索了包含舞蹈和接吻的电影。有一部叫《辣身舞》还是什么的，我从未听说过，但似乎很受欢迎。不管怎么说，至少女孩子喜欢。

惠灵顿医院的时间是凝固的。我向前台的希拉点头问好，她迅速冲我一笑。我先乘电梯到达了二楼。

我从远处就看到了：疼痛是黑色的，而且很强烈，我父亲正面朝下趴在床上。他为什么趴着？

福斯医生拦住我，把口罩塞到我手里：“今天只能待两分钟，山姆。你父亲的肺炎又发作了。”

我能感到脚下的地板在塌陷，担心让我一阵晕眩，但还是抑制住了恐慌的蔓延。“嘿，爸爸。”我低声说，在他身边跪下，看着他的脸。还是一如既往的冷漠和空虚，像一间充满不祥与苦痛的鬼屋。

“爸爸？我要上楼去见玛蒂了，今天是她的生日。有什么话要我转告的吗？”我告诉他我打算开个睡衣派对，让她开心。父亲没有表现出任何反对，我把这当作他的祝福。“祝我好运，好吗？”

我父亲的呼吸器发出了嘎嘎的声音，然后就什么动静都没有了。一点也没有。他面无表情，即便我告诉他，我的口袋里装了给玛蒂的哪些礼物，他都依旧无动于衷。

“塞缪尔·瓦伦丁纳，”“上帝”的声音让我措手不及，“你带的是馅饼吗？”

我点头，结结巴巴地说：“今……今天是玛蒂的生日。”

“上帝”对我眨了眨眼：“替我给她唱首歌，孩子。”

就好像你真会唱歌，我心想。

“顺便说一句，你爸爸今天有两位客人。一个是叫易卜拉欣的年轻人，还有一个叫格雷格，是你父亲的老朋友，也是他以前的老板。你认识他们吗？”

我摇头。我谁也不认识，在我父亲出事之前，我和他从未见过面。我对父亲涌起一阵短暂而疯狂的愤怒。因为他病了，因为他想偷偷溜走，因为我想念他。

“上帝”给了我一张名片：“给，这是格雷格的电话，他是一名记者。给他打个电话，问问你父亲的情况。去麻烦他一下，答应我好吗？”

我点点头，把书包背到肩膀上，乘电梯到五楼，沿着走廊向前走，然后用脚尖轻轻推开玛蒂的房门。

“嗨，是我，山姆。”

她躺在床上，眼睛睁着。我在她的鼻子前移动馅饼。“今天是你的生日。”我傻乎乎地说。她知道的，你个笨蛋。

我开始鼓起勇气去做自己非常非常讨厌的事情。“祝你生日快乐，祝你生日快乐，”我唱了起来，因为在场只有我一人庆生，我于是唱得越来越大声、越来越开心，“生日快乐，亲爱的玛蒂，祝你生日快乐。”

她没有看见我，只是盯着我，我看了一眼她今天的“日程表”。啊，马上就该给她滴眼药水了。

“好吧，”我说，“这是苹果馅饼，或者更确切地说，是法式焦糖苹果馅饼。它是由一对名叫斯蒂芬妮·塔廷和卡洛琳·塔廷的姐妹发明的，她们住在奥尔良附近，就是圣女贞德的故乡。这是我第一次尝试烘焙，所以不要抱太大希望。虽然苹果是萨塞克斯的，但我找到了一些法国海盐黄油。要我切馅饼吗？”

玛蒂没有回答，于是我提出了一个建议：“或许我们可以先看一部电影，然后再吃馅饼？我都准备齐了。”

我拿出从母亲床头柜里偷来的平板电脑，接着是一套桃红色的睡衣（也是我母亲的），还有一双拖鞋，上面印着蝙蝠侠的脸，马尔科姆一直想要这双鞋。我匆忙换上衣服。

“嗒嗒！”我叫道，抱着她轻轻转动了一下。我的心怦怦直跳，我觉得自己是个大笨蛋，可那又怎样？我愿意做一切事情，只要她能微笑或者转转眼睛。

“你已经穿上睡衣了，所以我想说，这将是一个超级棒的生日睡衣派对！你想先跳舞还是先唱卡拉OK？还是先拆礼物？”我从裤兜里拿出小礼品盒，“不要？好的，我把它放在你的床头柜上。你说什么？我们应该打扮得更漂亮些吗？真幸运，我带了些东西。”

我拿出在杂货店买的化妆品。“你能帮我一下吗？”我问她，“你可以？太好了，帮我拿着镜子。”我把镜子靠在她的枕头上，尽力把那些蓝色的粉末涂在自己的眼皮上。我涂到了眼睛里一点，刺痛得很——真不明白女人为什么要经历这些。最后，我看上去就像斯蒂芬·金恐怖故事里可怕的小丑一样。另外，草莓味唇彩尝起来真的很像石蕊试纸。

我询问玛蒂的看法："我看上去怎么样？和凯特·温斯莱特一样漂亮，对不对？"

我仔细听着，很确定听到了她的笑声，就在某个地方。在我的脑海里，斯科特肯定在哈哈大笑。

"你也想来点儿吗？不想？不是你喜欢的颜色？什么？唇彩？我发誓，它尝起来一点也不像草莓。"

反正她也想来一点。

"你知道草莓香味是用锯屑做出来的吗？没错，他们就是那么做的。"

我极为小心地用棉签在她嘴唇上涂了一点唇彩。她纹丝不动，这样我就可以顺着她嘴巴的曲线涂，然后我拿起镜子，让她欣赏我的作品。

"你其实不需要这些东西，玛蒂。"*因为你本来就很美*，我心想，但没有说出来。我敢肯定她现在会说："谢谢你，山姆。"这是我心中想象的，然后我脸红了。

"好了吗？接下来做什么？"我问她。

现在我想看一部电影，山姆。

"非常乐意为你效劳，玛蒂。看部歌舞片怎么样？"

是浪漫爱情片吗？

"我想是的，应该没错。怎么，有问题吗？"

不！我很高兴你挑了这部电影，但我真心希望它别太催泪。

“你听说过《辣身舞》吗？我不知道它有没有那么催泪，但我们可以看一看。”

我轻轻地坐在她旁边的床上。我在平板电脑上搜索，开始放电影，然后举起屏幕，这样我们就都能看得很清楚。

“这个角度可以吗？”

她没说什么，正聚精会神地看着。

好的，我们开始吧。哦，天啊。“她在做什么？那些是瓜吗，玛蒂？”

女孩子都是这样，山姆。我们很害羞。

“也许吧，但有那么害羞吗？”

这情节真的很奇特。

“这家伙还不算太坏，是吧？他穿着奇怪的衣服，而且他们把他的头发怎么了？女孩喜欢那样吗？真有人叫‘宝贝’？”

我认识的大多数女孩子（说实话，数量不多）说话时总会装出一副满不在乎的样子，翻着白眼：“哦，得了吧！”而这就是我喜欢玛蒂的地方：她完全保持冷静。

然后舞蹈开始了。好吧，哇，这才是女孩子喜欢的事？斯科特会怎么说？“你不必为了喜欢她们而去了解她们。我们不了解猫和河马，但还是认为它们很可爱。”

“对不起，我不知道原来它这么浪漫。”

嗯，山姆，我想你得弥补你的错误。你能像他们那样跳舞吗？

“不。”

哦，求你了！

“玛蒂，我不会唱歌，也不会跳舞。”

求你了，山姆！

我看着玛蒂美丽而空洞的眼睛。我确信她现在和我在一起，她一动不动，只是为了不破坏这个美妙的时刻。是的，一定是这样，但我觉得她很快就不会再坚持下去了。

“好吧，那我跳，但你不准笑。”哦，请一定要笑！如果你能笑一笑，哪怕只有一次，我出尽洋相也乐意。

我把平板电脑放在床边的小桌子上，把它固定好，让玛蒂看得更清楚，然后回放“宝贝”走上台阶、练习舞步、摇晃臀部的场景，试着模仿她的动作。

“像这样吗，玛蒂？”

我把手放在臀部，扭动起来——至少在努力这样做。我穿着粉色的睡衣、蝙蝠侠拖鞋，涂着蓝色的眼影，随着《辣身舞》舞动。我觉得玛蒂笑得前仰后合。

我开始渐入佳境。我跳出了最笨拙、最自由的动作，我爱上玛蒂了。我爱上了她，就好像她是我生命中的一首歌，我会一遍又一遍地听。她将是我生活的原声带。

难怪我没注意到门开了。

“嗨，山姆？或者我应该说，嗨，那个长得像山姆的男孩，你擦了蓝色眼影吗？”

玛丽安护士走进房间。我被蝙蝠侠拖鞋绊倒了，满脸通红。又是这样。

“你觉得绿色会更适合我吗？”我上气不接下气地问道。

“好了，不要嬉皮笑脸了。你在这里干什么？”

"我们在庆祝玛蒂的生日。"

"哦，是吗？"

"女孩子就喜欢这样的派对。"

"哦，当然是啊。"她上下打量我，我瞥了一眼左边的穿衣镜，惊讶地发现，如果你肯花点心思和精力，能让自己变得多么滑稽。

玛丽安指着平板电脑："你们在看什么？"

"《辣身舞》，这是一部关于瓜的电影。"

"是吗？你是踩到蝙蝠侠了吗？"

"嗯。"

玛丽安护士拿起眼药水瓶，熟练地润湿了玛蒂的瞳孔，然后坐在床的另一边和我们一起看电影。我在床上保持着原来的姿势，举着屏幕，即使这会让我胳膊麻木。没有关系。

他们开始接吻时，我注意到我脸红了。

"这是健康的，"玛丽安解释道，"交换细菌对免疫系统有好处。"

"真恶心。"我叫道。

玛蒂咯咯笑了，我想她在笑。

狗血的情节层出不穷。

"嘿，她为什么不告诉'宝贝'的爸爸，他没有让她怀孕？"

因为那样电影就没得演了。

"哦，对！哇哦！"我很激动，因为尽管玛丽安在场，玛蒂还在继续和我说话。当然，只是在我的脑子里，但我相信没人会真的反对这一点点疯狂的。

你不觉得约翰尼很可爱吗？玛蒂问。

"我？不觉得。怎么，你觉得可爱？"

不，我也不觉得。我觉得你很可爱，山姆。

“叮咚，有小小鸟通风报信说你这里有馅饼吃。”两位女医生和理疗师莉兹一起进来了，她们都戴着那种又小又滑稽、只会在圣诞爆竹里见到的纸帽子 。莉兹递了一顶帽子给玛丽安，一脸泰然自若。我不再觉得自己是唯一的傻子了。

“你在干什么？山姆，你穿着——”

“是的，这是蝙蝠侠拖鞋。你也可以买到超人的。”

“当然可以。”其中一位医生声音低沉地说，其他女人，包括玛丽安，都咯咯地笑了起来。女人真的很奇怪。

现在我们五个人和玛蒂一起坐在床上看《辣身舞》，所有人——除了我和玛蒂——都很快哭了起来。

好吧，我承认电影是有点感人。

“山姆，那个馅饼是你自己做的吗？”玛丽安在片尾字幕放完后问道。

我点点头。

“那是法式焦糖苹果馅饼！”莉兹兴奋地喊道，“可是蜡烛呢？”

“还没点蜡烛，先唱卡拉 OK。”我解释着，从背包里拿出粉红色的玩具话筒。

“哦不，气氛越来越火热，我得走了。”一位医生说，瞄了一眼她的寻呼机。莉兹也说了再见，热切地回头看了一眼那个馅饼。

“嗯，我现在下班了，而且我很喜欢卡拉 OK。”另一位医生说。

玛丽安护士检查了病人的监护设备显示屏，几分钟后，她低声说：“好吧，但只因为来的人是你哦。玛蒂很好，虽然有点出汗。你玩得开心吗，亲爱的？”

“你的歌单里有什么？”医生问。她的名牌上写着“本·席琳”。本？她仔细研究着平板电脑。“哦，顺便说一句，我叫本妮，”她说，“是本妮迪克塔的简称，牌子上写不下我的全名。”

“哦，我是山姆，塞缪尔·诺姆·瓦伦丁纳，我的名字牌子上也写不下。”

“是的，写不下，”本妮医生一边说，一边在我母亲的平板电脑上翻看歌曲，“哦，哇哦，《跳舞女王》！”她尖叫道，“你知道那首歌吗，玛丽安？”

“我是51岁，又不是101岁，我当然知道ABBA组合。”

本妮笨拙地摸索着平板电脑，把音量调大，然后说：“好了，玛蒂，这是为你特别准备的。”

她从我手里拿过粉红色的麦克风，两个女人在玛蒂的床尾站成一排，由本妮主唱，玛丽安伴唱，她们笨拙却又精彩地表演了一曲《跳舞女王》。

我跟着音乐跳舞，就像《辣身舞》里的那个女人一样，试着把头发弄成那个扮演约翰尼的帕特里克什么的[1]样子。我敢肯定玛蒂笑崩了。我又扭动了一会儿，而那个睁着一双冰蓝色眼睛的女孩躺在床上，我们为她又唱又跳。

唱完歌后，玛丽安拿出打火机，把12根蜡烛插进馅饼里，点燃了它们。我还有一个数字12造型的烟花棒，它嗞嗞作响，闪闪发光，发出噼里啪啦的声音，好像一颗星星落进了房间。

给玛蒂的礼物还在桌子上，包得严严实实。

1 这里指《辣身舞》男主角的扮演者帕特里克·斯威兹。——编者注

“我们唱点别的吧。”玛丽安护士笑着说，姜黄色的卷发贴着她可爱和善的脸。

“我们来唱《她是快乐的好伙伴》吧。”本妮提议。

我们唱着歌，玛丽安护士关掉了明亮的顶灯，只剩下馅饼上插着的 12 根蜡烛的烛光，还有小小的烟花棒发出的噼啪声，我们三个人和玛蒂。我们就是这样庆祝她 12 岁生日的。

“你要把它们吹灭，玛蒂，”唱完这首歌后，我轻声对她说，举起插着蜡烛的苹果馅饼放到她面前，“还要许个愿。努力许愿，它就会成真。”

就在那疯狂的一刹那，我仿佛瞥见了逃窜的乌鸦，它黑色的羽毛掠过她的眼睛，但她没有吹灭蜡烛，当然没有。机器还在帮她呼吸，但她的脉搏似乎轻微地加快了。

“好吧，”我说，惊讶于自己深切的、精疲力竭的失望，“好吧，这样的话，我就替你吹灭它，许个愿。”

吹灭蜡烛后，肺里充满了新鲜空气，我发现自己更愿意某天和玛蒂争吵一番——争吵过后再和好。我想象不出，有什么事情会比她瞪着我，然后我拥抱她直到她笑出来更美妙了。

不过，她没有看我。最强烈的愿望也不足以让她醒来。

我在她床边的桌子上放了两片橡树叶。

第38天

亨利

清晨和煦的阳光把我从睡梦中唤醒。

我看着埃迪把食指伸进炉子上的煮奶锅里，看看牛奶够不够热来配她的咖啡。长久以来她都这样做，现在完全变成了一种不自觉的行为，她会测试一下牛奶的温度，哪怕它已经沸腾了。

她转过身来，我凝视着她明亮而冰冷的眼睛、她衬衫下裸露的双腿、皱着的眉头、吹牛奶时的双唇。我不想失去她。

我能感觉到自己滑入了困境，就好像那张床是长满草的斜坡一样。我感到一种无法抗拒的冲动，想把被子掀开，让她躺在我身边，背靠我的肚子。我对她说："来吧！"

当她光脚走到床边时，我察觉到她的影子，以及落在我脸上的一丝凉意。在这种日子里，生活可能走向任何地方。

"我爱你，"她说，"我想跟你在一起，永永远远，今生来世。"

"我也爱你，埃德温娜·汤姆林。"

我感到越来越释然，现在我意识到了这种释然的感觉。这就是爱情！

7天后，我们确定夏天会在布列塔尼举行婚礼。

埃迪俯身去喝童话泉里的水——我们小时候都这么叫它，在

D127 公路到特里马桑的圣参孙教堂附近，水直接从岩石中流出来。一个古老的石头浴盆和一块雕刻好的立石矗立在古老的泉眼旁，据说泉水能使孩子们的愿望成真。金雀花在附近闪耀着黄色的光芒。

“我们生个孩子吧，亨利。”她对我说。她身着白色婚纱的样子很美丽。早些时候，当我们站在有 800 年历史的圣参孙教堂中时，她身上起了一大片鸡皮疙瘩。

“时间于此已不再重要。”她低声说。

“这里的时间更稀薄，”我回答，“这里比世上任何地方都有更多的奇迹。”

“如果我们迷失在时间的不同维度之间，那我们就在这里再见。”埃迪在我耳边低语，“说好了？”

“好的，”我回答，“我爱你。如果我没法搞定每件事，请原谅我。”

“不要再考虑对错了，”她说，“那些标准根本不存在。过好你的生活，好吗？过好你的生活。”

我们又喝了一口泉水。今天，大海穿着一件暗绿色的长袍，点缀着白色的浪花。风正把大西洋和英吉利海峡中的水流吹得直冲云霄，而伊鲁瓦斯海则在这两者之间汹涌澎湃。这是世界上最美丽的海，而我则伴着世界上最美丽的女人。

明天我们将驾车沿着海岸行驶。我想让埃迪看看所有的一切：勒孔屈埃、圣马蒂厄角、特雷帕斯湾和塞因岛，在那里，时间最易渗透，所有未开启的生活在此相遇，几乎没有什么东西能把它们分开。

我们手牵手走在悬崖顶端的小路上，沿着几百年前海关和走私贩经过的崎岖不平的旷野，我们从悬崖上爬下来。

我们与世隔绝。午餐时间到了，其他人都去吃饭了，享受着人生乐趣，享受着难得的美味白葡萄酒煮贻贝、龙虾、濑鱼和鳕鱼。

我用嘴唇碰了碰她的嘴唇，她的舌尖柔软而充满挑逗性。我拥抱着我的新娘，在她耳边说，我知道这陡峭的海岸上有几个地方，在那里，除了潜水的黑背海鸥，谁也看不见我们。

我们找到了一块光滑、平整、温暖的石头。埃迪在上面半躺半倚，向我张开她被阳光亲吻过的双腿。我背对大海。阳光温暖地照在我的肩膀和脖子后面，然后我完全进入了她的身体，如此之深，以至于我再也感觉不到我们身体之间的界线。我尝到了盐的味道，感到口渴。我俯下身去吻埃迪，她把我紧紧地搂在怀里。她柔软、温暖、湿滑，随着海浪在我们脚下的悬崖上拍打，我开始和她做爱，节奏平稳，并不着急。

“我爱你，”我对她睁开的眼睛说，“我爱你，我希望和你今生来世，永不分离。”

她只是望着我，仿佛不是我在引领她，而是她在引领我。她引领着我，带着我进入她的生活，围绕着我将之重塑。她把我拉进她的身体，接纳我，好像我的整个灵魂都流进了她的身体。

当我在她体内宣泄时，我突然感觉到一堵巨大冰冷的墙在身后赫然耸立，然后阴影像一只大手一样砸在我身上，把我推入大海。

我在坠落，我被冲走，光芒、色彩和声音包围着我。我滑进一条管道，我在溶解，我在以更快的速度坠落。我在坠落……

第39天

埃迪

亨利!

我醒来，高潮最后的涟漪震颤着我的身体。我仰面躺着，双手举过头顶。欲望像一股无形的浪潮，在我体内慢慢升腾，沿着海底潜行，然后逐渐攀升到水面，越来越高，直到有什么东西在我身体里爆发。我不知道那是什么——这是我唯一一次睡梦中的高潮。这是44岁的我首次从情欲之梦中醒来，回到现实。

怀尔德躺在我旁边，他还在熟睡，而在我双腿之间，一只温柔的欲望之拳正在紧握、放松，一次次重复动作。大腿上方的肌肉紧绷着，我能在唇齿间尝到盐的味道。我一直在和亨利做爱，这是我的身体告诉我的，它还告诉我:“这不是梦，这是真的。”我仍旧能感受到亨利压在我身上的重量，以及他进入我体内的感觉。我感到被爱着。

怀尔德还在睡吗，我有没有吵醒他?

从唇齿间的感觉可以得知，我喊了亨利的名字。似乎我还能感觉到他，他嘴唇的温度、触感和呼吸，还停留在我的唇边。他总是那么温暖，如炉火一般。有些石头也能储存千年的热量。

我梦里的影像消失了，留下一种突兀的感觉：亨利离我而去，渐渐消散。

多么愚蠢的想法!

亨利处在昏迷之中，反复发作的肺炎让他离生命越来越远，离死亡越来越近，离这个圆环世界的边缘越来越近。这才是真实的世界。

此刻，恐惧纠缠着我，但我试图不在怀尔德面前表露出来。我知道自己正在逐步毁掉我们共同的未来，但对此我无能为力，或者更确切地说，我听之任之。

现实世界里，我和一个并不知道我已经连续5周每天都去探望亨利的男人住在一起。我对明天将会发生什么几乎毫无头绪。我心中充斥着一种强烈、恶毒的感觉，觉得自己失去了某样至关重要的东西，它令一切欢笑、美景，令新的一天都不再有任何意义。无尽的悲伤攫住了我的胸腔、腹部和脖子。黑暗吞没了我，我快要被淹死在一个巨大幽暗、深不见底的湖里。

亨利死了吗?

我听着怀尔德的呼吸声，但他只是静静地躺在我身边，一条腿搭在我腿上。我咬紧拳头，忍住不哭，尽可能小心地把怀尔德的腿从我的腿上挪开，然后起身。

痛苦比上一次更加剧烈。数月以来我都不知道，如果不能再见到亨利，触摸他、和他说话、看见他的笑容、感受他的眼神和双手落在我身上，我该如何支撑下去——如果我无法再感受到被爱。思恋如同死亡，徒留一具行走的躯壳。

我光脚走过打蜡的木地板，取出一个大号马克杯，放在水龙头下接满，然后贪婪地喝着凉水。味道就像是刚才亨利亲吻我时，他嘴唇上的盐。

我的丈夫死了。

我完全不知道为什么这个词会出现在脑海中，亨利不是我丈夫。

它源于那个异常强烈的梦境。我们结婚了，然后一切都不一样了。红门小教堂坐落在海岸边遍布青草的悬崖上。参孙是这座海滨教堂的守护神。我们约定如果失去了联系，就在那里见面。那就是我们的约定。

后天，怀尔德要去美国参加巡回读书会，宣传他的新书《以后再见》。那本书讲的是走出门以后再也不回来的人。他寻找到了那些被抛下的人，倾听他们分手后重新开始的伤心故事。

一位教授一言不发地从家庭晚餐桌上溜走，去了加拿大野外生活。一位去度假的女士在火车临时停靠站台时，说要去上厕所，却直接下了火车。一位高尔夫球手离开球道去树林里寻找他的球，接着离开了他以前的生活。一个生病的小女孩一天晚上离开医院，去寻找大海。

怀尔德要离开几个星期，我感到一阵轻松。我可以睡在惠灵顿医院，和亨利一起过夜。终于，终于。我不想错过他醒来的时刻，但把亨利当作秘密情人一般来计划共处的时间，我还是感到愧疚。

第 40 天

山姆

有什么东西不对头，刚走出五楼电梯时我就注意到了。感觉像是“不安”、“焦虑”和“疯狂的举动”携起手来，在走廊的尽头制造了一场风暴。走近时，我看到有三个人围在玛德琳身边——本妮、德米特里，还有一位被德米特里称为“煤气工”（麻醉师）的医生。

玛丽安护士戴着口罩，回头看了我一眼，仿佛在说“哦，不，又是他”，但说出口的却是：“你能在外面等会儿吗，山姆？”

“发生什么事了？”

“请在外面等着。”

“玛蒂怎么了？她怎么了，玛丽安护士？”

她没有回答，本妮迪克塔医生和俄罗斯裔护工德米特里迅速又精准地在玛蒂身上连接着新的机器。静脉导管被插到她的手背和锁骨下面，导管和点滴都准备好了。突然之间，她就像我父亲一样，被机器的触须缠绕着，处于一张被完全监控的蛛网中心。其中一台测量她血氧浓度的仪器闪烁起来，激烈程度是我从未在我父亲那里见过的。玛蒂体内的氧气太少，少得危险。

她双目紧闭，脸色苍白，出了很多汗。

“血氧浓度下降有多久了？”医生问。我这才反应过来，他是经常在重症监护室监测诱导性昏迷程度的麻醉师。

“25 分钟。”护士回答，“马上进行咽拭子采集和皮肤活检。中心静脉压还在下降。”

“我们最多有 1 个小时来施用合适的抗生素，6 个小时来稳定她的血压，如果不行的话——”看到我站在门口，本妮迪克塔止住了话。她肢体的紧张显而易见。

玛丽安轻轻把我推向走廊的墙壁。

“让我看看她！”我请求，“拜托了！”

“现在不是时候，山姆。你知道这是危急关头吗？”

是的，很不幸，我知道。危急关头是“大祸临头”的另一种说法。

电梯门打开，福斯医生出现了，“上帝”跟在后面。“上帝”的出现是个非常非常不好的信号。

他在朝我走来、与我擦肩而过、随后进入玛德琳病房的 5 秒钟里，只瞥了我一眼，却表达了一切。在那仿佛延续了数千年的无声无息的 5 秒钟里，生命如慢镜头般流逝，我的血液结成了冰。“上帝”的意思是，他们不知该如何是好，因为从未治疗过像玛蒂这样的病人。

“上帝”告诉他的团队:“在选择治疗方案上，我们几乎没有犯错的余地。请给我广谱抗生素，抗真菌药物。让药剂师准备新的抗菌剂。把她的床头抬起来——我不想让她平躺着。晶体液治疗，从 30 毫升开始，我们得给她增加动脉压。血培养结果如何？”他最后心平气和地问。

“在进行中，还没有分析出结果。”

“你把导管里的血排出来了吗？我讨厌这些东西，它们只会培养细菌。”

“是的，但结果是阴性。”

“玛丽安，血糖迹象如何？”

她摇了摇头。她很震惊，面如白纸。

“我怀疑是膀胱感染。”福斯医生插话。

“尿液分析没有证实这一点，福斯。她的牙齿怎么样？”

“很好。超声检查显示颌骨没有病变，也没有其他任何败血症的迹象。”本妮迪克塔说。

“那为什么要花这么长的时间来做血培养？脊髓液，拜托！”“上帝”提高了声音。

玛丽安护士小心翼翼地给玛蒂翻身，给她尾骨的某处消毒，然后福斯医生戴上手套，在她的背部下方插入了一根皮下注射针。他取出了一些东西，注入三根小管里。

“上帝”非常仔细地观察着，他拿起小管，把脊髓液拿到灯光下。“非常清澈，”他若有所思地说，“几乎排除了脑膜炎的可能。”

“我们是否应该做个 CT——”福斯开口了。

“她撑不到 CT 室了。”“上帝”打断他，“怎么会有异物进入她体内引发炎症呢？她已经在这里 6 个多月了。”

“也许是事故留下的碎片吧。”

“上帝”想了一下，点点头：“但首先我们必须要降低她的血压，稳定她的病情。药剂师要搞快点，我准备亲自给药。拜托快一点。”

“上帝”走出病房时，我喊道：“不好意思，先生！”

他转过身来，脸上布满了皱纹，两只颜色各异的眼睛红红的，显得很严厉。“你想干什么，塞缪尔？”他平静地说。

“我……我告诉玛蒂，如果她看到我父亲，她可以告诉他……”

“上帝”疲惫地说：“什么，塞缪尔？告诉他什么？”

“告诉他，我知道他正在路上。”

“上帝”点点头。他用一只手搓了搓脸，手指停留在嘴边，当人们这样做的时候，我知道他们是在试图压抑真正想说的话。“我喜欢你，塞缪尔，但你现在在耍小孩子脾气。你跟这件事没关系。玛德琳血液感染了，败血症，我们还不知道是什么引起的。”他拍了拍我的肩膀，“还有，山姆，”他低声补充道，“不管你父亲和玛德琳在哪儿，他们都在各自的世界里。明白吗？他们是不可能在某个地方相遇的，无论你觉得这个想法有多么令人安慰。”

“他们不会吗？”

“当然不会。”他转身离去。

我看着他的背影，眼睛一阵刺痛。我听见父亲叫我，也能感觉到玛蒂在寻找什么。她在搜寻着什么，这就是她摆脱了孤独生活的原因。

我知道这一点，但却永远也无法证实它。也许我疯了，因为我从一开始就疯了。我知道，像我这样的“联觉怪胎”经常会毫无征兆地发疯，因为太多的痛苦、太多的情感、太多的感觉会引发一场突如其来的重击。

不一会儿，玛蒂躺在一张带轮子的床上，从我身边被推了过去，德米特里和本妮迪克塔几乎是在跑向电梯。我看见电梯门打开，吞没了他们，然后数字灯一个接一个地亮起，最后变成2。重症监护室。

玛丽安护士出现在我身边。“回去吧，塞缪尔，”她轻声说，“你的女孩被照顾得很好。”

是的，她是我的女孩。

“现在是怎么回事？”我小声问道。

“他们要试着找出血液中毒的原因。细菌、真菌、异物、病毒、脑膜炎……有很多致病的原因。”她不安地瞥了一眼走廊里的大钟，非常不安。

“怎么了？为什么要这么着急呢？”我问道，心中充满了红色的恐慌。

玛丽安护士咬紧牙关：“在儿童医院感染的败血症要比在外面感染的更严重，山姆。这里有太多细菌了，太多的抗药真菌和细菌。你看，索尔医生必须在半小时内决定采取哪一种治疗方式、使用哪一种抗生素来对付病原体，而又不至于让玛蒂的免疫系统完全瘫痪。”

半个小时？如果他决策失误呢？哦，拜托，不要这样！

我们在生物课上了解到，抗生素通常会杀死大量的健康细胞。

“但是他很擅长做决定，山姆。他真的很擅长。”

“她会死吗？”

“就看接下来的6个小时了。以及今晚。”

就看这6个小时和一个晚上，那时候我早该回家了。6个小时后，我妈妈已经洗完澡，喝着她的起泡酒了。我现在不能走！

玛丽安护士对我，但更像是对她自己说：“我总害怕有一天这种事会发生，玛蒂会做出决定。”

“什么决定？”我问。

“要走哪一条路，山姆。是离开，还是醒过来。”

不，不对，我想说。她是逃走了，逃离了那个数周以来她独自一人被无法逾越的重重屏障包围的地方。她正在通向自我的路上，只是她没走既定的路线，而是一开始就寻找着其他的路线。

但那可能也不对。也许我只是想相信，玛蒂的“消失”是一场将她带到我身边的旅行的开始，因为我想看到她第一次见到我时眼睛里的变化。我害怕她不会像我喜欢她那样喜欢我，但我更害怕的是她再也不会睁开眼睛了。我现在不能回家。

外面的天渐渐黑了。我的手机响了，但我没有接。斯科特发来许多信息，我回了其中一条，让他撒个谎，说我今晚住在他家。

我的手机又响了，而我再次无视了它。妈妈给我发了一条语音信息，说她希望斯科特和我在电影院玩得愉快。

如果玛蒂走了，我也会走的。没有人知道我在哪儿，没有人知道玛蒂在哪儿。她似乎正准备换个活法。

亨利

沉没停止了，流动和咆哮、声音和颜色也停止了。

永远不要背对大海——这是第一条，也是最重要的一条规则。

我坐了起来。天空在头顶拱起，却凝结成一个黑色的球，把我完全包围起来。我的胸口很痛，肋骨、皮肤和膝盖上满是伤痕。呼吸很痛苦，我像是滑进了一条没有尽头的管道，里面布满了上千条锋利的焊缝。

没有地平线，天空和大海融为一体。在头顶的黑暗中，星星静止不动，在身下的黑暗里，星星在海浪上移动，就像从潮湿幽深的暗黑中升起的心跳，给人一种它们在水面上漂浮闪烁的假象。从黑暗中我周围的急流和岩石可以断定，潮水正在逼近。

然后我明白了——所有事情。随着酸性液体的灼烧，我渐渐明白：我漂浮在死亡之海中，再一次。

又是这片海、这艘船、这无边无际的景象：我以前来过这里！我用船桨在海面上拍打，一阵寒气攫住了我疼痛不堪的胸膛，紧紧地抓住我的心。

也许他们没有注意到我还没死，正在埋葬我？

一连串的想法，在试图探索事故发生前的那一刻时，相互碰撞着。我之前在哪里？我是谁？或者更确切地说，我还是我吗？

然后我意识到了这一切。我经历了太多的人生，我被困在几个世界之间，陷入了无尽的循环。我不想承认父亲从一开始就是对的：徘徊在生死之间，是很危险的。无论是作为一个人、一个游魂、一个魔鬼，还是纯粹的虚无，我都应该直接穿过那扇门。

也许这就是地狱。是的，这一定是地狱。一遍又一遍地生活，经历无数的变化，重复地从零开始，犯下同样的错误和新的错误，然后回到原点，却不能把任何新的重复看作是你第二次、第四次或上千次经历过的事情。

我刚刚经历的是哪一种生活？在那个该死的现实世界里？

一个没有山姆的世界，从来没有孕育过山姆的世界？

在那个埃迪去世的世界里，我妻子的生命在她 44 岁生日那天终止了，因为我们吵了架，她醉酒行驶在海边的路上，是这样吗？她经常喝酒，因为我让她很不快乐。她喝泰斯卡。她坐在车里，从悬崖边加速坠下，车子在空中画出一道弧线，然后来回翻滚，撞毁在岩石上。

在一切可能的世界中，最好的那个是不是我父亲还活着、怀里抱着他的孙女玛德琳·温妮弗雷德·皮娜的世界？温妮弗雷德是埃迪祖母的名字。

或者是我告诉埃迪我不爱她、我也从未见过我儿子的世界？

我怎能在如此多的恐惧和拒绝中浪费生命，在许多错误的关头说“不”，而在许多重要的时刻说“我不知道”？要是我能意识到那些时刻是如此至关重要就好了！我绝望地尖叫，因为我甚至不知道自己这次又做错了什么。我跪下来，蜷成一团。

口渴。我需要喝水，一瓶橙子汽水、白水、冰镇可乐。多么难受的口渴。

如果我睡着了，我可以通过盯着自己的手把自己唤醒。我举起颤抖的双手，虽然我知道它们并不存在，只是静止不动的爪子，甚至它们也许已经不存在了。它们消失在黑暗中，遁于无形。

波浪向蓝色的小船逼近，像一群愤怒的大狗般咆哮着。希望它把船掀翻！希望它能把我们甩出去！让我们和它奋力一搏！大海会把我淹没，那又怎样！

但它没有，相反，我目之所及，海水似乎变得明亮了。我又看见他们了，他们的胳膊和腿以奇怪的姿势伸了出来，好像在站立着睡觉。漂浮的身影从遥远的深处升起，被纤细而牢固的绳子拉着。有些人赤身裸体，而另一些人穿着飘动的衬衫和罩衫。他们紧闭双眼。

他们是谁？那些死去的人，那些在船沉没后的几个世纪里依然存在的人。

“不，他们是做梦的人。”女孩说。

她正坐在一块像一条石鲸一样从我身后突起的黑色岩石上。退潮时岩层露了出来，它的侧面每天被淹没两次，长满了贝壳。几小时后，海水又会涨起来。

这个女孩有一双湛蓝的眼睛和一头漂亮的金发。她看起来大约11岁，眼里的悲伤让我心头一紧。

“你是怎么到这儿来的，孩子？”

“我快死了，”小女孩回答，“和你一样。”

“不，”我立刻说，“你不会死的，我们都不会。我们可以回去，你知道的。只要我们待在海面上，我们就可以回去。”

“你知道路吗？”她问这个问题的语气表明，她清楚我不知道自己从哪里来，也不知道怎么回去。

我摇摇头，心里一阵抽搐，想到我无法保护她，就像无法保护之前那个孩子一样，恐惧和绝望就爬进了内心的每一个角落和缝隙。

“来，我帮你从石头上下来。”我对孩子说。我站起来，向女孩伸出双臂。船在摇晃。

她没有动，只是低头盯着我。“你曾经被鬼魂触碰过吗？”她问。

“我想没有，”我回答，“来吧，跳下来！我会接住你的。”

她又转向大海。“我妈妈摸过我，”她说，“在她死后。她死后不久就来找我，是她的鬼魂，就在这里。”女孩指着她的脸颊，“我感觉到她在消逝，变成空气、风和大海。她变成了我读过的书，变成了我跳舞时的音乐。这就是你死的时候会发生的：你变成了你所爱的。”

“你不会死的，”我无助地回答，“来吧！我们会找到路的。”

现在她笑了，甚至她的笑也是孤独和悲伤的。“你爱什么？”她问。

我从来就不善于爱，但现在我非常热爱生活，我是多么想念它！

“死的人不知道他们是和活人住在一起还是和死人住在一起，但最终是没有区别的。死去，就像做梦却不知道自己在做梦。”她低声说。

“来吧，”我再一次向她恳求，同时伸出双臂，“请跟我来。你不会死的。”

她用美丽而明亮的眼睛看着我，声音颤抖着说：“我很想死，但是太难了。你知道这很艰难吗？我做不到。我不知道该怎么做。”

现在，她双手捂着可爱的小脸哭着，啜泣着晃动她纤弱的身躯。我甚至无法摸到她的脚来安慰她，因为“鲸鱼岩”又高又滑。我束手无策，只能站在摇晃的小船里，面对一个哭泣着想寻死的孩子。

她捂着脸抽泣说：“在所有的世界中，我都是个舞者，我在《胡桃夹子》里扮演玛丽。”又一阵抽泣使她全身抽搐。“在某一个世界里，我爸爸没有走高速公路，而是沿着乡间小路开车。野餐之后，我不小心跌进水沟里，扭伤了脚踝。我不能再跳玛丽了。那是一个美好的夏天，我的父亲无论去哪里都会带着我，无时无刻不抱着我。在另外一个世界里，我活到很老、很老，我有孩子和一个叫山姆的丈夫——塞缪尔。”

塞缪尔！

我的心碎成了无数片。

女孩慢慢地把手从脸上拿下来。被眼泪洗刷后，她的脸庞更清晰了。“山姆让我告诉你，他知道你在路上，他在等你。他能看见你，他也能看见我。”

女孩站了起来，深吸了一口气，带着芭蕾舞女演员的优雅跳进黑暗之中，星星点点的水拍打着岩石的底部。她使劲往深处游，越游越深，向着梦中的幽灵游去。

然后我看到了另一个东西，另一个阴影从黑暗中浮现，静静地朝着女孩的方向游去，动作让人想起美人鱼或塞壬。我在摇摇晃晃的船中跪下，想朝那影子大喊：“走开，别靠近她！”我看见那个飘浮的身影伸手抓住女孩的脚，又长又黑的手指勾住女孩的小腿，把她向下拖。它长长的头发像藤蔓一样缠绕着孩子。我看见女孩扭动翻转着，但那身影却更紧地缠住她，接着他们沉入了黑暗的深处。

孩子并没有试图挣脱。她抬头看着我，就像多年前我父亲沉入大海时那样，睁眼看着我，就在被深水吞没之时。我什么都没做，什么都没有。

我的心因恐惧而尖叫，但我别无选择：我吸气，然后一头扎进海里。水是冰凉、咸涩、熟悉的。在寂静的深处，有什么东西在等着我。在我试图扑向孩子时，它抬起头，看着我。

我第一次感到小腿抽搐，是被一只冰冷的手抓住了。我感受到潮水的拖曳，它把我拉入大西洋，那里有成千上万英里连绵不绝的海水。

女孩凝视着我，我能看到，她的脸和海蓝色的眼睛正融入她身后的海水中。她脸上有种绝望的表情，似乎她无法相信，事情并非她想象的那样。她似乎想回到我们头顶和海浪上方那个小小的光点处。我的肺和头都在灼烧，跳动的血管敲击着我的头骨。

第二次抽搐，我的力气快要用完了。我不断下潜，再也无法感觉到我的脚、我的腿、我的下半身和我的脸，这时，那个用铁爪抓住孩子并把她往下拽的东西转向我——我认出了她。

她的眼神是黑暗中闪烁的亮光。过了一会儿，我感觉到了拉力。我再也跟不上她们了。我必须呼吸，我必须回到岸上！只要一秒钟，然后我会再试一次，不断尝试。

我往上游，现在我能辨别水面上的光亮了。我的肺快要炸开了，我需要空气。我马上就会浮出水面。我伸出双臂，双腿最后猛力一踢，用尽了最后一点力气。一秒钟后，我就能够呼吸，我的手指已经划破了海浪……却触碰到了一道玻璃屏障。

恐慌袭来！我拼命忍着不要张口，但还是张开了。我没有忍住，我需要空气，但我吞进的只有海水，海水涌进了我的身体。

救救我，埃迪，求你了！

埃迪

怀尔德想让我成为他世界的一部分。他和我讨论写作，给我看他的手稿。他把我介绍给他的母亲，她是个既喜欢用语言，也喜欢用身体姿态来表达爱的女人——单靠语言是不够的。她喜欢给儿子熨烫衬衫和做饭。她告诉他，她觉得我是多么的美丽而有礼貌，接着大加赞扬了他最近出版的一本书。有些人可以在他们做的每一件事上添加一点爱，就好像他们把爱装进一个小信封，满脸笑容地悄悄塞给你。

我任由他带我去任何地方，有时我甚至忘记了我还有自己的生活。我沐浴在他的光环下，发现陪着他参加那种我一直回避的聚会也开始令人陶醉：出版商举行的派对，他们在维多利亚堤街有五层楼的总部，在纽约、柏林以及新德里都有办公室；与活跃的媒体评论人以及观点能引发全国热论的记者——那些过得比我更加奢华耀眼的人共进晚餐。和他们在一起，我可以躲藏起来，从生命之杯中痛饮，足以让我分心，没有时间去想亨利因导管引起的炎症，或是脚背上新发的痉挛，以及所有我没有仔细阅读的手稿。还有山姆，我很担心他，因为他成长得太快了。

我生活在两个不同的世界里，一个内在的，一个外在的。表面上我假装在倾听，装出一脸“啊哈？”的样子，然后在适当的时候点点头，但内心中，我和亨利是在一起的。

在街上，我学会了辨认那些被夹在两种不同现实之间的人。他们视而不见，无法再感知到周遭世界的美丽，把全部注意力都集中在自己的悲伤上，把自己封闭起来。我寻找着，直视他们的目光，刹那间，我忘记了自己的羞耻感——我也戴着面具。

我可能身在现场，但心思和情感都在医院里。我抿了一小口冰过的昂贵的桑塞尔白葡萄酒，唇边挂着假笑，斜着头，表示我在倾听极其复杂的对话。事情就那样发生了：亨利的声音突然出现了，非常响亮的声音，而且离我非常近。

救救我，埃迪，求你了！

在那神奇的一刹那，我甚至觉得自己能看到他。在桌子的尽头，在房间另一边的阴影里。他的脸扭曲变形，一副惊慌失措的样子。他敲打着玻璃棺材盖。

不，埃德温娜。你太累了，所以才会听见这些声音。不要理它！

救救我，埃迪，求你了！我又听见了亨利的声音，大而清晰。这与酒无关：我才喝了第一口。

我必须马上离开这里。

“对不起。”我喃喃地说，把椅子向后推。椅腿蹭在地板上发出刺耳声响，然后椅子尴尬地翻倒在漆木地板上。在出版商宽敞的宴会厅里，在铺着白色桌布的长桌四周，长篇大论戛然而止。出版商中断了他美妙逸事的讲述，艺术家停下来，不再发表深邃观点，评论家打住了他的刻意讽刺。每个人都盯着我，半是在期待我惹出更糟的麻烦，半是被眼前的一幕震惊了。

怀尔德正在和出版商悄悄谈论他的新书，他转向了我：“还好吗，埃迪？”

吸气，呼气！

他拾起我起身时从腿上掉下的过浆餐巾。“埃德温娜？”他又问了一遍，目光更为专注。

我必须离开这里。我把一只脚放在另一只脚前，一步步离开了这温暖、愉快的烛光晚宴。我举止矜持、昂首挺胸，这样就不会有人认为我大概是喝醉了、生气了或者发疯了。

呼吸。吸气，呼气！

鞋跟在地板上的回响声异常清楚，因为离开房间时每个人都在注视着我。他们的眼神在我身后烧出了一个洞，我突然觉得自己穿得过于正式了。

到了走廊上，我加快了脚步，从衣帽架上抓起皮夹克，匆匆走下楼梯，只能感觉到手心里光滑的扶手。我开始跑起来。

我再也受不了了。我无法坐在怀尔德旁边，不停盯着桌子底下那只该死的手机，等着玛丽安护士发给我亨利的肺炎、肾脏和发烧情况的夜间报告。每天晚上她会宣布他的体温，每天晚上她都会告诉我，他在生死边缘的处境是否有所改变。到目前为止还没有变化，但是今天迟了45分钟。亨利要是死了怎么办？

当我从三楼冲下楼梯，穿过肯辛顿市政厅的门厅时，鞋跟在黑白相间的瓷砖上嗒嗒作响，我听见怀尔德在楼上朝我喊。

“埃迪？”

我重新拉开那扇8英尺高的沉重木门，深吸一口气，把伦敦凉爽宜人、澎湃喧嚣、烟雾弥漫、雨水浸透的空气吸进了肺里。

怀尔德不应该承受这些，不该承受我的谎言，或是我和他在一起时为了忘记另一个男人几小时而喝得酩酊大醉的事实。他不该是任何女人的备胎，但我还是希望他能把我抱在怀里，那样我或许就可以在最后坦白一切。然而，这才只有40天：有的女人会持续出轨多年，我不知道她们是怎么做到的，但显然她们做到了。

救救我，怀尔德。不，我不能指望他那样做。我的手指短暂地停留在门铃上。我看不见摄像头，但知道它正从报警器旁边的黑玻璃球后面向外窥视，透过它，怀尔德能在楼上看见我。

我从对讲机里听到了怀尔德的声音。“怎么了，埃迪？”

“我……”

我应该让你走，但我做不到，因为我需要你的手臂围绕着我。我需要你做我的情人，这样我才能面对亨利。这很疯狂，不是吗？我爱你，但我不爱你。

我对怀尔德的感情曾经是真挚纯洁的。一个全新的开始，一个不同的男人，不同于我对亨利的感情。没那么暴躁，也没那么令人困惑。就是美好的感觉，诚实的感觉。

但后来亨利回来了——不管以何种方式。即便昏迷不醒，也还是比什么都没有好。突然之间，这两种情感模式陷入了冲突。两种类型，两种颜色，两种量级，是这样吗？

“埃德温娜？”

“怀尔德。”

老好人怀尔德，我多么喜欢和你在一起，我对亨利陷得多么深。你知道我从来就做不了夹在两个男人之间的女人吗？

“想让我陪你一起走吗？”他问道。

他的温暖，他的亲密，他那双智慧而温暖的眼睛和带着笑纹的名人面孔——自从他最近拿到第二个文学奖项以来，那笑纹就一直出现在公共汽车站的海报上。他那双创造了辉煌事业的手也与我同在，不管它们做什么都能创造奇迹。那种生活在一处的感觉，然而……

我盯着鱼眼摄像头。在它的反射中，我的眼睛比现实中还要亮。我能在它们身上看到一千个善意的谎言，这就是我摇头的唯一原因。

沉默。然后怀尔德说："我有过这样的经历：你无法再和其他人在一起了，也不能再和其他人相处。你不得不离开，否则你会窒息而死或怒对所有人，因为你感到了来自各方的压力，要应对、适应、合拍，要举止得体。"

吸气，埃迪，然后呼气。

"我会向其他人证明，这是文学怪癖的典型时刻。毕竟，他们近乎认为我们俩是古怪的！"

我的身体渴望奔跑和移动。我很冷，但我想要这种冷——它会让我保持清醒，提醒我要呼吸。

怀尔德的话从对讲机里传出，消失在黑暗中。"我可以没有你，埃德温娜·汤姆林，但我不想。我想和你一起度过一生——现在，明天，天长地久。我爱你。"

我永远都不会忘记这一刻，他第一次对我说他爱我的时刻。向我的身影示爱时，他能看见我，而我却完全不知道他说这些话时是什么样子。

我现在应该盯着镜头说我也爱他，这是他最应该听到的——而不是我。我吻了一下自己的食指和中指，然后轻轻地拍了一下摄像头。

我不停地奔跑，中间还打了辆出租车，回家的路上我一直在哭。

我讨厌亨利。我爱亨利。

我爱怀尔德，我必须放手。

我做不到。我无法忍受再次孤独，忍受没有爱与被爱，没有触摸与被触摸。

回到家，我拿起手机，坐在亨利的椅子上。我已经养成了每次去惠灵顿医院前偷偷喝酒的习惯，只喝一小口，但我知道，我在愚弄自己，一直都是。我努力聚精会神，让我的每片思绪和每寸身躯都留在医院里，共同等待亨利的声音再次响起。

但是什么也没听见，一点儿也听不见。隔着这层皮肤和沉默，我不知道他在做什么。我恨这个半死不活的人，如果他还活着，我会杀了他的。

我按了快速拨号键1，响了七声之后有人接起电话，传来沙哑的声音。

“你好，汤姆琳女士。你睡不着吗？亨利也是。”玛丽安护士说。

他还活着！我感到前所未有的轻松，可还没向玛丽安问好，我已开始抽泣。

“怎么了，汤姆琳女士？都还好吗？你在哭吗？”

“我以为他死了。”终于能说出话的时候，我小声说道。

“不，不，没有的事，人们才不会这么快就死去，更别说你的亨利了。他是一个战士，他还有未竟的事业等待完成。你能想着他是好事，想念也会给予病人力量，你知道的。你明天还打算过来陪床两周吗？”

“是的，当然。”我说。

“很好，这对他也有好处。”

我没有问玛丽安护士她所说的“未竟的事业”是什么意思，我也没有考虑好我该如何应对一切。

我偷偷把家里的电话转接到我的手机上，这样怀尔德就不会在巡回读书会中注意到。

拉尔夫、安德里亚和波比。

我们的书和书展。

生命和死亡。

山姆。

还有玛德琳。

我好像从一块跳板蹦到了另一块，却看不到彼岸在何处，仿佛空中有许多球，我根本接不过来。我什么时候才能到那里？我什么时候会失手错过第一个球，接着眼看所有球都砸落在地？

山姆非常勇敢，为了他，我必须保证自己也一样勇敢。所以我无法告诉亨利的儿子，我有的时候坚持不下去了，但我真的坚持不下去了，真的，再多走一步都不行。

我吸气，呼气，然后站起来，调整好心情。

我又喝了一大口泰斯卡。玛丽安护士曾经说过，她能感觉到亨利在夜里离我们很近，就像他被包裹在一个橡胶茧里，他的生命机能似乎很强健。

她可以判断出他的“睡眠结构”。这是你在死亡边缘学到的另一个词。

我希望能够重新做回自己，然而不知为什么，当和亨利在一起时，我才知道自己是谁。

我听到有脚步声从螺旋楼梯处传来，向我靠近。

“我得挂了。”我说。

玛丽安护士的声音现在很着急：“亨利折腾了一夜。他的肺炎已经痊愈了，所有的骨折也都愈合了，我帮他服下了一些止痛药和镇静剂来缓解焦虑。不过……他今天似乎很不开心。”

我希望我能潜入他的世界和他在一起。

“是他的姿势不对劲，”玛丽安护士继续说，“我不知道你是否能理解，但这些年来，我学会了通过沉睡病人在床上的姿势，来判断他们的感受。亨利非常不高兴，好像……我也不知道。发生什么事情了吗？”

脚步声现在更近了。

“埃迪？一切都好吗？”怀尔德站在楼梯顶上，眨着眼睛。

“很好，我正在喝威士忌。”我挂了电话，把手机放在桌子上。

他慢慢地向我走来，直视着我的眼睛。“埃迪，”他低声说，然后又叫了一声，“埃迪，”他拂去我脸上的几缕头发，把声音放得更低，说道，“我们需要谈谈亨利。”

山姆

舞台一片黑暗。透过剧院紧闭的大门，可以听到说话声和玻璃的碰撞声。当我沿着过道走向舞台，经过一排排红色的折叠座椅时，墙上的水晶灯和弧形的包厢开始闪烁。我穿过乐池，爬上一小段台阶登上舞台，从帷幕的缝隙中溜过去，然后摸索着穿过侧厅灯光昏暗的地方和走廊。

我知道她在这里，我能感觉到她的存在。打开门，我发现自己身处一个更衣室中。侧壁装有一排镜子，镜子的边框上装着灯，前面放着一把皮质旋转座椅。更衣室里挤满了女人和女孩，她们正或快或慢地打扮着，梳头、化妆。我走过旋转座椅，没人注意到我，镜子里也看不见我。

玛蒂坐在最后一把椅子上，一个女人正在给她梳头，把头发扎成一个小圆髻。玛蒂化了妆，眼睛看起来很大。

“你好，山姆。”她平静地说，她的目光从镜子里反射出来，穿透了我的心。

“嗨，玛蒂。”我回答，然后意识到我是在做梦。

她准备完毕，那个沉默的女人帮她穿上戏服。当她走出更衣室，进入黑暗的走廊时，“胡桃夹子”跑了过去。

“我要扮演玛丽这个角色，”她解释道，说话时嘴唇并没有动，

“你知道《胡桃夹子》的故事吗？玛丽12岁，这意味着她不再是个孩子，但也还不是个女人。她在中间，你知道的，山姆——和我一样。”

她在我前面沿着通向舞台的走廊小跑着。我能看到她在喘气，感觉到她的恐惧不安。狭窄的走廊没有尽头，我们迷失了方向。她开始加快速度，不得不把芭蕾舞裙轻盈的白色裙边按在身上，以免被一路漆黑的墙壁刮到。

“在芭蕾舞剧中，玛丽做了一个梦，梦里她第一次用足尖跳舞。她第一次坠入爱河，她成了一个成年人，她再也不相信玩偶会有灵魂，但是它们有灵魂，对吗，山姆？一切都有灵魂，一切都会循环。”

我不知道，但她的绝望让我不知所措，所以我说：“当然了，玛蒂。”

她又开始跑，我追着她。迷宫的大小似乎增加了一两倍。我们来回跑着，剧院的开场铃响了一遍又一遍。

“我必须找到舞台！”她绝望地喊道。她停下来，转过身来面对我，用拳头敲打着墙。

闭上眼睛，我听到观众在低语。我抓住她的手腕。

“跟我来。”我说。

她任由我拉着她，跟在我身后，像《胡桃夹子》里的玛丽那样，踩着她的芭蕾舞鞋尖蹒跚而行，我能感觉到她的痛苦，就像踩在碎玻璃上一样。当我们靠近舞台时，嘈杂声越来越大。一束光划破了黑暗，照亮了飘浮在空中的微小尘埃。我已经可以看到红色的天鹅绒帷幕，听到乐池里乐器的声音，舞台监督正准备拽绳，拉开玛蒂入场的幕布……但玛蒂却僵住了。

“山姆，”她用嘶哑的声音说，双手抓住我的手，“我很害怕。”

“害怕什么，玛蒂？”

“怕走出去。”她小声说着，惊慌地环顾四周。

我们站得离舞台边缘很近，我听到沙沙声和沉闷的谈话声。幕布另一边是成千上万的人，我能感觉到他们身体的热度。舞台上的灯发出低沉的嗡嗡声，空气中充满了期待。

“我看过你跳舞。你很漂亮，你能做到的！”我告诉她。

“我做不到，我不能出去。”她想转身逃进黑暗的迷宫，但我拦住了她。

“我做不到，让我走吧！”她又恳求道。

“为什么？你怕什么？”

“他们会指着我，嘲笑我。他们会说，‘她跳得不好’。他们会看到我有多么丑陋！”两颗泪珠从她那双可爱的眼睛里夺眶而出，在她白皙娇嫩的皮肤上画出了两道长长的银蓝色线条。

我意识到她说的不是跳舞，而是一种完全不同的表演，一种完全不同的“回到聚光灯下”的形式。

“你最害怕什么？”我问。

“害怕没有人，山姆，没有人爱我了。”她在光明和黑暗的边界上绝望地崩溃，而她唯一需要做的就是迈出一小步，回到生活的光明和温暖中去。我能看出来，她有多么渴望在舞台上旋转，看着幕布升起，然后在音乐、灯光和律动中翩翩起舞、尽情欢笑。她想要活下去，但比起死去，她更怕活着。

“有我呢，玛蒂，”我温柔地说，“我会坐在第一排鼓掌。我会目不转睛地看着你，没有人会说你丑。我爱你，我就在这里。”

我拉着她的一只胳膊，然后又拉过另一只，但她还是瘫倒在舞台后面的地板上。当来回转动的聚光灯扫过她的手臂时，她像被灼伤一样向后退缩。当她把脸转向我时，泪水顺着她的脸颊流下来，她眼中的痛苦令人心碎。如此绝望，如此渴望，如此孤独。

“但是如果你也离开我了，怎么办？”玛德琳问。

“我不会的。”

“每个人都会离开，每个人。”她猛地站起来，踉跄地消失在黑暗中。她的轮廓看起来模糊了，白色的裙子消失了，胳膊和腿变成了羽毛般的影子，然后她的心跳消失在周围的黑暗中。

“我不会离开的，”我在她身后轻声喊道，“你听见了吗，玛蒂？我不会离开的。”我尖叫着，但她听不见。她根本听不到我说的话，即使听到了，她也不相信我。时间正在把我带走，但我不想离开她。我想陪她一起长眠，是的……

第41天

山姆

我感觉自己像是从陌生的、泛着泡沫的深海中被推上了岸。我在床上醒来。我的心跳很剧烈，能感觉到心脏在我的脖子和太阳穴上敲打。这不是梦。没有什么梦像玛蒂的恐惧、声音和双手一样真实而贴近。

我掀开被子，所有积攒的温暖瞬间散去。我起身，立刻就想去看她。今天上午我有什么课？晨会，然后是英语。他们从来不检查晨会的出勤情况，所以我可以迟到。

《胡桃夹子》，我心想，我要找来听听。

我看了一眼时间。现在还早，我妈妈会忙活马尔科姆的事，不会注意到我比平时早出门。然后，就在我匆忙收拾背包准备出门的时候，有事情发生了。电话响了。

妈妈从厨房出来，看着我，示意我稍等，拿起了电话。几秒钟后，她说："哦，卢平夫人！"我脑子里闪过这样的念头：是我遗忘了什么，还是有什么没考虑周全？

我妈妈听着，然后回答："什么？"接着是："不，据我所知没有。"最后是："哦，真的吗？不，他很好。他在斯科特家……什么？是的，当然。"她挂了电话，在我出门前抓住了我。

"塞缪尔！"她厉声说。

刚洗完澡的史蒂夫边走下楼梯边说:“怎么了?嘿,风机工。”

我母亲的眼睛里闪烁着愤怒、失望和惊讶:“我不知道你是个糖尿病患者,一周要净化三次血液。”

“什么?”史蒂夫问道,“怎么回事?”

“我也不知道我的儿子正在接受疼痛治疗,”她说着,提高了音量,“我不知道我给你的老师写了这么多东西,你还错过了圣保罗的入学考试!”她指着厨房,“进去坐着吧。”

史蒂夫慢慢跟着我们进了房间,先是看了我一眼,然后困惑地看了看他的妻子。我坐下来,妈妈瞪了我一眼,我从未在她脸上见过这种眼神,我的羞愧是深红色的。马尔科姆走进厨房,磕磕巴巴地说:“妈,妈妈?山姆?”但她示意他走开。

“嗯,你应该给你妈妈一个解释!”史蒂夫命令道。

“你别插嘴。”我忍不住说。

“哇,”史蒂夫说,“这是怎么说话呢?”

厨房里很安静,唯一的声音就是烤箱上的小钟发出的嘀嗒声,以及冰箱运转时的嗡嗡声。我妈妈看起来很严肃,我怕她要吼我或者打我。

所以她接下来的举动让我大吃一惊。她拉过一把椅子,握住我的手,说:“塞缪尔,自从你出生以来,我一直很爱你。有时候你对我来说像是个陌生人。你看起来很怪异,而且这种感觉在你十几岁的时候更加强烈了,但是我爱你。”眼泪顺着她的脸流下来,“不管你做了什么,我想你都一定有充分的理由这样做。”

我使劲吞了吞口水。我们上次牵手是多久以前的事了?我想,从我很小的时候起就再没有过了。

“塞缪尔。我希望你现在就告诉我，是什么让你……”她试图挑选合适的词语来描述我伪造的假条和签名，“想方设法逃学，甚至逃避考试。”她等待着，仍然握着我的手，她的善良和关心淹没、包围了我，“你是害怕学校里的人吗？你被欺负了吗？还是——”

“什么？”我着实吓了一跳，“不是！”

她如释重负地叹了口气，而我却感到羞愧和无比的内疚。不是因为我撒了谎，而是因为我竟然曾设想我的母亲并不真的爱我，不像我爱她那样，更别说如果没有我，她根本就活不下去。因为我一度不相信她会关心我。

“是因为考前压力？”史蒂夫问道，他只会火上浇油。

我摇摇头。“我和我爸爸在一起。”我坦白说。

“哦。”我妈妈只说了这一句。她向后靠在椅子扶手上，一只手松开了我的手，但马上又握了回去。

烤箱上的时钟嘀嗒作响。

水壶的嗞嗞声，冰箱的嗡嗡声，咖啡机的滴答声。

马尔科姆睁大眼睛站在门口，盯着我们。

史蒂夫须后水的味道。

母亲看着我，闪烁着悲伤、愤怒、痛苦和无助的颜色。

我们凝望着彼此，好像这是我们第一次真真正正、开诚布公地交谈——静默无声。我们的沉默说明了一切。我意识到我伤害了她，不是因为我爱我的父亲，而是因为我背着她做事。她眼里露出一丝愤怒，但又隐藏了起来。她的手指更紧地抓着我，好像她几乎忍不住要叫喊或是哭出来，但还是控制住了自己的情绪。为了我和她。

突然，我母亲挺直了身子，呼吸平复了。她看着我，淡淡一笑，满含悲伤和痛苦、无奈和温柔。

“我第一次在戴高乐机场认识他时，我以为他是我见过的最傲慢的人。”她仍然盯着我，但她的目光越过我，进入了昔日的丛林里，“两天后我们到了苏丹，一个儿童兵向我们开枪。这男孩和你现在一样大，山姆。那一天，我拍了一张后来获了奖的照片：一条躺在我们死去司机鲜血里的贝壳项链。”

她的眼睛又一次注视着我。她伸出一只手，极其轻柔地抚摸着我的脸。她的声音渐渐低了下来，她说：“从那以后，我再也没拍过照片——一张也没有。”

一滴眼泪从她脸上滚落，我还记得我生病或发脾气时，她是如何把这张脸贴到我脸上的。我怎么会忘记呢？

“你父亲用他的身体保护我，救了我一命。你能想象出生命快要走到尽头的感觉吗？”

是的，我能。我父亲现在就是。

“山姆，真正改变你生活的只有恐惧和爱。我很害怕，我从来没有爱过任何人，临近终点时我无所依靠。”她一边笑，一边流泪，“想到你的父亲，就让我想起了那一刻，我意识到我的生命中恐惧多于爱。我一直为此责怪他。我很羞愧，我仍然感到羞愧。我一直在努力过一种尽量不让自己面临危险的生活。”

我停顿了一下，然后问：“现在呢？”

“现在情况颠倒过来了，”她说，“我有了更多的爱和更少的恐惧。”

史蒂夫吐了一口气：“好吧，玛丽-弗朗斯，那我就放心了。”

“他怎么样？”她平静而严肃地问我。

“不是很好，”我低声说，“一点也不好。”这次轮到我难以控制自己的情绪了。我很想扑进她的怀里，但知道这样做有点太过了。“他戴着我的编织手环，还处于昏迷状态，没人知道他还能不能醒过来。”

“哦，该死——”史蒂夫惊叫道。

“所以你才会经常去看他。”母亲断言，倒吸了一口气。

我可以告诉她关于玛蒂和埃迪的事。我可以告诉她我现在确定的三件事：我恋爱了，我不会放弃去医院，我刚刚意识到我真的想要成为一名作家。不，不是“想要”，是一定要。我别无选择，直到现在我才明白。我感觉这是理解世间万物的唯一方式——我可以像阅读书一样阅读人、颜色、情感、风景和空间，以及玛蒂。

在牛津，一个故事遇到了我。这是常有的事：故事找到了你。

不过，有一件事我暂时不打算做，那就是上学。在玛蒂想要活下去，却又渴望死去的时候，我无法坐在科利特克特学校的教室里。在我父亲为生存而战的时候，我学不进数学、电路和法语。我要去找玛蒂，告诉她我明白了，我会在她身边的。

马尔科姆正坐在走廊最下面的台阶上。当我向他挥手时，他满心欢喜地跳了起来，来到厨房。妈妈搂着他，紧紧地抱着他。史蒂夫把手放在塑料桌布上，和我母亲的手放在一起，小指相连。

“你为什么不告诉我？”我母亲用微弱的声音问道。

“因为你们拥有彼此，”我如实回答，“你，马尔科姆，还有史蒂夫，你们拥有彼此。”

这就是他们面对我时的样子。他们没有意识到，他们是交织在一起的。

我母亲热泪盈眶，把手举到嘴边。“我不知道你是这样想的。”她说。她张开双臂，敞开的怀抱大声说，过来吧！我们都小心翼翼地站起来，我抱着她，她抱着我。我没有意识到自己已经长大了，但几乎在一夜之间，我就和妈妈一样高了。当我们站在那里时，显然一切都变了。

在那一刻，我意识到，你一直都可以做决定：事情不会自己发生。总是有人要决定，是撒谎还是说实话，是做浑蛋还是不做。

史蒂夫拍了拍手说：“好啦，我开车送你去医院，然后再去学校，好吗？我们会告诉班主任你今年休学一年，但是不要再说谎了，你听到了吗？玛丽-弗朗斯？山姆？”

我点点头，说：“我在外面等你，史蒂夫。

我的声音哽咽了，我能感觉到我的话在心里回响。它是深沉的、平静的、绿色的，深绿色的。

亨利

这道屏障是烟灰色的，像玻璃一样。它无边无际，向下一直延伸到我目力所及的最远处，左右两侧及上方都看不到边缘。

我不知道刚才发生了什么事。我不记得曾经睁开过眼睛，或醒来过。幽暗汹涌的深渊在我脚下裂开，仿佛有什么在深远之处推着我往上走，它现在正把我推向一个来源与性质都无法认知的障碍。

它表面无形，但像紧绷的皮肤一样在我上方伸展着。我在它下方触手可及的地方漂浮着，它像一顶棺材盖在我头上。我太渴了，挣扎着想呼吸空气。

我能感觉到自己在呼吸。空气流入我的肺，又被吸出去，让我总是呼吸困难。

然后我在玻璃的另一边发现了他们。模糊的影子变成了穿着蓝色、紫色裤子和衬衫的男男女女，他们在忙着神秘的事情。

“喂！拜托，我很口渴！”

没人听见我说话。

“喂！”我喊道，“拜托，这里！”

他们丝毫没有注意到我。

这是一个人与影子不停交替变换的景象。断断续续地，在短暂急促的瞬间，景象聚焦变得清晰，我瞥见了霓虹灯管、墙壁和机器，但没有看见白天的透蓝和夜晚的漆黑。

有人挪动我的胳膊和腿——至少我觉得那是我的胳膊和腿。我通过手腕上熟悉的彩色手环认出了自己的手。我试着摇晃食指，但没有做到。我感觉不到身体的任何部分，就好像我只是由水和黑暗组成的，我的思绪在水面上打转。

但我能感觉到空气。我能分辨出机器的电器气味和男女头发上的烟味，我能感觉到思想的噼啪声。我觉得自己好像是一座沉默的孤岛，被别人的思想包围着。这些奇怪的想法来自那些向我俯身的人，它们像弹珠一样从我身上掠过。

我不知道为什么我要这样做。这毫无意义。

我今晚可以就待在这里。

我再也无法忍受她连看都不看我一眼的夜晚了。

我做沙拉怎么样？不做蒸蔬菜了。沙拉是负热量食物，或者我还是会吃一小块巧克力……

我工作得太辛苦了，不能总是这样。

我感到突然、剧烈的疼痛，像被长矛刺穿了一样。它们压碎我的心脏，燃烧我、烧毁我、烧焦我。痛苦让我想尖叫。所有身体知觉的缺失，正在把我，还有这道无法逾越的屏障撕开、撕碎。

我一定是睡着了，但很快就会醒来。我唯一要做的就是醒来。

我的鼻腔里弥漫着一股香气，这是布列塔尼海岸温和夏夜的香气，带着茉莉花、煎饼、盐和焦糖的芳香。

哦，亲爱的！刹那间疼痛减轻了。现在我随时都会醒来，埃迪会在我身边。亲爱的埃迪。我心中充满了这样的爱，然后是这样的渴望，随之而来的是深深的、悲哀的失落感和可怕的羞耻感。我曾和她在一起，我曾处于人生的黎明，我曾是不朽的。现在我死了，或者说差不多死了。我不是睡着了。哦，不，我不是睡着了——我快要死了！这才是真相，是吗？

一声爆裂的恐惧。一阵疲倦的嗡嗡声，像一只昏昏欲睡的大黄蜂。焦虑闪现，像一只坏了的霓虹灯管。

这是什么？我在哪里？在床上吗？这张床是在某一个世界的某个地方，我正逐渐地从这个世界中消失，我已经失去了胳膊、腿、躯干和声音。即使我大声叫喊，玻璃另一边的人也不理我。对他们来说，或许我是隐形的。

我是怎么来到这里的？突然，记忆在眼前浮现，就像打开了一扇巨大的门，我可以通过它回到来时的路上。

"我爱你，"埃迪说，"我想跟你在一起，永永远远，今生来世。"

"我不想跟你在一起"，我的回答毁灭了我们的关系。我毁掉了我们的感情，埃迪的表情变得冰冷。

黑暗的寂静在拖拽着我，把我拉回来。

"不，"我大喊，"不！"我还没饮够这个女人——还差得远！我要让她知道我在说谎！

每次跳动，我的心都越来越痛。当我因为忧虑、恐惧，以及被困在空虚的噩梦中感到痛苦而痛哭流涕时，心是我身体中唯一还有反应的部位。

"这里！"我叫道，神经紧绷。肯定有人听得见我。"拜托！我在这里！"

但是没有人来。我哭着，眼泪不会从没有人看见的眼睛里流出。我向这道屏障发出哀求的呼声，但他们听不见，然后我想起了那个决心寻死的女孩，我能感觉到她就在附近。她在另一边，她在我下方的幽深之处。她正在抗争，但她的体力正在衰退。我还没有仔细地搜寻大海，她还在那儿，迷失在潮汐和梦境里。

那女孩在哪儿？我又在哪儿？

埃迪

我的房间与病房在同一层楼，但是在另一条走廊里。他们这里所谓的客房——或者按他们的叫法，“家庭房”——就像人们想象中的僧侣房间一样简单实用：一张窄小的床和一个床头柜，一张桌子和一把椅子，还有两把扶手椅，中间有一张咖啡桌。风景在一定程度上弥补了舒适度的不足。我凝视着城市里的屋顶，夕阳正在伦敦石墨灰色的云层上涂抹火焰。

我看到一架飞机起飞时闪烁的灯光，也许是怀尔德的。三个小时前，他跟着拥堵的车流一路向西去往希思罗机场时，对我说：“我能理解你为什么要这么做，我也会这么做，完全一模一样，但问题是，我不是你。我是想和你在一起的人，想和你一起生活的人。我无法分享你，埃德温娜，不能和任何人分享，不管是一个昏迷的人还是其他人。”他给我下了最后通牒。

坦白讲，如果我处在他的位置，我也会这么做的。理解？可以。但自我牺牲？除非我是首选，绝不可能做备胎。

怀尔德说：“等我回来的时候，我希望你告诉我，你的心是不是全部属于我。”

从带到惠灵顿医院的轮式行李箱里，我拿出一瓶泰斯卡。狭窄的淋浴间里有个密封的一次性塑料杯。我撕开包装纸，给自己倒了一大杯威士忌。

怀尔德伸出双臂拥抱我，说:“对不起，埃迪，这个最后通牒很愚蠢。请忘了我提过这件事，好吗?”

我告诉他我不需要最后通牒。“我的心不属于你。”我回答道，但就在说这句话的时候，我还是想恳求他留下来。可我已经走得太远了，停不下来了，我拉着怀尔德的手，紧紧抓住他，回到原点。除了放开他，我还能做什么?他理应完全专一地被爱。

我喝着酒。镜子里，我看到一个厌倦了战斗的女人，也是第一次，我注意到自己变老了。皱纹、失去光泽的皮肤、缺乏神采的眼神，在亨利和怀尔德之间，在这场过去与现在生活之间的拔河比赛中，我正在失去自我。

听完我的回答后，怀尔德吻了我，他的吻有一种苦涩、震惊和迷惑的味道。

他发色金黄，而胸毛是黑色的，几乎全黑，两腿之间则是浅棕色的。赤身裸体的时候看起来和亨利完全不同。他是完全不同的——他总是会在此时此地，而不是在过去或未来。他心无怨恨。他可以毫不犹豫地说“我爱你!”或“如你所愿，这件事就算翻篇了?”

我点了点头，注意到他匆忙转身离开时，眼睛里闪着湿润的光芒。

我又喝了一口酒，这次更像是一大口。我并非一个美丽的女人，在错误的光线下我像个小丑，在适当的光线下又像个可爱的爱尔兰男生，但怀尔德喜欢这种不美丽。

如果我对亨利还有丝毫感觉，我就必须对怀尔德放手，这才公平。我不能把他当作备胎。

“照顾好自己，我的宝贝，一定让他醒过来。”

我被“我的宝贝”这个词感动到了，也被他对亨利的祝福感动。亨利是他的对手，昏迷不醒，连比赛都没有参加就把他打败了。我很后悔没敢和怀尔德分享我生活的全部真相。

我把蜡烛从行李箱里拿出来点上，关掉那盏刺眼的吊灯。我走到窗边，伦敦空中的火焰已经熄灭，世界正转向黑夜。

我想，在电影或小说中，怀尔德会是一个心甘情愿的受害者，他会非常爱他的女友，甚至准备接受她照顾昏迷的爱人。女性观众和读者会对他倾心的。

但在现实世界中却并非这样。我知道我为何要出版新未来和反乌托邦小说，而不是言情小说，因为一般而言，爱意味着不断面对绝望、不确定和变化。爱会随我们的改变而改变。我不知道我二十五六岁的时候是否可以像现在这样去爱。想要真正描写爱情的人需要每年写一本新的关于同一对夫妻的小说，这样才能讲述他们的爱情是如何演变的，他们的生活是如何的，以及他们的感情随着时间的流逝会呈现出怎样的色彩。

我喝着泰斯卡，呼吸着太妃糖、泥土和乙醚的气息。那些所爱之人昏迷不醒的人，他们是什么感觉呢？对他们而言，“忠诚”这个词还仍然保持着最纯洁的意义吗？他们渴望性爱、肌肤之亲、欢笑以及分享生活充实甜蜜的瞬间吗？还是会因为生活难以为继，慢慢地一点点死去？他们会完全放弃自己的生活，全身心地投入到关爱和安慰中去吗？抑或会为自己留存一点力气？

我把杯中的酒一饮而尽，威士忌灼烧咽喉。然后我梳了头发，到小教堂去重拾勇气和柔情，去看望我那还没有意识的丈夫。

“玛蒂怎么样了？”我问福斯医生，他站在重症监护病房中央的低台上，目光越过另一名医生的肩膀，注视着显示屏。

他转身面向我，皱起嘴唇。“情况恐怕不容乐观，”他平静地说，眼睛扫视着我身后，似乎担心山姆会突然出现，“她还在发高烧，我们也还没找到病因。她的一个肾脏已经失去功能，左肺感染了。情况很不好。”

我默默为她祈祷。不要带走这个女孩，拜托了。

亨利和玛蒂现在并排躺在重症监护病房里，C6 和 C7。

“亨利呢？”

“没有变化，汤姆林女士。他的身体机能看起来很稳定，但除此之外没有任何意识的迹象。”

他仔细打量着我的脸，我担心他会闻到我呼吸中威士忌的味道。我走到那两张床前，护士们已经安排好了，这样山姆就可以同时和他们待在一起。他们还允许山姆在医院过夜，他被安排在“家庭区”最小的房间里。没有人通知医疗保险公司，因为如果没有幸存的亲属，就没有安排住宿的资金。索尔医生对山姆和玛蒂的情况网开一面，我对这位医生的善意举动闪现了一丝好感。

“别觉得我是个好人，汤姆林女士，”他说，“我受不了好人。”

“向你保证，我从未那么觉得。”

他冲我咧嘴一笑，令我吃惊的是，我也对他笑了。恐怕我们会逐渐喜欢上彼此。

与亨利不同的是，玛蒂受国家的监护，而国家不会像山姆那样在她的床上坐半天，低声对她说鼓励的话。国家也不会像山姆那样给她带来光明、美丽和蛋糕。

她看起来如此瘦小脆弱。医护人员在她的床边放了一个透明的保护箱，里面装有过滤器来净化空气。我读过关于败血症的书，血液中毒是最常见和最致命的疾病之一。我低头凝视那个面容憔悴、嘴里插着管子、身体虚弱凹陷的女孩。她突如其来的发病是个谜，但她的求生之路激励了所有人。她小小的身体越来越紧绷，头和小腿几乎向后弯成了C形。看到山姆全身包裹在罩衫、口罩和塑料手套里，坐在玛蒂的床脚，安静地为她朗读或是讲述奇闻逸事，或者一连几个小时坐在那里，握着她的手，没有什么比这更能打动整个重症监护室的工作人员，同时也更令他们心碎的了。

我转向亨利，大吃一惊，他睁开眼睛了！

“亨利！”我轻声说，“哦，亨利！”但这是我唯一能说出的话，因为我内心洋溢着笑，但它很快就在我的喉咙里消失了——他的目光直接穿过了我，他还是毫无生气。

“福斯医生！”我大喊道，或者是想要大喊，但只发出了一声刺耳的尖叫。我下意识地去摸亨利的脉搏。他在这里，皮肤很暖和。

索尔医生和我一起站在床边。他拿出光笔，照进亨利的眼睛里，让我不由自主地皱起了眉头。医生又站直了，说：“他的瞳孔没有反应。他看不到我们。”

我俯身凑近亨利的脸。我很久没见到他了——而现在他不理我。我感觉很抓狂。

“看看我！”我乞求他，“我在这里，我不走了，你也别走，亨利，我的心，亲爱的。”

“他也听不见你说话。”

“你怎么知道？”

索尔医生向福斯医生示意。他们已经习惯了“生命没有奇迹”的该死事实。

“他听觉皮层活动的自发波动在内部和外部刺激之间交替，大约每 20 秒一次。”索尔医生说。

“那是什么意思？”

“就是我们会尽力不错过斯金纳先生恢复知觉的时刻。我们会不间断地监视他，如果他听到、看到我们或试图与我们建立联系，我们几乎不可能不注意到。”

“‘几乎’是不够的。”

索尔医生叹了一口气。两位医生都俯身对亨利说话，触摸他，给他检查身体。我讨厌他们那令人难以察觉的摇头和默认眼色，这些东西逐渐把我从他们的讨论中排除。不过很显然：福斯医生和索尔医生开始放弃亨利了。

我的思绪飞回到了过去那一刻，那时我和亨利隔着餐桌面对面坐着。他在我的公寓里从不穿鞋，总是光着脚坐在同一张椅子上。即使过了这么多年，我还是不喜欢别人坐在那里。偶尔我会坐在他空荡荡的椅子对面，盯着它看上几分钟。

“亨利。”我说，紧握着他那双可爱、善良、温暖的手。我感到它们变得紧绷起来，就开始像理疗师莉兹教我的那样按摩和移动它们，让肌腱和韧带保持柔软。

索尔医生和福斯医生，一位愤世嫉俗，一位绅士风度，继续他们的查房流程。

我无法开始今天的例行活动。像往常一样，我吸气，准备告诉亨利他是谁，他为什么在这里，我为什么在这里，可今天这些听起来都像是废话，所以我想跟他说说心里话。

“玛德琳的情况不好，亨利。我很担心她和山姆，还有你和我。这里要求我们冷静乐观地说话，但你睁着眼睛却什么也看不见，还是你看得见？轻轻握一下我的手好吗，就一下？不需要让那两个白痴医生知道。要是你愿意的话，可以继续欺骗他们。”

他的手纹丝不动。

“你可以眨眼。眨一次是同意，两次是不同意。”

他没有眨眼。

我记得我们的第一次接吻。我们已经在一起待了两个晚上，一句话也没说，虽然在第二天晚上我们的手和眼睛都说话了。我永远不会忘记我们的手在相互抚摸和拥抱时上演的芭蕾。就是那第二晚，我和亨利躺在床上，我们的手在做爱，这是我和一个男人从未有过的亲密性行为。这些动作包含了未来，我们的手指勾画出每一次相遇的轮廓——欲望、温柔、诱惑、兴奋和释放。

第三个晚上，我们接吻了。更早的时候，我们穿过伦敦黑暗的街道，日常生活已从那里隐退，被清洁工取代，所有被命运、欲望和迷醉狂欢撩拨的酒吧，桌椅已经被收拾干净，穷极欢乐的承诺也随之消散。我们从维多利亚河堤步行穿过金禧大桥。我背对着河，斜倚在栏杆上。

“千万不要背对大海。”亨利突然说道，声音平静而威严。他把双手放在我腰两侧的栏杆上，双臂形成了一个防护圈。我能感觉到他的身体渐渐靠近我时散发的温暖。

“我不会背对它的。我能从你的眼睛里看到它的倒影。”我说。

然后他吻了我。他吻得如此坚定而深情，仿佛这一吻打开了一个全新的景观。我们的身体将手指达成的协议付诸实践，并且回答了手指提出的问题。

此刻，我把他没有反应的手按在我的脸颊和前额上。他那毫无生气的眼睛，像空洞的窗。

我不会哭的。我不哭。

黑暗正在降临，在这个游荡着灵魂的“仓库间”里，每一张床都待在自己的光圈中。我能感觉到我们周围的灵魂正在试图慢慢从躯体中解脱出来，就像微小的火花脱离了它们自己，飘浮在空中。

我注视着亨利，平静地告诉他我们相遇时的情景。我回忆着我们在一起的每一天，继续对亨利讲父亲给我唱歌的记忆，还有我们跑到草坪上的事，那里的草长到父亲的胸口，比我还高。雨天的时候，他唱歌，我跳舞，他说：“你是坚不可摧的，我的宝贝。没有灵魂会被抹去。”虽然我听不懂他的话，但还是能感觉到他的意思。“每一天都是一步，埃德温娜，每一天都是迈向一个遥远目标的又一步。”

我想象自己是一座灯塔，散发着语言、回忆和歌声的光芒，指引着亨利走出世界边缘的幽暗。

第43天

亨利

我用尽全身力气抓住那道玻璃屏障，下面是隐约可见的深渊，我就是从那里爬上来的。死亡潜伏在汹涌、咆哮、汩汩流淌的黑暗中，但它的距离比我担心的要远一点。

我能感觉到心在怦怦跳动，好像有什么东西让我心跳加速。有些事情不对。我所有的神经末梢都像水母的触角一样伸展开来，我用它们去探索玻璃屏障的另一边。有些事情不同寻常。不同于寻常？不同于昨天？不同于一年前？

这里不再有闪烁的翠绿灯光，不再有嗡嗡的蜂鸣声，也不再有监控设备的电器味道。不再有任何思考着晚餐和节食的模糊身影环绕在我孤岛的岸边，没有人数着点滴管中的液体或是念叨着医学术语。不过，还有别的东西，像火上的空气闪着微光。

思绪！但它们毫无意义，它们属于……*游荡的灵魂*。这几个字是谁说的？

这些细线变成了我看不见的触角，正在搜索着，第一次向我显示出房间的维度。屋子很大，不是普通的房间，这间房里充满了叹息——不断的叹息，就好像人们正在放下一些事情，放下一些人、一些时间，以及生活。我的思绪又回到了一扇门（岛上的门）和水下一个拥抱着女孩的女人慈祥的面孔上。然后我听见孩子在哭泣，岩石上的孩子，玛德琳。

那是她的名字吗？我是怎么知道的？

我还想到了一些其他的事情，好像栗子从一棵看不见的树上掉到我面前的地上。

斯科特想学习心理学，专攻精神病。斯科特是谁？

卢平夫人有点斜视，厨房里塞满了手写食谱，其中一张是法式苹果馅饼的食谱，你可以在一个特制的平底锅里用焦糖翻面烘焙。我不知道卢平夫人是谁，但我的祖父马洛有一个这样的平底锅，用来做苹果馅饼。

格雷格来过，莫妮卡和易卜拉欣也一起来了。易卜拉欣有个文身，他说他要去国际特赦组织做人权律师。

我有这样一种感觉：我正在翻阅一本我都不知道是自己所写的书。我还注意到在屏障的另一边有些东西不一样了。光线的质感不一样，更安静，更隐蔽。我的胸膛硬如岩石，里面有一颗石头般的心在跳动。我独自一人，完全独自一人！我很恐慌，我想尖叫，我想……

“冷静点，斯金纳先生，”一个女人的声音说，“没事的，玛丽安护士在陪着你。嘘，没事的。星星在呼吸，你也在呼吸。你不会有危险。你在这里是安全的。”

玛丽安护士？我看不见那个女人，她的声音有点熟悉，有点嘶哑，有一股烟味。那是一种舒适的芳香，就像回家一样。很快，我的心跳更加平缓了，不再像暴风雨中的鸟儿一样疯狂扑腾，不再像乞丐那样急切地乞求别人倾听。

“你好，亨利·斯金纳。”那声音轻柔地说。

“你好。”我回答。她能听到我说话吗?

“斯金纳先生，每晚我都会分析你的睡眠结构。我很确定你醒了，但你不能表达自己。”

是的，是的！一阵温和的凉意涌上我的血管，剧烈的黑色疼痛平息了，不再那样灼烧着我，至多是摇曳的烛焰。

“快三点半了。”玛丽安护士告诉我，烟的气味使我想起了童年夜晚在炉边的情景。海边的村子里，暖气来得晚，冬天，每家每户都用柴火取暖，直到春末，夏风吹来温暖，这种香味才渐渐淡去。

那个声音又说：“玛德琳，亲爱的。”

我想：玛德琳，你在吗?

没有声音。我的世界末日就在这个“僵尸病房”里。那是天花板，这是我的幻身。我渐渐飘走，我飞过紫色的天空——身下是大海，上方是屏障、玻璃区。我飞了好多天，当我开始在无边无际的空间里溶化消散时，能感觉到火花从我身上迸发出来……

“早上好，斯金纳先生。”

我吓了一跳，天空嗖的一声退去。早上好，斯金纳先生?这些话在我脑子里嗡嗡作响。在这玻璃的另一边，有人能听见我吗?

“斯金纳先生，我是约翰·索尔医生，你的主治医生。我是一名神经外科医生，给你做过很多次手术。你遭受了大脑挫伤，你脾脏破裂，右臂、膝盖和5根肋骨骨折。”

什么?

“你的名字是亨利·马洛·斯金纳。你已经在英国伦敦惠灵顿医院里待了42天。英国仍然还是欧洲的一部分，虽然大多数英国人最近投票想改变这个事实。今天是2016年6月下旬，马上就要早上 7 点了。这座城市里到处都是从我们度假的地方来的游客，真是可怕！”

“我怎么了？”我问，但他没有回答我的问题，继续说着。

“你昏迷了 28 天，斯金纳先生，自从你经历心脏骤停后，你在临床意义上死亡了几分钟。你已经挺过了两次肺炎和血栓。”

我死过？我突然明白了。我的父亲、大海、陆地、那扇门。我死过，可在通往死亡的路上，我又止步了——我父亲是怎么说的？“在一切的中间”。

“如果你现在能听见我的声音，但说不出话，我想请你给我另外一个信号。首先，我要握紧你的手，如果你也能握一下我的手，我将不胜感激。”

“我就在这里！”

他没有回答。

哦，不，不，不！他也听不到我的声音，我也感觉不到他的手。我在这麻木的身体里绝望地搜寻，但是什么也感觉不到——没有手，没有按压。我竭尽全力想象手指紧握的样子。

“好吧，显然你并不喜欢握手，你也从来没有握过。”

这是什么意思？从未握过？他以前握过我几次手？他告诉过你了，亨利——连续 29 个早晨。可是我在伦敦干什么？这不可能。首先，我和我儿子住在巴黎，我和埃迪结婚了，我们住在……我们住在……我们住在哪里？

不，我没有结婚。还是结了？

昏迷，我昏迷了，这是索尔医生说的。

我害怕了。这就像微咸的水，逐渐淹没了一个幽深死寂的水下牢房。我感到身下的寂静在拉扯着我，我努力把自己贴在玻璃上，努力不要睡着、不要放手。我不想再沉下去，一想到这件事就受不了。玻璃变暗了，好像有人放下了玻璃屏障的遮光帘，但随后，我辨别出一张脸和活动的嘴唇。

“亨利·斯金纳先生，我叫了太多次你的名字，导致现在我的声音听起来就像那些烦人的呼叫中心接线员一样，但我其实是在测试你在昏迷状态下是否还能听见别人说话。”

是的，天啊，我在这里。这里！请让我出去。叫醒我，该死的，快叫醒我。做点什么吧，拜托了！我在这里！

“你的名字是亨利·马洛·斯金纳，马洛是你布雷顿的祖父的名字。你出生在布列塔尼的西北端，你在伊鲁瓦斯海边长大。”

看在上帝的分儿上，我知道我出生在什么地方，但他不理我。他听不见。他一直说我在昏迷，我想告诉他一切都不一样了。*我在这里，我真的在这里！*

他提到了一张让埃德温娜·汤姆林决定我命运的协议，但埃迪在哪儿呢？

我应该握紧双手，举起胳膊，动动鼻孔，眨眼，还有吞咽，但这些我都做不到。他说他轻轻地捏了我一下，但我没有任何感觉。然后他说他不喜欢这样做，但这是必要的。我不知道他在说什么。他又道歉说：“对不起，你流了点血。有些测试真是残酷。”

也许我瘫痪了！

然后一切都结束了。索尔医生喃喃自语道：“我每天来看你 10 次，晚上每隔 4 个小时一次。你已经经历了三次扫描，没有表现出明显的意识。”

那就买台好点的机器吧，白痴！

“斯金纳先生，你距离我们，比距离那个陌生的朋友——死神更近。朝着我们走，回到我们身边吧。我们在这里，你和我们在一起很安全。”

我想说，死神不是我的朋友。还有，你不知道死神是个女人吗？死神是个女人！

我能感觉到索尔医生在注视着我，就像刚听到什么消息一样。也许是我的愤怒。我要让自己更生气。我觉得他的存在就像一块巨大的岩石，在水花翻滚的波浪中，被千万年的盐和风侵蚀得疲惫不堪，但依然十分孤独。

孤独的索尔医生再次向我保证：“你在这里很安全，斯金纳先生。”

我感觉不到安全。我觉得自己好像从头到脚被埋进了一条空旷街道尽头的柏油路里。

索尔医生走开了。

我试着倾听玻璃屏障外世界里的所有声音，并用我的感觉触角穿透它。这里还有别的人，我能感觉到一种存在，平静、庄严、专注，但却遥不可及。是索尔医生吗？还是手指冰凉顺滑的玛丽安护士？

是什么在看着我？

我继续寻找那个女孩，发现她近在咫尺。她现在的情况很可怕，但她不再想死了。她正在战斗。她似乎拼命挣扎着要活下去，然而有什么东西用铁钳把她困住了。

黑暗从四面八方步步逼近，企图用一条平静、柔软的毯子把我卷走，我期待着它带来的香甜睡眠。我反抗。不！我想大大地睁开双眼，使劲捏碎索尔医生的手。我想告诉他不要离开我，我之前已经来过这里，靠近过玻璃很多次了，但总是太过短暂，现在我想醒过来。我想告诉他去帮帮这个孩子，因为这个小女孩永远无法独自做到。但好像有人关掉了灯，然后……

第 43 天夜晚

亨利

当我再一次漂向玻璃屏障时，空气不一样了，更加凉爽，像地下水一样凉，一层厚实的黑色面纱盖在上面。我能感觉到夜的深沉已笼罩了整个房间，它的重量与白天不同。

我身旁的“岩石”叫作索尔医生，他低声说：“两点钟了。”他正在寻找我，但找不到我。他解释说，他们在我“游走出去”时对我进行了格林-巴利综合征和多发性神经病变的测试。然而，抵抗现实的不是我的身体，而是我的大脑。

“你儿子曾经说过，大脑是一座由思想构成的教堂。我喜欢塞缪尔。他有一种大多数人即便活到100岁也永远无法企及的内在尊严。”

我的儿子！他在这里吗？他长什么样？他在做什么？他怎么样了？

索尔医生没告诉我。我怀疑这位医生从来也没有离开过医院，他把折叠床搭在某条走廊上被遗忘的房间里。

光线穿过我的瞳孔，我能闻到索尔医生的气息。它闻起来清新而温暖，他的身体也散发出同样的温暖。我羡慕他能够站起来就走。我能看到他，就像通过一个反向望远镜，在我上方100码的地方，他像一根别针一样大。

我喊道:“埃迪在哪儿？玛德琳怎么了？”

“我们必须在一个没有内疚感的地方工作，斯金纳先生。我是说，我们是医生，我们不应该为我们的错误而自责。去他妈的。年纪越大，我犯的错误就越多，不管是在这间病房还是在外面的墓地里。没有一个脑外科医生是清白的。你在吗，斯金纳先生？你能听到我说话吗？”

是的，我能，但为什么这个白痴听不见我的声音？索尔医生那张恍惚的脸消失了。屏障外的世界开始改变，开始旋转，起了漩涡，就像飘浮的烟雾。透过烟雾，我能辨认出父亲的轮廓，他坐在后面的床上。我认出了他的条纹毛衣、牛仔裤和赤裸的双脚。

我要死了吗？他摇摇头说:“我只是在等待。”那些爱我们的人在等我们。“亨利，你知道吗？是我放开了你，而不是你放开了我。”

我不相信他。

昏迷就像被活埋一样，没人知道我在这里。这里！如果他们永远听不到我的声音会怎么样？如果他们认为我死了呢？如果他们把我活埋了呢？我不能继续下去，我不想继续下去。

第44天

亨利

一只手从我手上掠过，然后什么东西似乎想从房间里逃出去。它轻快得如水雾一般，在床和机器间来回穿梭了一会儿。它不停地敲打窗户，变得越发不耐烦，像只飞蛾般拼命地想要逃脱。

没过多久，周围变得嘈杂起来。医生和护士围聚在一张床边，而床上的人如今却不见了。“你们来得太晚了，”我可以告诉他们，“果壳还躺在这里，但果核已经消失了。”

我闻到了烟味，玛丽安护士对其他人说：“他刚在走廊里从我身边经过。”尽管这是真的，但没人听她的。她悄悄地独自走到走廊里，因为医院并不需要她守在死者床边。几秒钟后，我闻到了一股新鲜空气。玛丽安打开了一扇窗，无论那是什么，它拼命地想要离开病房，路过的时候碰到了我，现在它终于能够逃脱了，如释重负。我品尝着这意料之外的味道，仿佛这空气整夜都在伦敦的街道上游荡，而现在它正把整个城市带到我面前：啤酒味儿、嘈杂音乐的回声、地铁乘客的气息、肉桂的味道、泰晤士河那肮脏的褐色河水味儿。

尸体被推出病房时，仍然会不时发出火花。我可以看到它，以及更多的东西，但是我永远无法告诉任何人。

我有时间去思考，更好地思考。我从未像现在这样充实过，完全被思想及渴望填满。

我可能永远都无法回到玻璃屏障的另一边，今天不行，明天也不行，没那么容易。我被活埋在自己的躯体中，永远被困在“世界之间”。我被卡在现实边缘的狭窄地带以及驱使我走向彼岸的平原——我叫它们“圆环地带”。在我的生活中，总有一些决定性的岔路口，在那里，我犯了错误，或者精神很虚弱。某种东西让我体验到，如果我在离开和留下、亲吻和逃跑之间做出不同的选择或决定，如果我说“是”而非“不”的话，会发生什么。

我不断寻找正确的生活，但从未找到。不管我做了什么还是没做什么，都没有完美的人生。随着时间的流逝，我能更清楚地看到和听到真实的人（尽管他们看不见也听不见我），我意识到有第二个世界，它似乎像海市蜃楼一样发着微光，或者在水蒸气中闪烁。没人意识到这一点，也许连玛丽安护士也不知道，尽管夜班护士确实比其他人更敏感。我总觉得她的思路最清晰。

她称死者为“其他人”，这是一种准确的描述。有时我叫他们“守护者”。就像我的父亲，他在某个地方等着我，我能看到他，因为我自己也半死不活。他在守着我，正如几十年来他一直在做的那样，尽管我几乎从未意识到这一点。

说“几乎”，是因为尽管我不承认，也不曾允许他给我任何鼓励，更不相信他曾偶尔借助我的身体或短暂或急促地行走、嗅闻，用我柔软的手去触碰他的脸颊，但我仍旧能在某些珍贵的瞬间感知到他。

“守护者”无处不在，尤其是那些与活着的人还有瓜葛的。有时，他们在那些能反射出景物的平面中现身，比如海面上闪现的光，飞驰的汽车上铬合金的微光，或地铁隧道里闪过的光。然而最明显的是，他们在我们入睡前现身，我们也在混沌、迷惑、转瞬即逝的梦中觉察到他们。我们以为他们是幽灵，但事实上他们是“其他人”。

我想知道，你是否需要死去或近乎死去，才能潜入活人的梦境。

我感觉到4个“其他人”越来越频繁地站在玛德琳的床边，观察她。他们在病房里踱来踱去，不时听听那些火花、呼吸，以及外面世界的消息。他们不时消失，仿佛只是想呼吸一下伦敦的空气。我想象着他们坐在公交车或地铁最后的空位上，乘客们通常会避开这些座位，尽管他们不知道为什么。

我必须学会理解这种“之间”的状态。Bar-khord：介于一切与虚无之间。

我曾经采访过一位百岁高龄的波斯老师，直到20世纪70年代早期，他都一直在教导伊朗王室的孩子们如何成为国王、如何像国王一样行事。透过不断变化的记忆迷雾，我仍然能听到这位老人幽默的语气和他那被训练出来的牛津腔。就像伸手去摸眼镜蛇一样，我也曾小心翼翼地问过他，对英国君主制和伊朗君主制之间的文化冲突有什么看法。

认真思考我的问题许久，他五官的轮廓在德黑兰老城区昏暗的院子里若隐若现，然后回答说：“英语，像所有基督教主导的西方语言一样，用暴力的词汇来描述两种截然相反的事物的相遇，比如‘冲突’‘碰撞’‘决裂’，甚至‘攻击’，总是充满了敌意和侵略性。黑白分明地看待事物是很好的，可这无疑却是助长偏见和恐惧的有效方式，你同意吗？”

他慢慢地端起一杯薄荷茶，迎着炎炎夏日午后的阳光，喝了一小口。明亮的蓝色光线穿过板条屋顶，在院子里投下了宜人的阴凉。

“在波斯，我们把两种截然相反的事物的相遇称为Bar-khord。Bar-khord是在两个强烈元素相互接触时产生的，在它们的交汇处会产生一些新的东西。那不是对立的冲突——不像肉身碰上金属汽车，而更像是一种混合。你明白吗？这种介于两者之间的状态是不断变化的。它不是将两者对立；它是第三种元素的来源，一种全新的元素，它利用了对立的两种元素，而与两者之间没有多大相似之处。这就像一个孩子成长为一个与他的母亲或父亲都截然不同的人，你明白吗？”

我点了点头。

“Bar-khord就是这杯茶——热水和薄荷交织，创造出诗意和舒适。Bar-khord是血脉相融，是移民在一个新的国家建立家庭、找到爱的地方。这是一种新的生活，不是战争，不是和平，而是一个全新的开始。”他呷了一口茶，“最高形态的Bar-khord正在消亡。当死亡和生命在将死之时相遇，它们产生了……”说到这里，他停顿了一下，“你觉得呢，阁下？存在和非存在之间产生了什么？”

我回答：“恐惧。”

Bar-khord。存在与非存在之间。我正处于生死之间能产生新事物的关头。这对我来说像个谜，但如果解开了它，我就能得救吗？将死之时，会诞生什么呢？

随后奇迹出现了。在她穿过病房之前，甚至在她刚刚经过那些“守护者”时，我就感觉到了她的存在。一些“其他人”说：“嘿，她又来了。”

我满怀感激和期待。我能闻到她（哦，她的香味！），那味道把一切都带回来了。她走近，然后……漫长而灰暗的日子终于结束了。“埃迪，我的爱。”我低声说。

她看着我，在那张美丽而高傲的脸上，没有任何迹象表明她听到了我的话。还是她听见了我的话，正在用沉默来折磨我？她是真实的吗？我的获救感很快就被怀疑和恐慌驱散了。

她坐下来，好似空气的形状都变了，变得更加柔软温暖。巨大的幸福感贯穿了我。是的，她是真实的。埃迪就是现实。

“你好，亨利。”她说，声音低沉而温柔。

“你好，亲爱的。”我回答。

我想举起双手，把她的脸拉到我灼热而冰冷的心里。我想感受她，看着她大胆的嘴唇，看着她说话，看着她笑，看着她索要亲吻。我想让她的眼睛在我的眼睛里休息一下，就像过去它们常常做的那样——那么炽烈善良，那么会心诱人、温柔博大。无论是对我还是对其他人，即使在勃然大怒的时候，她也从不严苛。

她的愤怒只针对她自己。除了那个刻骨铭心的时刻，没有什么可以穿透她的盔甲。

“请原谅我，我爱你，我爱你。”她的目光在寻找我的目光，但我越努力，就越不能把她的目光吸引到我身上。我说：“我爱你，永生永世。”

什么都没有。我能感觉到她的恐惧沿着看不见的细丝向我袭来，她没注意到我。她看了看我，我也看了看她，但是没有眼神交流，没有相认。我真想擦掉她脸上的泪水。天啊，我甚至不知道我还有没有手。

“亨利，万一索尔医生没来给你读天气预报和你的个人经历，那么你应该知道今天是露天游泳的好天气。我很想和你一起去游泳池，但莉兹在度假……”

莉兹是谁？

“……所以我要接替她的工作，希望你不会介意我锻炼你的胳膊和腿。”

哦，谢谢你，亲爱的。我都不知道自己还有胳膊和腿。

她就在我身边，和我一起做着我感觉不到的事情，而我却好像躺在一个温暖的浴池里，沐浴着丝绸和芳香，沐浴着柔软、芳香的油，沐浴着安全。她唱着《鸟岛催眠曲》，其间还穿插着对她眼下所做事情的描述。她给我洗脚，活动我的脚踝，锻炼我的膝盖和腿、手和肩膀，然后她告诉我接下来是最难做的项目。她一边唱歌，一边把我的颈背作为支点，轻轻地前后摇晃我的头。好像她在用声音描绘一个美丽的花园。斑驳的阳光透过树梢，天气温和，茉莉花丛和野花花床散发出阵阵芳香。她歌唱这一切。

我完全在她手中任凭摆布：这是世界上最安全的地方。

“亲爱的。”我又低声说。你为什么在这里？我很想问，你为什么没有放弃我？

她的脸离我很近，平静地说：“我必须每次都吻你，希望你会同意。”

我费了好大的劲，想要唤起身体的某种感觉，让手指、脚趾或眼皮抽动一下，告诉她：我在这里，我不仅同意，而且假如要活下去的话，我就需要你的吻。

“你在吗，亨利？”她问道。

是的！她的眼睛寻找着我的眼睛，而我专注于钻过玻璃屏障去找埃迪。求你了，埃迪，你看不到我吗？

她无可奈何地叹息着。我能感觉到她的心沉了下去，但随后又振作起来。她是不会放弃的。她可能还没有意识到，但她从不放弃。她读过的所有故事，都向她展示了生活中不可思议、难以置信而又切实可行的转折。她可以想象任何事情，包括美丽的和可怕的，她从不转移视线。

“你还记得那家瑞士酒店喝醉酒的侍者吗？”她问，那一瞬间她仿佛看见了我。

我震惊了。

“几天前的晚上，我梦见了大海。你和我在海边，在一个有小教堂的地方。”

圣参孙吗？是圣参孙吗？

“我们……”她的呼吸很近，话里充满了温暖，“在岩石上做爱，但后来……”

我想说，我知道，但是海浪来了。我知道那段生活！你梦到它了吗，埃迪？

我没时间仔细考虑这个问题，因为就在那时我感到了另一种存在，就好像我所有的感官触须织成了一个滚烫的球。我知道是他，塞缪尔·诺姆，他就是我的儿子！他有一颗细腻的心，他有很多马洛的影子，非常多。

在他的内心深处，我看到了一个高大、聪明的男人正在成长，准备有朝一日取代这个男孩。

“嗨，埃德。”塞缪尔用低沉的声音说，他们碰了碰拳头。他又在我面前说：“嗨，爸爸！”然后我们就见面了。不，他的眼神就像埃迪的——直接掠过了我。

“你好，塞缪尔。”我说。见到他我太高兴了。我的快乐、喜爱、骄傲和绝望都溢于言表，因为这个孩子对我来说是挚爱。我生命中的每一刻，我不完美的生命，都因为山姆而变得有意义。因为我无意中做对了一件事。我看着他，爱着他，想要保护和抚摸他，这让我感到绝望。

我的孩子。想看到儿子长大的渴望让我活了过来。我想看看他的样子，他对生活的期待，以及他会怎么做。

就在我思考这些事的时候，儿子的眼里闪出了一丝兴趣，他重新集中了注意力。显然他能看见我，是的，他可以！

“嗨，爸爸，”他重复道，但这次声音柔和多了，“所以你还在这儿。”他抬眼看向床另一边的埃迪时，脸上洋溢着无法抑制的喜悦，脱口而出：“他在这儿，埃迪。我父亲还在这儿。”

山姆

我受不了看着他们试图唤醒他，或者更确切地说，让他进入一种他们认为的类似“醒来”的状态。从“活着”的边缘到这里，他走了很长一段路，离醒来只有一根头发丝的距离。他给人的感觉像是被困在了琥珀里，悄无声息，一动不动，但我知道他在那里。他浑身散发出温暖的气息，但这种温暖只有在皮肤下面才能感觉到。

我希望我能保持沉默。他们现在正缠着他，想让他自主呼吸，所以经常把他的供氧切断几秒钟。他们在他眼前挥动物体。他们用力按压他的小腿，以至于在翻转揉捏的肌肉上留下了红色的手印。

福斯医生正站在床头，想要吓他一跳。他突然拍手，让大家从我父亲和玛蒂身边跳开。他们把东西（柔软的按摩球和牙刷）塞进他的手中，但他抓不住。他们让他眨眼，向左边看，说出他的名字，或者计算 1 加 0 等于几。

“即便问话的是克劳迪娅·卡汀娜[1]，我也不会回答这种问题。”我听到斯科特在我脑海里低语。

我父亲没有动。没有眨眼，脉搏没有加速，一点抽动都没有。

“对不起，爸爸。”我低声说。

---

1 克劳迪娅·卡汀娜：意大利女演员，代表作有《八部半》《粉红豹》等。——编者注

福斯医生换了个姿势，从上衣口袋里拿出一支自动铅笔。我知道他要做什么，因为我看到他在重症监护病房对其他病人做了类似的测试。他要把铅笔芯插在我父亲的大脚趾指甲下面，然后是他的拇指指甲下面。

我感觉到父亲的存在，以及即将把他吞噬的黑色痛苦，因为他无法完成他们对他的要求，还因为另一种更剧烈的痛苦，以及渴望，以及愤怒。它们把他折磨得发出鲜红色、绵密的怒气。

现在他们在扯他的舌头，这让我很难过，我听到埃迪猛吸了一口气。

爸爸的绝望是一种奇怪的墨水蓝色，似乎被弄脏了，就像他正流着混合了墨水的眼泪，但我知道那不是因为测试失败，而是因为埃迪感觉不到他。

她站在墙边，一只手捂着嘴，另一只手放在肚子上，眼睛紧盯着父亲。

我走过去跪在玛蒂的床边，抚摸她的手，我们俩都戴着消毒手套。她用上了人工肺，今天早上她的左肾衰竭了。

“他在这里，玛蒂，”我轻声说，“他看着我……”从没有人这么看着我，好像我是世界上最重要的人，好像他是在用尽所有能力、力量和经验告诉我，他为我感到骄傲。

然而，这些事情我都不能说出来，我甚至无法用言语表达出来。懦弱的泪水涌进了我的喉咙，咸而苦。苦是因为这感觉多么美好，多么新鲜，然而它几乎在还未开始之时就已经结束了，是因为我不知道成为某个人心头至爱的感觉是如此美妙。对我父亲来说，我就是全世界！

我心里没有足够的空间来应付这种感觉，所以我流着愤怒的眼泪，握紧玛蒂的手。我想象她握着我的手，擦干我的眼泪。在过去——7个星期以前，这会让我觉得不好意思，那时我还是个孩子。

“住手！”我听见埃迪大声而平静地恳求道。

护士们刚刚拉出了父亲的胳膊和腿，让福斯医生进行疼痛测试。

“但是，汤姆林女士，我需要刺激他的反射和肌肉张力，来检查他的运动功能。”

“不要，福斯医生，不要再用医学术语轰炸我们，来证明伤害他是正当的。停下来吧。”当埃迪大步走向福斯医生时，她令人生畏的态度让他后退。“放开他，马上！真是够了！”

福兹叹了口气说：“好吧，如果你想这样的话。”他把铅笔芯放回去，把铅笔塞进上衣口袋里。“不过，为了确保我们不会忽略——”

埃迪狠狠瞪了他一眼，打断了他的话。“病人可能有清醒的意识，但无法控制自己的运动系统。也许你只是让他痛苦，而他却无法保护自己。作为他的代理人，我不准你折磨他。就没有别的办法吗？”

福斯医生看了索尔医生一眼，索尔医生转向我说：“我们医院的经理们都以吝啬著称，但既然我们有这个‘怪兽’，不妨好好利用它。”

他所谓的“怪兽”，是一台有特殊功能的核磁共振扫描仪，可以测量大脑特定区域的活动。它耗资200万英镑，被称为英国的“读心者”。

索尔医生曾向我解释说，他是仅有的四位能够用它进行可靠测试的神经外科医生之一。“‘怪兽’为我们窥视大脑。比如，我们可以问这样的问题：‘你早餐吃小丑了吗？’然后观察大脑中前额叶皮层是否有反应。我们可以给病人注射一种荧光物质，测量他的葡萄糖消耗量。如果大脑继续消耗营养，那么病人很有可能就在使用这些营养。我们甚至可以激发他的运动想象力。‘打网球！单腿跳！想象你正在握紧你的拳头！’我们可以做任何事情，灯光会开始闪烁，但不幸的是，几乎没有人能解读这些信号。没有人知道那是病人的反应，还是仅仅因为接触不良。机器是聪明的，而我们是愚蠢的。”

尽管如此，“上帝”还是对德米特里说：“请为斯金纳先生做准备。”然后示意埃迪和我跟着他去办公室。我慢慢地站起来，埃迪拨了一下父亲术后伤疤旁的头发。她的手势中充满了爱、恐惧和无限的悲伤，然后她看着我说“和我们一起”，从父亲胸前伸过手。我脱下一次性手套，握住她的手，然后抓住父亲右手的手指。她抓住他的左手，我们团结一致地站在那里。

埃迪确认了一下病房里只有我们几个，然后问：“告诉我你是怎么做的，山姆。这样有用吗？”

我立刻明白了她的意思，但不知道该如何向她解释。

我听到斯科特那未来心理学家的低沉声音在我脑海里回响：“我的朋友，你唯一的希望就是偶尔与外界接触。用图像来解释，人们喜欢图画。”

于是我试着描述画面。我可以通过结合各种感官来强化我对所见一切的感知，就好像我在调音量或把一个按钮转到尽头。明亮的数字，芳香的音乐，会画画的香味，彩色的痛苦、谎言、愤怒、情绪，建筑物的回声。

“他现在在这里吗？”她问。

我盯着父亲睁开的、毫无反应的眼睛。我能感觉到他就在这里，就像你能感觉到门后有人存在一样，那种空气是不同的——密度更大、温度更高。

“是的。”我答道。

她喘着气，表情中混杂着怀疑和虔诚。“他能听见我说话吗？”她带着渴望和怀疑的声音问。

“你觉得呢？”我问。也许她体内也有扩音器，也许每个人都有，只是不知道而已。

埃迪注视着我父亲，脱口而出：“哦——亨……亨利，”她语无伦次，“哦，亨利，我爱你。”

她举起他的手亲吻他，我仔细看着脑电图显示器。三个连续的尖峰。

她绝望而又充满希望地看了我一眼：“对不起，山姆。你一定觉得我非常蠢，但我要请你给我当同声传译。”

她的微笑很温柔，嘴角微斜，我很想安慰她说，我当然愿意！

“你怎么能感觉到他在这儿？”她问道。

“我没想过。”

“你有什么感觉？”

我仔细端详着父亲的脸，又一次感受到海浪的回声。“爱，燃烧，口渴。”我轻声说。

她放开我的手，把手伸进身后的盒子里，然后用湿棉签小心地擦拭我父亲的嘴唇和上颚。当她这么做的时候，我努力把自己的音量开得更大，把我内心的扩音器调成红色。这几乎让人无法忍受，因为我不仅听到了父亲的声音，还听到了其他所有的声音，远远超过了正常人能听到的声音范围。

病房里的每一张床上都有如此多的强烈情感。一个人在非常危险的地方迷了路，另一个人被致命的恐惧困扰，还有一个病人在发烧。我感觉到了疲惫和紧张，仿佛有绷紧的琴弦和松紧带在房间里交织纵横。焦虑、疼痛和恐惧。

“山姆？”埃迪警惕地问，带着极度的、颤抖的不安，“没关系，算了吧，停下来吧，你不用这样做。”她把手放在我的肩膀上。

由于长时间憋气，我感到头很晕，大口地吸着气，不过我还是要告诉她。“就好像有不同质地的光落在他身上，更暗的，更亮的，或者有颜色的，这些光告诉我他的感觉。如果他能说话，我就能从他的语气中判断他是否在隐瞒什么。我能从他身上看到他是否在那里。这是……”我试着想出一个比喻，“……像一根唱针落在唱片上，你知道在音乐开始之前，就已经有了某种东西。或者当有人在一个漆黑的房间里时，空气中会有一种紧张感。”

从埃迪的脸上可以看出，她不确定要不要相信我。我能感觉到她在想，我做的这一切是不是只是为了自我安慰，为了不失去希望。

“他想活下去。”我说。

“但这样就能活下去了吗？”她直率地问，疲惫地指着他那无助将死的身体。

父亲陷入了混乱，好像他在一次又一次地撞击内心监狱的牢门，但埃迪是对的：从他的表情和脉搏来看，这些迹象都不明显。

也许我在骗自己？不，不可能。我能清楚地感觉到父亲，就像他在和我说话一样。

“来吧，”她说，“我们去找索尔医生。他会告诉我们他能做些什么。”

第44天

埃迪

“鱼不会自己编辫子，”索尔医生说，“蜻蜓会写诗。”

为了激活亨利大脑的特定区域，他说了十来句荒谬透顶的话，而那些特定区域只有在大脑意识到荒谬的事情或必须解决一个难题时才会做出反应。亨利的大脑似乎对谜语毫无兴趣，因为索尔医生一次又一次地摇着他那头金发。

“你好，斯金纳先生？我是你的医生。你的名字是亨利·马洛·斯金纳，你在伦敦惠灵顿医院住了44天。你昏迷了，斯金纳先生。你已经被转接到了一个大脑扫描仪上，它正在测量你前额叶皮层的活动。”

山姆站在我旁边，他的注意力集中在那台巨大的嗡嗡作响的仪器上，他父亲刚刚被推进核磁共振仓，又称“怪兽”。一个装有特殊摄像头的圆环在里面旋转，将大脑分成几块，用以检查黑暗中可能出现的任何光信号。

“想象你站在高尔夫球场上，正在打球。”索尔医生说。

“真蠢。”山姆嘀咕着，我必须同意。功能性磁共振成像的设计原理，是聚焦于病人在想象特定动作时所激活的大脑特定区域，比如，当亨利想象挥动高尔夫球杆时，就像一个健康的人梦见自己站在球道上一样。

“在你脑海里，请握紧拳头，”医生命令道，“想象你在扭动脚趾。”他还让亨利想象自己在打网球、踢足球，然后跳舞。

安装在亨利头部和胸部的电子传感器记录下每一个信号，这样索尔医生就可以识别任何反应——如果不是在屏幕上，就是在 MRI 打印机上。

我希望索尔、福斯和他们该死的“怪兽”最后能证明亨利确实在这里，不是因为我不相信山姆，而是因为我不相信自己。我不相信自己，也不相信医生会听我们的。

亨利的大脑中没有任何迹象显示他在想象这些动作。一切迹象表明，他之所以静静地躺着，只是因为他不知道自己处于昏迷状态。

“斯金纳先生？亨利·斯金纳先生？”

θ 波测试。我看着索尔医生，但他的注意力都集中在显示器上。

玛丽安护士也来了。“如果什么都没有，并不意味着真的什么都没有，”她小声说，“在完成这些测试后，我们会再给斯金纳先生接上 24 小时的电极。我其实更相信它们，而不是这个只观察斯金纳先生 1 个小时的‘读心者’，这是徒劳的：在这段时间里，他可能在别处，就是不在这儿。”

“玛蒂怎么样了？”山姆问。

“她在战斗，塞缪尔，她在战斗。”

“她想活下去，但她很害怕。”他解释道。

“你一定很了解她，才会这样假设，嗯？”玛丽安取笑他。

“不是，是她告诉我的。”他回答。

“哦？真的吗？”

“是的，在我梦里。”山姆认真地说。他说话的语气和作者们告诉我他们的新想法时一样——冷静而坚定。我从来不觉得他们浮夸，包括某个作者告诉我，做梦是你的灵魂在拜访它的知音，即使那个人已经死了。做梦机器、清醒的梦、梦的时间穿梭，这些都没让我觉得荒谬或疯狂。波比、拉尔夫、安德里亚和我常常讨论不可能发生之事的可能性。我习惯了不可思议的事情，文学的存在就是为了探索未知世界。除了作家，还有谁会乐意承担这项任务呢？还有谁会义不容辞、毫无顾忌地去思考“如果那样，会怎样”呢？

但是现在我后退了一步。此时此地是现实，不是一本书，也不是什么书呆子式的竞争。那台嗡嗡作响的“怪兽”，索尔医生的提问，亨利的呼吸机每分钟8次把空气吸进抽出，这就是现实。亨利已经6个星期没有自主呼吸了。创造奇迹的时刻来了——没有比这更紧迫、更宝贵的时刻。

“你什么时候梦见她的？”玛丽安护士慢慢问。

“我发现她血液中毒的那天晚上。”

“你愿意告诉我你的梦吗？你知道的，梦肯定是一种交流的方式，而且——”

“我要去喝杯茶。”我生气地插了一句。

即便在这个时候，我也无法忍受玛丽安护士去推高山姆的期望。

“你不想听吗，汤姆林女士？”

不。在这样的光线下，看着这个男孩和他父亲的相似之处，我心中最后一个微小而完整的角落也破碎了。我承诺会保护你的，山姆，即使我不知道需要保护你什么。也许要保护你远离过多的幻觉？是的，正是幻觉——当你最需要奇迹发生时就会产生的幻觉。

“你从来没梦见过他吗，汤姆林女士？”夜班护士用她那烟嗓问道。

天花板上灯管的嗡嗡声改变了音调。山姆刚刚说了什么？他怎么能感觉到亨利离我们很近，看着我们，并且希望告诉我们一些事情呢？那是……就像一根唱针落在了唱片上。我很清楚那种感觉，仿佛整个世界都在偷偷地屏住呼吸，整支管弦乐队的目光都集中在指挥棒顶端，但是我不能说出来——不能说出我和亨利做爱的那个梦。那只不过是欲望，仅此而已。

可如果并不是仅此而已呢？

“我很久以前梦见过我父亲，”我不情愿地承认，“但只是在他死后。一开始经常梦到，后来越来越少。”

玛丽安护士点点头。

每当看到我父亲，我便立刻知道自己是在做梦。当失去一个对我们来说很重要的人时，就会发生这样的事情。它在我们的生活中撕开了一个洞，吸走了我们的笑声和无忧无虑。人的离开让我们崩溃，突然之间，真实和梦想之间的界线清晰地呈现在我们眼前，就好像只有死亡才能让我们进入两个世界“之间”的世界。

除了在这些梦中，我很少听到父亲的声音。有一次是在医院小教堂内，山姆躺在我的臂弯中时，我听到了父亲清晰响亮的声音：“找个地方，唱出来吧。”

有两次我觉得他就是我：第一次是骑摩托车的时候，第二次是在康沃尔。空气闻起来很清新，尽管有一丝秋意，但还是很暖和。大海在歌唱，世界上的一切都很美好。他仿佛走在我的身体里，享受这难得的机会，可以嗅着、感受着自己生命的温暖、肌肉的紧张和心脏的跳动。这种感觉持续了四五分钟。然而，尽管这些感受如此强烈，我还是认为它们不过是自欺欺人。人们就是这样：把最荒诞不经的事情想象成安慰，然后相信它们是真实的。

“汤姆林女士，你知道死后的感受吗？”

“我听说过濒死的体验。”

“不，是死后。你梦见了你的父亲，你也体会到了他在那边的感觉吗？你能闻到或听到他吗？死后的体验是互动的实例，当非常亲近的人去世时，人们就会产生这种体验。”

这是胡说八道！我想大喊。这就是脑海中亨利对我喊的话：*帮帮我，埃迪！这醉鬼的胡言乱语！*

所以我说：“不，大脑是一个优秀的自我欺骗者，我们以为自己能听到、感觉到、闻到亲人，以此来安慰自己。自愈才是最好的药。事实上，当我来这儿的时候，亨利连一丁点反应都没有，什么都没有，你听到了吗？死后？做梦？得了吧！”我的声音震耳欲聋，连索尔医生都从他的有机玻璃隔间里看了过来。

死后的感受，那些梦，太深奥了，太离谱了，太多神奇的自我安慰了。

我站起来，走出核磁共振室，沿着走廊向饮料售货机走去。我很想用拳头砸墙，或者用额头撞墙。我想要亨利回来，我想要我爸爸回来，我想要我的生活回来。

“亲爱的小埃迪。”我听见父亲轻声说，但只是在我的脑海里。

当我走到售货机前，又不想喝咖啡了，转身回返。我靠在敞开玻璃门旁的墙上，玛丽安和山姆都看不见我。

“……玛蒂不想上台。她很想去，但是她害怕了，害怕生活。我告诉她我在她身边，但我不知道这是否足够。也许我为这个完整的生命付出得太少了。”

玛丽安护士语气温柔地说：“山姆，你是她康复的最好理由。”

山姆声音哽咽着问：“我父亲会做梦吗？”

玛丽安叹了一口气：“你知道，我在脑科中心工作了很多年。我经常听到神经科医生说昏迷病人做梦的可能性很小，因为做梦需要的意识水平是昏迷状态下无法达到的。你明白吗？做梦的机器几乎罢工了，但是……”

我竖起耳朵。

“……但是当昏迷病人再次醒来时——醒来的人可要比你想象的多——都会讲述他们的经历。我们知道，有些经历是幻觉。机器的噪声、灯光、注射和医生的谈话都在大脑边缘系统，也就是大脑的情感区域被转换成新的图像。通风机变成了潜艇发动机，脑电图仪的哔哔声变成了卡车或者投币机。”

沉默，只有“怪兽”发出的嗡嗡声。

索尔医生通过麦克风宣布：“我们将进行最后一系列的葡萄糖测试。”

玛丽安护士压低声音继续解释道：“还有一些病人在睡眠周期中没有出现快速眼动阶段，这意味着他们的眼睛在眼皮下没有动过。”

“做梦的阶段。”山姆说。

“不，那是过去的说法，”玛丽安否认说，“我们现在知道，做梦会发生在睡眠的任何阶段，但……”

“但什么？”我一边问一边回到房间。

“但问题是，如果有人深度昏迷，比如像你的亨利一样，远远超出了睡眠和做梦的阶段，那么在现代医学看来，他无法做梦，因为大脑不允许他在这种情况下做梦。但这对苏醒的人意味着什么呢？你明白吗？如果处于昏迷状态的人无法做梦或接受来自周围环境的任何刺激，那么他们在哪里？如果苏醒的人谈起的既不是现实，也不是梦境，那它又是什么？”

我还没能真正理解昏迷病人经历的不是梦境而是……好吧，不是梦境是什么？麦克风里又传来了声音。索尔医生显然是忘记了关掉麦克风，因为他突然说：“好吧，福兹，如果我们在退休前能从斯金纳那里发现任何生命迹象，我肯定会大吃一惊的。”

玛丽安挥手示意，快步走向医生，但他没有注意到她，继续说着，没有意识到我们在无意中偷听。“不管这个男孩如何相信，这个人都是不会好转的。如果 24 小时脑电图也没有任何反应，我们应该考虑劝说汤姆林女士中断治疗，摘除呼吸机和喂食管。”

福斯医生回答说：“是的，简单地延长生命本身是没有价值的。你必须能够过正常的生活。”

山姆脸上孩子气的自信消失了，他像个老人一样从椅子上站起来。

“他们错了，”他低声说，他握紧拳头，睁大眼睛，转向我，“他们错了，埃迪！你不能那样做。我父亲还活着，他就在这里。”

玛丽安护士猛地推开装有监视器隔间的门。索尔医生惊讶地抬起头，意识到我们一定无意中听到了他的话。我从他蓝色的眼睛里看到了一丝羞愧。他看了一眼山姆，垂下了头：“对不起，塞缪尔。”

山姆冲进核磁共振室，他父亲被推出了仓道。

“别担心，爸爸，”他脱口而出，“我知道你在这里。你听到他们说要放弃你了吗？我不会让他们这么做的。别害怕——我在这儿，我知道你也在这儿。”

但亨利只是像往常一样躺在那里，一张目光无神的脸、一颗跳动的心、一具无人居住的躯体。没有人知道他在哪里——也许包括他自己。玛丽安护士似乎并没有妄想症，也不是宗教狂热分子，而山姆的联觉感观能力可以穿透皮肤和可见世界的边界，或许他们两个人是对的，而我是在故意屏蔽掉他们的认知？

我想起了我的父亲，为了保险起见，我大声说出了他的全名：“爱德华·汤姆林。”他们说，当你说出名字时，死者可以触摸你。

我立刻感觉到了他——一、二、三、四、五秒钟。我感觉到他就在我的左边，也就是我心脏那边。我一点也不在乎我是在想象，还是不可能的事情已经发生了。

“山姆，”我平静地说，“你的智能手机在这里吗？”

男孩从父亲身边站起来。他的脸痛苦地扭成一团，点了点头。

“请把你的电话给我，我想看看布列塔尼海岸上是否有座圣参孙教堂。”

第45天晚上

埃迪

我觉得自己像个新娘，因为恐慌和期待发抖。我审视着自己的思想和身体，寻找着哪怕是最小的可能阻止自己说出“我愿意”的疑虑。我有很多疑虑，和以前一样，但没有一个足以让我说不。

我躺在简陋的“家庭房”里干净挺括的白色床单上，准备入睡，但一直无法进入梦乡。在过去的7个星期里，我一直在疲惫不堪地奔波，但现在，当唯一的任务就是睡觉时，我却睡不着了。

和亨利一起在教堂的梦，这不仅仅是一场梦；它是……我不知道你会怎么称呼这种经历。这很难解释。

圣参孙教堂确实存在。那是海边的一座石头小教堂，有一扇红色的门和两小块彩色玻璃窗，在去往曲马赞的D127号公路上，靠近圣罗兰半岛，一个位于第四航道入口、遍布巨大岩石和野马的海角，那里有全世界最危险的海域。小教堂坐落在伊鲁瓦斯海岸边的朗丹韦教区，位于波斯波代和波尔萨勒之间，被称为Pays de Léon，狮子之地。亨利的故乡。

我先是用山姆的手机，然后用我的笔记本电脑在亨利长大的地方穿行。图片、地图和博客显示出一片荒野，我希望有一天能去到那里，和他一起探索。

悬崖上点缀着黄色的金雀花灌木，在南边，圣马蒂厄灯塔守卫着布雷斯特锚地的入口。明亮的海浪雷鸣般拍打着悬崖，半透明的浪花像精致的玻璃瓶和一大块祖母绿。它们神奇，又催眠，如此诱人，让人们迷失其中。

我想就这样消失在黑夜里。我渴望把自己投入到梦的深海里，在那里我能再次遇见亨利。那里叫什么并不重要，有多么不可思议或令人费解也不重要。可我的心在狂跳，没有一丝倦意。我不想用酒来催眠。我不想有任何威士忌浸润的幻想。

我在床垫上辗转反侧，站起来，把窗帘拉得更紧些，在门缝处铺上一条卷起来的毛巾，挡住透进来的光，试着从一百开始倒数。

一个小时过去了，又一个小时过去了，我觉得这辈子从未如此清醒过。思绪在我的脑海里闪过，我想起了过去 45 天里我忘记做的许多事情。我忽略了支付账单，没有回复邮件，也没有理会邀请。我没有打扫过我的公寓，没去美发店，没有睡过一次好觉，但我仍然清醒。

我站起来，穿着睡衣，在永远灯火通明的走廊上徘徊。我穿着袜子轻轻地走下楼梯，来到重症监护病房。穿上窸窣作响的罩衫，戴上口罩。

晚上病房里的灯光已经被调暗了，在中央控制台，他们在前方监视器发出的蓝光下若隐若现，那里坐着守护生死的人。

医生们点点头问:“你的手和胳膊消毒了吗？”我说是的。我可能一天要消毒十几次，但他们还是会检查。

我被玛蒂的床吸引了。他们把她隔间的帘子都拉上了，在过去的 4 天里，她的身体完全由机器驱动。如果肝脏也衰竭了，她就会死。坐在她旁边的是山姆，他穿着护士的绿色制服，戴着口罩、手套、发网，脚上是一次性塑料鞋套。他在给玛蒂读书。他把其他的一切都挡在外面，整个世界就是她的脸和这个10平方英尺的隔间，四周是绿色的围帘。

“看，”我低声对亨利说，“你儿子是个好孩子。我非常喜欢他，亨利。”亨利闭着眼睛。

我仔细看了详细记录着他“睡眠结构”的笔记，但还是很困惑。图上的线从右向左，就像道路两旁的标线。我往他嘴里一遍一遍地点水，这样他就不会口渴了。

每隔15分钟，就有一位值班医生查房，检查玛蒂，并向我点头。

我想象着，我在梦里让亨利回来，这样我们就可以重新开始，告诉他一切都会好起来的，我们会永远在一起。我想象他克服了每一个障碍——大脑挫伤、钳夹、瘀伤、恐惧、昏迷、康复——并学会说话、走路和爱。

直至最后，在那美妙的时刻，我终于可以深吸一口气了，而不是被焦虑扼住喉咙。

我坐到床上，小心翼翼地挨着亨利躺下，脸靠在他肩上。我抓住他的手，盯着上方的天花板，想知道他是否也能看到它。他能看见那些昏暗的灯光、倾射的光线，还有每张床旁边的轮式手推车上层层叠放的灰色监视设备反射出的红色、蓝色、绿色点点吗?

我轻吻他的肩膀，在他耳边说:“亨利，我看过圣参孙的照片。我很想去那里，去圣洛朗，也想去梅洛，那里冬季的风暴袭击海湾，比世界上任何地方都要猛烈。”

我想到了灯塔。法国四分之一的灯塔都耸立在波涛汹涌的伊鲁瓦斯海中嶙峋的岩石和巨大的石岛上。世界上没有哪片海域如此饥饿，需要人们和船只为它付出沉重的代价。“那就是你的家。”

尽管我父亲去过那里，但他从未告诉过我有关布列塔尼的任何事情。即使多年以后，灯塔看守人仍然拒绝谈论他们在海上看到的夜间景象。他们什么也不说，他们的沉默如同周围的大海一样深沉。

“我们在那儿见面好吗，亨利？在圣参孙或是你出生的地方，泰·科克？你有一次在坎帕尼亚咖啡馆的地球仪上给我看过。我能够找到它，那座天地之间的房子。我会带山姆一起去。”

我注意到，在亨利面前，我渐渐平静下来，呼吸机的节奏让我想要沉睡，我觉得很困。我仍然紧握着他的手，把我的手放在他心上，在他身边睡着了。

亨利

我能感觉到山姆强烈的渴望和关心，像一只看不见的手一样拽着我，伸出许多的触角来确认我是否仍在这里。然而，他的注意力大多集中在玛德琳身上。

我感觉埃迪就在我身边，她在照顾我的儿子。她比她想象的更强大。我孩子的恐惧，我妻子的爱，一个将我撕碎，另一个又让我完整。

埃迪刚刚跟我讲了梅洛、圣洛朗和海浪的颜色，海浪拍打着我称之为家的地方的海岸。她睡着了，但我没有。

我想做些禁忌的事，把一个真实之人的身体据为己有！房间中央有一位医生，他和我差不多高，他留着红褐色的鬓角，我发现了一处旧伤的痕迹——他喉咙上有一个伤疤。然而他的身体充满了活力、血液和冷漠。没有痛苦！如果我能借用一会儿他的身体，如果我能俯身面对埃迪熟睡的脸，将嘴唇覆盖在她唇上，尝一尝她口中的柔软，一开始，她还会因为夜色感到茫然，但随后她也会回应。

我能感觉到她的呼吸，她的手滑过我的裤子，抓住我的臀部。她那平静而坚定的双手会脱光我的衣服，欣赏我，抚摸我。肌肤，生命，肌肤，温暖。

我渴望温暖和湿润，水洒在皮肤上的感觉。埃迪的皮肤和她的整个身体都压在我身上。一种急迫感在我的腹部溶化、硬化。爱抚，她两腿间的火热，她柔软的乳房贴着我的胸部……

我的手掌紧贴着她的上臂和手肘轮廓、她隆起的臀部和大腿的曲线。

当我接近她的中心时，她皮肤的质感在变化。

我亲吻她的每一寸肌肤。

听到她的呻吟。

看到她的双眼望着我，嘴唇微微张开，笑着说："尝尝我的味道。"

我全神贯注于借用并栖息在屏幕另一端年轻医生身体中的想法，只需短暂的一小会儿，我就可以触摸到我的爱人。

她会看到我在另一具身体里吗？她会知道我对她的每一寸存在都表示感谢和敬意吗？她左胸上的痣，纤瘦的四肢，后颈上盘绕的头发，嘴角上那些可爱的笑纹，那双包含着大海、生命、梦想、永恒和一切的眼睛。

"我的夏日，我的冬海，我的家。"我低声说。

平静祥和的波浪从她身上荡漾开来，与我颤动的感官交织在一起。我的思绪试探性地闯入了这片宁静。我必须努力思考才能知道该往哪个方向走。

从那个女孩开始。玛德琳告诉过我，在她的另一种人生里，她嫁给了山姆，快乐终老。如果我脑海中温柔的浮想都是真的，即我们还有其他可选择的人生——在梦中，在死亡中，作为一种实际上不存在的记忆，作为一种似曾相识的感觉，或者感觉到某条岔路悄然经过——并与这些人生产生了联系，那么，在玛德琳的另一种生活中，她一定会走出恐惧的阴影，在败血症中幸存下来，醒来，康复，从最后一道把她囚禁在海浪下的阴影里逃脱，然后走上另一条路。我儿子山姆会成为她的丈夫，他们会一起变老。只有玛德琳活着，这条路才有可能。如果我……

我能感觉到下方的黑暗在拖拽着我，把一种我还没有完全理解的顿悟推向我。当我理解时，就好像我从海上一艘全速翻腾的巨大油轮上跳下，跳跃到了空旷的空间，并且（最终，在某个地方）坠入水中，然后沉没，我的眼睛紧盯着远去的世界、生命和最后消逝的光线。

我又想了一遍，把每一步都记在了脑子里。这就像解开一道只有逝者才知道的 X 和 Y 方程式。

我已经下定决心。埃迪的酣睡是关键，但从现在起，我得一个人睡了。向后，直至边缘。我现在所要做的，就是让自己在黑暗中倒下，在下面等待，然后看着船继续航行。我唯一要做的就是放手。

再见了，亲爱的。再见，这是我们最好的生活。

第46天清晨

山姆

现在是凌晨两点半，我坐在玛蒂旁边。我声音沙哑，正在给她读《冰与火之歌》。乔治·马丁史诗般的故事会占据我们一段时间，我猜她想听听故事是如何继续的，不想在我讲完之前就死去，然后醒过来，她就能自己读了。

也许这是一个愚蠢的想法，但我不知道自己还能做些什么来留住她、带她回来。有时候，我睡得迷迷糊糊，能听到她在《胡桃夹子》后台迷宫般的走廊里的声音。她拼命跑过侧厅，上下楼梯，叫着我的名字。她喊着她的妈妈和爸爸。我坐在舞台上等着。我无法跟随她走进迷宫，我只能……

等等。这是什么？这种情况有多久了？

"很久了，我的朋友。快去吧！"

我已经太习惯我父亲黑暗的痛苦和空气中清晰的紧张感了，并以此来判断他仍在这里，以至于我没注意到发生了变化。他那微微闪光的疼痛已经变成了柔和的光线，这要比先前可怕得多。就像一首交响乐的最后一个音符之后的寂静，最后一次呼气后的寂静，一个空荡荡的房间。

我急忙放下书，站起来，拉开 C7 病床和玛蒂之间的围帘。埃迪还在睡觉，她的手放在我父亲胸前。我走近一步，搜寻着他，但没有找到。

“爸爸？”我轻声说，“爸爸！”他走了，他不在这里了！

我向前一步来到他身边，摸着他的手。拜托了，拜托了，就让他这么睡着吧！恐慌偷走了我的呼吸，我检查了机器。脉搏、心跳、睡眠阶段。波峰、波谷和峰值。他还活着，但他走了，我知道。他的身体完全被遗弃了。

就像他进入了一个索尔医生没有画出来的区域，昏迷和死亡之间的陌生地带。一个介于生死之间的区域，没有人发觉，因为它总是在移动。

我看了看玛蒂，又看了看父亲，然后是心脏监测器。有那么一瞬间，我觉得他们两颗心的节奏完全一致，就像并肩行走一样一起跳动着。这一刻只持续了几秒钟，然后两条线突然分开了。玛蒂的心跳加速，而我父亲的心跳越来越慢。

我知道将要发生什么，但我无力移动或呼喊。就像倒计时一样，我父亲的心跳开始衰弱。四、三、二、一、零，每件事情，各个方面，都完全按计划进行着。

亨利

每当船桨划入水中，搅碎天空和星星的倒影，我都能看到水面上埃迪的脸，看着她醒来。我看到山姆发觉了一切，我也准备好了。

在阳光明媚的冬日里，大海是平静的。这种颜色一直是我的最爱——明亮的金属蓝，像玻璃一样透明，天空一样的色调。

我站起来，船晃了晃。我把桨收起来，我再也不需要它们了，然后我跳进水里。我得潜到深处才能找到那个女孩，大海把她带到了很远很远的地方，它想把她留在岩石、贝壳和恐惧之中。她的头发像海草一样在头上漂动。

她躺在最后一个阴影的怀抱里，这个美丽的女人想轻易结束我们的生命。她很乐意带我们去那座岛，远离痛苦和恐惧，但她也有她的任务和特质，她不是无所不能的，她只能在那个时候出现。她看着我，没有一丝惊讶。

我拽着玛德琳海草般的金色头发把她拉过来，然后抓住她纤细光滑的上臂。当我拉她过来的时候，我吞了一大口冰冷的咸水。大口大口的吞咽让我全身冰冷，攫住我的五脏六腑，最终也会包围我的心。

大海将我完全拥入怀中，仿佛很高兴在几十年后终于见到了我，高兴得不肯放手。其实无须如此。

那张精致的、熟悉得出奇的脸向我漂来，玛蒂带着无尽的疑问、信任和希望注视着我。我把这个孩子抱得更紧，我和阴影同时都在抱着她。

当我向阴影伸手时，感觉像是在抓海草，仿佛我在抚摸一块开满鲜花、野草疯长的潮湿草坪……

埃迪

“看，小埃迪，我没有割掉草坪。由它生长，这就是你希望的吗？”

“是的，爸爸。”我说。

“独角兽会喜欢吗？”

“它会喜欢的。”

父亲微笑着走到草坪中央。罂粟花摇摆了一会儿，然后我父亲消失了。看到他离开，我的心沉了下去。从来没有足够的时间，但梦还在继续，我知道我在做梦。一轮蓝色的月亮悬在空中，我穿过我家屋后高高的草丛，草茎几乎长到了我的下巴，我只能勉强看到窸窣的草尖。黎明将至，独角兽走出闪闪发光的灌木丛，穿过露水晶莹的草茎和昏暗的蓝色光线，走出了黑暗。我几乎不敢跟它打招呼。

它很雄壮，是一头巨大、强壮、美丽的野兽，但从它的步伐中，我看出它受伤了。独角兽唯一能被伤害的地方只有心脏。

它让我感知到：我知道和你在一起很安全。然后，它慢慢地向草地深处走去，那闪光的、充满活力的眼睛里满是苦痛的神情，它躺了下来。

我小心翼翼地穿过潮湿的草坪，走过罂粟花、矢车菊和向日葵。

我跪在等待了很久很久的独角兽旁边。它是永恒的生物，无所畏惧，即便是死亡，但我看见、我知道它将死去。它慢慢地低下头，直到那闪光的角沉入浓密的植被中。

现在是安全的。我抚摸着它的头，手指与它的轮廓出齐地吻合。它那闪亮无畏的眼睛是如此脆弱迷人。我想探索它们背后的空间——那些黑暗、深邃、永无止境的空间，那里没有恐惧和悲伤。

它知道什么？它会告诉我什么秘密？我有一千个问题，但只有一个是真正重要的："我必须知道些什么？"

独角兽望着我，闪亮的目光中发生了变化。世界突然倾斜，亨利和我躺在老郁金香仓库屋顶竹林间的草地上，通往楼梯下方我公寓的活板门开着。

"跟我做爱吧。"我说。

"当然，"他回答道，"永远乐意。"

他侧过身来，用温暖、熟悉的手指在我裸露的肚子上画圈，一开始是小小的，从我的肚脐扩散，然后变大，沿着我的肚子、胸膛、维纳斯之丘和大腿游走。他跪在我身边，双手抚摸我，我很想欣慰地大哭一场，多么美好，多么久违的感觉。

他说："你知道圣参孙的小教堂吗？当你到那里的时候，我也会在那里。我将永远无处不在。我会陪着你，等着你，等着山姆。"

他的手停了下来。

"继续。"我要求道。

"有时，不可思议的事情会发生，"他补充道，他的手也在做着不可思议的事情，让我感觉非常舒服，"无法解释的事情是生活的重要组成部分。"

“你还会跟我做爱吗？”

他笑了：“会的。”

亨利用身体压着我，用亲吻遮蔽了天空和星星，起初我们只是在彼此的身体里，所有的界线都消失了，我身体的界线消失了：亨利在我里面，我也在他里面。他慢慢地坐起来，把我拉上来，直到我坐在他的腿上，先是跪着，然后我把腿伸出去，脚踝在他背后交叉。他把我拥入怀中。

我们相互望着，风绕着我们旋转，蓝色的月亮把我们托在光圈里，远处的大海从我丈夫的眼睛里流过。他把手放在我的心上。

“我很抱歉，亲爱的。我一直很爱你，我很愿意做你的丈夫。”

“你就是我的丈夫。”

他笑了：“你必须活下去，埃德温娜。”

他把身体从我体内抽离，留下一种空虚，不断膨胀的空虚，我知道这种空虚将永远持续下去。他放开了我。

“不，”我想要大喊，“不要走！”但他已经离开了，而且越走越快。他的眼睛一直注视着我，那双眼睛散发着爱的光芒。

“原谅我。”他说。

就在他从悬崖边缘坠入空白之前，他的目光变得黯淡，带着绝望、恐惧和可怕的决心。

“亨利！”我尖叫着醒来。

亨利

所以这就是你的选择？最后的阴影问道，像这样？那就来吧。

阴影松开了玛德琳，这个小舞者呆住了。她一边踩着水，一边久久地盯着我，然后朝着生命和光向水面划去，我希望她不会遇到阻碍她迈出最后一步的那道玻璃屏障。

我向影子伸出手来。不管我多么害怕死亡，这是唯一的解决办法，是我唯一一次做出正确的决定，在关键时刻毫不退缩。埃迪必须充分享受她的生活，而不是和一个没有自己的意志、只会呼吸的人苟延残喘。山姆和玛蒂是天生一对。这样很好——完美的结局。

阴影把我拖到水里。痛苦是如此强烈，我张开嘴，让大海侵入并占据我。我的胳膊和腿动不了，疼得要命。每件事都让我痛苦，就好像我突然能感觉到我那被遗忘、被抛弃、不复存在的身体中的每一个细胞。痛苦难以承受，它咆哮着，刺穿着我，让我感到恶心。一阵响亮深沉的隆隆声在我耳中回响。

我沉没得越来越快，融入、消散在大海中。我触摸到海底的沙和石，其中有一扇敞开的大门，把我吸进去，但是在我消失的时候，一些始料未及的事情发生了。

第46天

山姆

他的体温、血压、脉搏次数都在直线下降，像一棵古老威严的橡树摇摇欲坠。与此同时，他的手指痉挛，不停地抓着埃迪的手，她站在他身边。他的胳膊抽动着，脸颊的肌肉紧张然后放松，眼皮在颤动。

我能感觉到他来了。不，他更像是被什么推着，有什么东西正以巨大的力量把我父亲逼回他的身体。此刻，他的双脚捶打着病床，最终机器也记录下了这些变化。连接在他头上的脑电图显示出峰值，提醒着控制台的医生们。不到两分钟，索尔医生就来了，脸上流露出彻夜未眠的紧张神情。索尔医生看着那位留着红色鬓角、喉咙处有伤疤的年轻值班医生。

“是压力引起的状况，”年轻医生说，“他正在醒来，但血液循环处于崩溃的边缘，血液中的氧气含量正在急剧下降。”

“你能听到我说话吗，斯金纳先生？”索尔医生说。

“求你了。”埃迪小声说，她脸色苍白，但很镇静。她把手放在索尔医生的肩上。他转向她，她轻轻地摇了摇头。医生从病床边退了两步。

“塞缪尔，”埃迪命令道，“过来。”

我父亲在冒汗，呼吸机在喘息着，仿佛他在努力自主呼吸和吞咽。他们迅速把他嘴里的吸液器取出来。埃迪紧紧抓住亨利的手，我站在和往常一样的地方，这样他一睁开眼睛就能看见我。

然后我父亲睁开了眼睛，他就在这里。他真的就在这里！他深情地看着我，脸上的痛苦几乎让我崩溃。没有办法缓解他因为发烧、炎症和头骨骨折而产生的痛苦。没有药物，无法睡眠，无计可施。他被活活烧着——但无论如何，他还活着！

然后，他的眼睛费力地转向埃迪，目不转睛地看着她。

我把注意力转向玛蒂，她也睁开了眼睛，她看着我！现在一切终于明了，但我却难以接受。

埃迪

“止痛药，我们必须……”

“血压……”

“高血压……”

我想让他们所有人都停下来，倾听亨利。

“安静。”我说。然后我吼道：“你们能安静一会儿吗？闭嘴！”

最后他们停了下来。

亨利的眼神在拥抱着我，他的手还活着，紧握着我的手。

“我爱你。”我说。

他的眼神变得温柔，我能看出他需要付出多大的努力才能睁开双眼。他想说话，但只发出一声微弱的叹息。

“玛蒂？”他问，试图把目光转向山姆。我不知道他怎么会知道她的名字，但山姆的回答迅速而令人安心：“她会好起来的，爸爸。”

亨利的神色放松了，我们的目光又相遇了。你也会，我祈祷，你也会。

“不要走。”我低声说。

他费力地吐出一个“我”，然后是“爱”，最后是“你”。最终时刻，亨利吐了一口气，大声地说了一句“原谅我”，床边的每个人都听见了。这既让我心碎，又治愈了它。

“当然会的。”我说。

他握着我的手，越来越紧，我再次轻声说：“我爱你，永永远远。”他继续看着我，眼里充满了无限的爱意和难忍的恐惧。

亨利不再呼吸了，带着一脸诧异，跌落到无边无际的虚空中，离我而去。他的手放开了我的手，但我紧紧抓着它。我紧抓着它，山姆冲到玛蒂床边，握住她伸出的手，索尔医生下令做复苏，当德米特里试图把我推开的时候，过去46个漫长日夜里测量亨利心跳的仪器在所有一切下面画了一条直线，当最后的哔哔声响起，我知道亨利再也不会回来了。

玛丽安护士把窗户打开。我感觉亨利·斯金纳在病房里又逗留了一分钟，然后他转身离开，默默地放弃了生命。

尾声

亨利

有时，鲱鱼鸥和大黑背鸥在海湾上空紧紧地盘旋在一起，一如现在，海水呈现出金属般的蓝色，夕阳将它的熔岩洒在海面上。

我在等待他们，所以当他们出现时，看到玛德琳牵着我儿子的手，我没有感到惊讶。他们沿着这片小海滩散步，那里离泰·科克不远，潮汐和世界相互交融。

埃迪、山姆和玛德琳。我静静地靠近，没让他们注意到我。我把双臂搭在埃迪和山姆的肩上，一起看着日落。这些世界尽头的日落——或许也有人会说，这是世界开端的日落——是地球上最美丽的景象，每天都把天空涂抹成各种颜色。今天，云朵变成一个个小点，飞机在金色泛白的画布上留下了“Z”字形的蒸汽痕迹，画布边缘闪耀着熟杏色。

“你好，亨利。”埃迪微笑着对大海说，眼里涌动着闪烁的光。

“你好，亲爱的。”

人们常说，我们死后无法带走尘世的财富，无论金钱还是成就，美貌还是权力。说得很对。一些去往了另一个世界的人一开始会非常困惑，因为他们不能携带任何有形物体。

但是，这其中还有第二层意义：我们可以带走一生中任何无法贮藏的东西，因为它们只能被感知，有些只能被短暂地感知到几秒，有些秘而不宣。我们可以带上快乐和爱，生命中每一个美好的时刻，我们曾经平静地欣赏过的所有的光，我们曾经收集到的所有宜人气息、欢声笑语和友谊，每一个亲吻，每一次爱抚，每一首歌，抚过脸庞的风，探戈，音乐，秋日草地的窸窣声，露珠冰冻后的僵硬，群星闪烁，满足，勇气和慷慨。所有这些我们都可以带走，所有这些都可以穿行于世界之间。

“不要带着一颗空白的心离开。”我低声对他们说。

他们彼此牵着手，看着太阳沉落在海中，用我们的梦想和生命守护所有人。

他们手牵着手走回泰·科克，我跟他们一起走着，隐于无形，没有留下影子。怀尔德·格拉斯在我祖父的壁炉里生了一堆火，当他看着埃迪时，他很高兴，但还是有点难为情。她很爱他，我也很少去梦里见她。我跟着他们唱歌，一边唱歌，一边回想起我过去的一切。

我能看到玛德琳、山姆和埃迪前方所有的路。我看到了他们未来的重要时刻，带着不同的色调出现。不过，他们的未来总归是积极的。

我歌唱着伊鲁瓦斯海中翻舞的波浪，我清楚地知道夏日的海水在岩石间跳跃，和着风的歌声起舞时的感觉。我想起了春天潮汐和冬日大海的颜色，想起了下雨时天空变黑的光线，而太阳依然在铅灰色的海面上画出一片片明亮的岛屿。我歌唱着深蓝色、蓝绿色、夜魅蓝以及晨灰色、奶白色和瓶绿色的波浪；歌唱着天空对脾气火爆、五彩缤纷的伊鲁瓦斯海浓烈的爱，浓烈到既从她身上获取了色彩，又为她增添了新的色彩，使他们像爱情一样紧密地结合在一起——亲密无间，不可分离，上下一致，没有尽头，没有疑问。

埃迪最后一次转身，关上门，低声说：“亨利·马洛·斯金纳。”

刹那间，我感觉到风吹过脸颊和空气中的盐味，我拂过埃迪额头上的一缕卷发。她微笑着，似乎能感受到我的抚摸，也许她可以感受到。

生与死之间，远不止于此。

后记和致谢

和父亲相处得越好，我就越害怕他可能会死去，留下我独自一人，再也没有交流、庇护以及他的存在带给我的内心的平静。多年来，我因为挥之不去的痛苦焦虑而无法入睡，彻夜难眠：如果我最好的朋友、我在税收和男人问题上的知己、我在乔治家的“队友”真的有一天会死去，他的爱、见解和理解是我所珍惜的，他的光明和博大又是我所需要的，那会怎么样呢？

“我会活不下去的。”二十五六岁时，我绝望地对着房间里的黑暗处窃语。后来，我用并没有让我快乐的威士忌来麻痹恐慌。再后来，我又安慰自己说，他只会在遥远的将来死去。他是一个强壮有力、充满爱心的人，再说，很多生命都是难以熄灭的。

一切都发生在 11 天之内，2011 年 4 月 4 日，沃尔夫冈·乔治去世了，享年 72 岁。我 38 岁，过去的我也死了。

我对父亲去世的恐惧，以及他可怕的骤然离世，给我的日常生活造成了巨大的创伤，这些都影响了我的生活和写作。垂死和死亡，哀悼和生存，我们自身对“某一天会消失”的恐惧。一切都将这样终结吗？还有那个萦绕心头的疑问：当死亡降临时，我还会过我本可以过的生活吗？

这些关于死亡的存在主义问题已经影响了我最近的三部小说：《小小巴黎书店》、《小小法国酒馆》和《梦海》。这些涉及存在与不存在问题的书，它们都没有完美的结局，因此也不是“很有市场”，我需要为那些愿意和我一起走这条文学道路的人书写。第一位是一个和我一样狂热的作家——我的丈夫扬斯。他总是第一个鼓励我的灵感，说:“好的，做吧，打破界限，不然为什么还要写作?”和他讨论就像在脑海中打开了千万扇门。

我的第二位旅伴是我的编辑安德里亚·穆勒，一个从不说谎的女人。有时这会让我感到痛苦和羞愧，但她批判的热情是我写故事的基础，因为我知道穆勒女士总能把好的东西变得更好，并针对任何不合格的东西给我一顿教训。

本书最初的几位读者，比如与我志趣相投的终稿编辑吉塞拉·克莱姆特、经纪人安雅·凯尔，还有我一丝不苟的网站管理员安吉拉·施瓦茨，他们的反应会告诉我，在我的书稿中，我的灵魂是否完全“暴露”了。我还要感谢芭芭拉·亨泽和玛丽安·巴尔西亚加的想法与反馈。

最后，我要感谢你们——书商、销售代表，还有读者。书籍是唯一一件只有在读者的头脑和灵魂中才能被塑造成形的艺术品。

如果你注意到了小说中的任何错误，请放心，这完全是我的过失。请给出版商写信，我们将在以后的版本中尽力改正。

《梦海》是我关于“死亡”的小说中的最后一部。我需要书写恐惧和无常，把生与死相遇的地方描绘成一种充满平行现实的童话世界，是所有世界、天堂和人间的过渡地带。我们谁也不知道这个地方是否真的存在，或者它是否源于我们的思想、希望和恐惧。

直到现在，我才觉得我在情感上真正自由了，而且在人生40多岁的时候，我有足够的“生活”体验，供我创作接下来一系列关于“生活”的小说。

敬请期待！

祝好。

妮娜·乔治

2015年12月27日于柏林及特雷甘克